Niente Da Perdere

di Clare Lydon

Prima edizione giugno 2024
Pubblicato da Custard Books
Copyright © 2024 Clare Lydon

Editor: Francescaabb
Correttore di bozze: Michela Mattei
Design della copertina: Rachel Lawston
Composizione tipografica: Adrian McLaughlin

Per saperne di più: www.clarelydon.co.uk
Seguitemi su Twitter: @clarelydon
Seguitemi su Instagram: @clarefic

Altri libri di Clare Lydon

Prima Di Dire Sì, Lo Voglio
Change Of Heart: Edizione Italiana
C'era Una Volta Una Principessa

A tutti coloro che hanno toccato il fondo.
Vi auguro di trovare la vostra Joy.

Capitolo 1

Erano le 4 del mattino quando Scarlet si svegliò per l'insistente bussare alla porta d'ingresso in legno blu. I colpi si susseguivano forti e fragorosi, facendole spalancare le palpebre per la paura. Si girò e accese la lampada. Ora si sentivano anche delle grida.

Il cuore di Scarlet cominciò a galoppare mentre spostava il piumone, afferrando la sua vestaglia rossa che si trovava appallottolata sul pavimento. Chi diavolo era alla sua porta a quell'ora del mattino? Chiunque fosse, voleva dirle qualcosa di urgente, e questo pensiero la fece affrettare ancora di più. E se fosse successo qualcosa ai suoi fratelli gemelli, Fred e Clark?

Il gelo le crepitò nelle vene.

Non dopo mamma e papà.

Ti prego, fa' che non sia successo nulla a Fred o a Clark.

I colpi si fecero più forti.

"Arrivo, arrivo!" Scarlet accese la luce del corridoio e strizzò gli occhi mentre si adattavano al forte bagliore. Aveva pensato di prendere un paralume per la lampadina, ma quel compito era finito nella sua interminabile lista di cose da fare.

Corse su per le scale mentre iniziava a sentire delle grida.

"Polizia! Aprite! C'è qualcuno in casa?"

Scarlet armeggiò con le chiavi della porta e le venne la

pelle d'oca su tutto il corpo. Faceva abbastanza freddo da congelare nel suo appartamento, figuriamoci fuori. Fece un respiro profondo, si strinse nella vestaglia e aprì la porta.

Dall'altra parte c'era un agente di polizia con il casco sotto il braccio. Sembrava un dodicenne. D'altronde, visto che si stava avvicinando ai 40, tutti cominciavano a sembrarle giovani. Il suo volto era segnato dalla preoccupazione e, quando espirava, poteva vedere il fiato intorno al suo viso.

"Mi dispiace svegliarla, ma stanno per aprire la barriera antialluvione e temo che debba uscire". Fece una pausa, apparentemente alla ricerca delle parole successive. Alla fine arrivarono. "Mi dispiace portare cattive notizie, ma è probabile che il suo appartamento venga allagato, quindi prenda quello che deve. Ha mezz'ora di tempo".

Scarlet sbatté le palpebre. La paura le si annodò in fondo alla gola, seguita rapidamente da confusione e nausea.

Che cosa aveva appena detto? *Appartamento. Uscire. Mezz'ora. Alluvione.*

Il suo cervello non riusciva a formare nessuna parola, tanto meno a metterle vicine. Non quando si trattava del suo appartamento. Era il suo rifugio, l'unico posto sicuro che le era rimasto in tutto il vasto e disastrato mondo.

Di che cazzo stava parlando?

"Come?", disse lei, corrugando la fronte mentre cercava di dare un senso alla situazione. "Non capisco: la barriera antialluvione non dovrebbe *impedirci* di essere allagati?"

Quando aveva comprato l'appartamento le era stato assicurato che non si era mai allagato in oltre 60 anni. "Anche se è proprio vicino al fiume, è molto improbabile", aveva promesso il suo agente immobiliare all'epoca, porgendole la sua penna rossa e lucida. Era particolarmente orgoglioso di quella informazione.

L'agente di polizia alzò le spalle, lo sguardo apologetico, mostrando i denti gialli in un sorriso di commiserazione.

"Sono solo il messaggero, signora. L'impianto elettrico della barriera si è allagato e non possono rischiare che si blocchi e si allaghi ancora di più, quindi l'agenzia per l'ambiente ha ordinato di aprirla per salvare il maggior numero di case possibile. Stanno cercando di limitare i danni a centinaia di case e aziende, piuttosto che a migliaia. Purtroppo, la sua è una di quelle che potrebbe essere sacrificata. Ci stiamo preparando tutti per lo scenario peggiore".

Scarlet scosse la testa. Ci doveva essere un errore. Non poteva essere vero. L'agente immobiliare lo aveva detto. Il suo corpo era congelato sul posto, il suo cervello era in stallo. Pensava che la sua vita non potesse andare peggio del fine settimana precedente, ma ora? Se esisteva un dio, lui o lei si stava facendo una bella risata.

"Quindi mi sta dicendo che devo uscire adesso? Proprio adesso?" Puntò un dito sul pavimento.

Lui annuì di nuovo, voltandosi alla sua destra. Poteva sentire uno dei suoi colleghi raccontare la stessa storia al suo vicino, Ben, che aveva due cani. Sarebbe stato ancora meno felice di lei.

"Temo di sì. Prenda quello che deve e se ne vada. Vada fino alla sala del municipio e da lì sarà sistemata".

Si aggrappò allo stipite della porta per tenersi in equilibrio. L'agitazione le invadeva il cervello. "E non c'è nessuna possibilità che sia uno sbaglio? Ha detto che questo è solo uno degli scenari possibili?"

Il ragazzo fece un cenno di disappunto, poi si passò una mano sul mento glabro. Scarlet calcolò una ricrescita di almeno tre giorni. "È il peggiore degli scenari possibili, ma se stanno aprendo la barriera antialluvione e lei è in un appartamento seminterrato vicino al fiume, direi che la probabilità che lei venga colpita è del 100%. Se fossi in lei, porterei con me tutto ciò che è prezioso o insostituibile". Fece una pausa guardando oltre, con occhi gentili e comprensivi. "Ha bisogno di aiuto con bambini o animali?"?"

Le sue parole pungevano.

"No, sono solo io". Scarlet non aveva figli o animali domestici; era solo lei, come sempre. Indegna, non amata, tutta sola. E anche quando la sua vita si era improvvisamente trasformata in un film apocalittico, la sua solitudine veniva comunque tirata in ballo per girare il coltello nella piaga ancora un po'.

L'agente di polizia annuì, allontanandosi. "Tornerò tra poco per assicurarmi che se ne sia andata". I suoi stivali strusciarono sul marciapiede mentre si girava. Poi si voltò a guardare. "E mi dispiace davvero". Le fece un sorriso sofferto e corse lungo la strada.

Scarlet scrutò la strada e alzò la mano per salutare il suo vicino di casa, un uomo calvo di nome Mark che indossava sempre un terribile pile a stampa animalier. Quella mattina non faceva eccezione, e aveva abbinato il pile a dei jeans trasandati e a un cappello con un pompon. Nei due anni in cui aveva vissuto nella via, aveva parlato con lui solo due volte.

"Riesci a crederci?", disse, strofinandosi gli occhi.

I movimenti di Mark erano al rallentatore. "È stato il motivo per cui mi sono trasferito qui, volevo sfuggire alle inondazioni. E ora stanno aprendo la barriera. È allucinante". Scosse la testa e tornò nel suo appartamento, prendendo a calci lo stipite della porta.

Scarlet si fermò sulla soglia di casa e lanciò un'occhiata su e giù per la strada, animata da luci lampeggianti e da espressioni sconvolte per la diffusione della notizia. Le luci di ogni casa erano accese, ma l'aria era immobile, proprio come doveva essere. Non c'era la sensazione che stesse per accadere qualcosa di importante.

Ma a quanto pare era così.

Rientrò in casa e chiuse la porta d'ingresso con un pesante tonfo. Poi appoggiò la fronte alla parete fresca del corridoio e ascoltò il battito cardiaco accelerato nelle orecchie.

Tum-tum. Tum-tum. Tum-tum.

Mezz'ora.

Scarlet era in piedi nel suo salotto e fissava le sue cose. Sinceramente, voleva davvero qualcosa?

Il fine settimana precedente aveva letto un articolo sul suicidio e si era messa a pensare a come sarebbe stato. Dare un calcio a uno sgabello, impiccarsi con una cintura, andare in overdose di pillole. Aveva scoperto che tutte quelle ipotesi richiedevano impegno, e lei non ne aveva la forza, così aveva accantonato l'idea. Ora stava pensando che era stato un errore. Se fosse morta, non avrebbe dovuto affrontare anche quel problema, no?

Poteva rimanere nell'appartamento e aspettare l'acqua. Qualcuno avrebbe sentito la sua mancanza? Ne dubitava. Al lavoro, probabilmente avrebbero attribuito la sua assenza all'alluvione; nel giro di qualche settimana, sarebbe stata dimenticata, solo una persona che conoscevano. E non era in contatto con i suoi fratelli da un paio di mesi. Quanto tempo sarebbe passato prima che si accorgessero della sua scomparsa?

L'unico posto in cui la sua assenza sarebbe stata molto sentita sarebbe stato il campo da gioco del Dulshaw FC, la sua amata squadra di calcio locale. A Matt ed Eamonn sarebbero mancate le sue parolacce, questo era certo. Entrambi si stavano avvicinando ai quarant'anni ed erano ancora divertiti dal fatto che una donna potesse imprecare tanto quanto loro.

Scarlet prese uno zaino dall'armadio e cominciò a metterci dentro l'essenziale: portafogli, passaporto, telefono, tablet, computer portatile. Attraversò il soggiorno e fissò i suoi scaffali, pieni di libri e CD, la storia della sua vita. Non poteva prenderli. La prima pugnalata di rimpianto la colpì, quasi togliendole il respiro. Chiuse gli occhi e aspettò che passasse.

Nella sua vecchia vita, in tempi più felici, quella era sempre stata una delle domande che le sue amiche facevano dopo qualche pinta al pub. Scarlet, Liv, Nancy e Sarah, con tre pinte in mano al Golden Lion; patatine aperte sul tavolo da condividere, musica a tutto volume, guance arrossate, sensi spenti. Era stata la loro routine domenicale per più di un anno: pranzo, seguito da qualche pinta e da chiacchiere sghembe sul loro futuro insieme.

"La tua casa sta per bruciare e hai pochi minuti per uscire. Cosa prendi?"

Liv aveva sempre scelto il loro cane Alfie, i gioielli e le sue foto. Nancy aveva sempre detto la sua collezione di dischi: era una fanatica del vinile. Sarah non sapeva mai cosa avrebbe preso, quindi avevano sempre ipotizzato che sarebbe stata bruciata viva nel tentativo di fare una scelta. Scarlet era sempre stata quella che diceva che se ne sarebbe andata e basta, senza pensare a nessuno dei suoi beni.

"Sono solo oggetti", diceva. "Sono sostituibili. Quando avrai raccolto tutti i tuoi dischi, sarai già morta per inalazione di fumo".

Ma ora, in piedi nel suo salotto in una tranquilla mattina di gennaio, non ne era così sicura. Non voleva perdere i libri e i CD. O le sue foto. Forse non le piaceva la sua vita, ma voleva davvero che tutto fosse spazzato via, come se non fosse mai accaduto?

L'urgenza la invadeva. Aprì la valigia più grande che aveva e cominciò a riempirla di cose. Vestiti, scarpe, foto, articoli da toilette. Correva dal bagno alla camera da letto al salotto come chi partecipa a un gioco a premi, cercando di riempire la valigia il più velocemente possibile. Se qualcuno l'avesse osservata, avrebbe potuto pensare che fosse in ritardo per l'aereo e che stesse mettendo in valigia tutto tranne il lavello della cucina. Era esattamente quello che voleva fare, solo che non ci riusciva.

Corse in cucina: dov'era la tazza preferita della mamma per il Giubileo d'Argento? Non poteva andarsene senza quella; era una delle poche cose che le erano rimaste. Aprì l'armadietto sopra il bollitore, scostando le tazze. Lo sguardo si posò sullo scaffale, ma non riuscì a vederla. Scarlet scrutò verso lo scolapasta: non c'era. Aprì la lavastoviglie e la individuò, ancora macchiata del tè dal giorno precedente. Non aveva tempo di lavarla. Corse in camera da letto e avvolse la tazza in un maglione. Poi controllò l'orologio: quanto tempo aveva? Ipotizzò circa dieci minuti. La sua valigia era quasi piena e, al contrario, la sua mente era vuota.

La vita reale non funzionava come il gioco del pub. La vita reale comportava decisioni e conseguenze.

Avrebbe dato qualsiasi cosa per tornare al pub in tempi più felici.

Si lavò i denti, le lacrime le punsero il fondo degli occhi. Deglutì e per poco non si strozzò con il dentifricio. Sputò e si guardò allo specchio del bagno che aveva intenzione di pulire da settimane.

Ora non aveva più importanza.

Niente di tutto ciò aveva importanza.

In fondo alla sua mente, Scarlet lo aveva sempre saputo.

Era orgogliosa del suo appartamento, lo teneva in ordine. Era l'unica cosa che era sua ora, dopo tutto. Dopo la separazione con Liv. Dopo lo strappo delle loro vite accuratamente intrecciate e del suo cuore delicato.

Scarlet fece un respiro profondo, trattenendolo nei polmoni. Uno degli ultimi che avrebbe fatto in quell'appartamento.

Le lacrime si ripresentarono, minacciando di salire e uscire.

Scarlet emise un lungo respiro. Sì, stava perdendo il suo rifugio, ma non aveva intenzione di piangere. Non ne aveva il tempo.

Si vestì velocemente con jeans, maglietta e la sua felpa preferita, poi indossò le scarpe da ginnastica e il cappotto. Non poteva portare tutti i suoi cappotti. Non poteva portare la pelliccia finta di sua madre.

Le lacrime tornarono ad affiorare.

Fanculo.

Scarlet aprì la cerniera della valigia e vi infilò la pelliccia, sedendosi sopra per assicurarsi che si chiudesse. E lo fece. Era abbastanza sicura che una pelliccia non sarebbe servita in caso di alluvione, ma era una delle uniche cose che aveva preso dalla casa dei suoi genitori dopo la loro morte. Quella e le stoviglie, ma non aveva intenzione di iniziare a impacchettarle. Aveva la tazza; sarebbe stata sufficiente.

Poi lo sguardo si posò sulla chitarra. Doveva lasciarla? Scarlet si fermò su di essa, osservando la vita che rappresentava: una vita migliore, più intonata. Passò il dito sullo strato di polvere che ne ricopriva la superficie. Non poteva lasciarla, anche se non la prendeva in mano da più di un anno. Salì su una sedia e prese la custodia dall'armadio, posando la chitarra con cura e chiudendola di scatto.

Forse l'alluvione non sarebbe stata così grave come avevano previsto. D'altra parte, gli scantinati e l'acqua non erano proprio amici per la pelle. Doveva prevedere il peggio, lo sapeva. Ma il pensiero di non rivedere più l'orologio che aveva comprato al mercato delle pulci di Lisbona? Però l'aveva comprato con Liv. Ripensandoci, forse era una benedizione.

Un colpo alla porta interruppe i suoi pensieri. Questa volta Scarlet non si spaventò.

Passò da una stanza all'altra, controllando se aveva lasciato qualcosa di importante. Non le sembrava diverso da tutte le volte che aveva fatto la stessa cosa quando era andata via per qualche giorno, controllando di aver spento le luci, il forno, il ferro da stiro. Non era affatto diverso.

Ma lo era. Chi poteva sapere quando sarebbe tornata? Non ne aveva la minima idea.

I suoi piedi erano improvvisamente dei pesi morti, non volevano muoversi. Il televisore se ne stava tranquillo, come sempre, senza immaginare cosa stesse per accadere; la stampa sulla parete, una panoramica delle colline circostanti, una ripresa di cui era orgogliosa e che aveva ingrandito.

L'avrebbe scattata di nuovo.

Controllò la sua camera da letto. Aveva cercato di farne il suo rifugio, ma non aveva funzionato, non era mai stata nel giusto stato d'animo.

Il suo bagno, con la doccia doppia e le piastrelle a mosaico: tra tutte le cose del suo appartamento, questa era la stanza che amava di più. La sua doccia da hotel spa. L'aveva modellata su quella che ricordava da una visita a Milano, in passato. Espirò.

Forse sarebbe sopravvissuto.

Forse.

Ci furono altri colpi e grida. Scarlet afferrò la valigia, lo zaino e la chitarra, poi salì lentamente le scale, mentre ogni passo segnava il destino del suo appartamento. Arrivata alla porta d'ingresso, si voltò e lanciò uno sguardo all'indietro. Il suo corridoio blu uovo di pettirosso. La sua cappelliera di legno antiquata. La lampada di metallo che aveva cercato ovunque. Non voleva andarsene, ma doveva farlo.

Quando aprì la porta, l'agente di polizia era di nuovo lì, a guardarsi ansiosamente alle spalle e poi di nuovo verso Scarlet.

"È pronta?", chiese. "Abbiamo un furgone, se vuole metterci dentro una valigia. Lasceremo tutto alla sala della comunità. Il resto lo può portare lei".

Scarlet guardò oltre le sue spalle e vide un furgone bianco con le porte aperte, e i suoi vicini che lo riempivano di valigie nell'oscurità gelida. C'era un silenzio inquietante, a parte il rumore dei bagagli e quello dei passi. Nessuno diceva una parola. Perché in realtà, cosa si poteva dire? Scarlet fece un cenno con la testa e gli porse la valigia.

"È tutto qui?", disse l'agente. Il suo tono e il suo volume si alzarono sul finale. Scarlet ebbe la sensazione che quella domanda l'avesse fatta più volte quella mattina.

Annuì di nuovo. "Sì". La sua vita, i suoi beni reclamati, tutti in una rigida valigia nera, sottile e senza pretese. Proprio come Scarlet.

"Va bene", rispose. "Devo controllare che anche lei esca. Non possiamo permettere che qualcuno anneghi". Il poliziotto le rivolse un sorriso per accompagnare il suo ultimo commento.

Scarlet non era dell'umore giusto. Fece un respiro profondo, controllò in tasca le chiavi, spostò lo zaino sulla spalla; poi, con il cuore di piombo, prese la chitarra e chiuse la porta di casa con un ultimo colpo.

Bang.

Capitolo 2

Scarlet era entrata nella sala comunale solo due volte. La prima per votare alle elezioni politiche, ma in quell'occasione il suo partito era risultato perdente. La seconda, per votare alle elezioni locali: in quell'occasione, aveva vinto. Il partito laburista aveva vinto e il leader del consiglio era un tipo adorabile di nome George, che piaceva molto a Scarlet. Inoltre, il consiglio aveva votato un sindaco donna, una sindaca, la più giovane di sempre, anche più giovane di Scarlet, sotto i 40 anni. I giornali locali ne avevano parlato con grande clamore: Joy Hudson aveva divorziato da poco e non era neanche male, se ti piaceva il tipo bomba bionda. Scarlet di solito sceglieva le brune.

Tuttavia, ultimamente anche la sindaca non aveva mantenuto le sue promesse, rinnegando il suo sostegno alla squadra di calcio locale di seconda divisione, il Dulshaw FC, contro alcuni promotori immobiliari che volevano entrare e demolire il terreno per costruire altri appartamenti nel giro di pochi anni. L'unica cosa a cui Scarlet teneva molto nella sua vita era il Dulshaw FC. Non usciva più molto con la famiglia o con gli amici, ma andava a vedere la squadra ad ogni partita in casa, con la pioggia o con il sole. Senza il calcio, a volte non era sicura per cosa valesse la pena vivere.

Le pareti della sala comunitaria erano di un colore giallo sporco, come la superficie di una pinta di latte cagliato. C'erano delle stufe elettriche sparse in giro nel tentativo di emanare calore, che riempivano l'aria di puzza di capelli bruciati, mescolata a corpi caldi come un'aula scolastica.

Fu l'odore a colpire per primo Scarlet, che stropicciò il naso mentre lo stomaco le si rivoltava.

Una fila di brandine era stata disposta lungo un lato della sala e i genitori vi infilavano i bambini, nella vana speranza che si addormentassero. Scarlet pensava che non ci fossero molte possibilità, dato che il livello di rumore era al massimo, con l'assegnazione degli spazi e delle provviste e con le luci al neon che lampeggiavano in alto. Altrove, adulti e bambini si aggiravano, con le facce stordite da ciò che era appena accaduto.

Era una sensazione surreale sapere che poteva succedere una cosa del genere. Che tutto potesse finire. O, se la vedeva in un altro modo, era una tabula rasa con possibilità di ricominciare da capo. Ma ci aveva già provato una volta e guarda com'era andata a finire. Una pagina bianca la attraeva da un certo punto di vista, ma da un altro la terrorizzava.

"Sei qui da sola?" Una donna apparve al fianco di Scarlet, con le guance rosa e i capelli crespi che non vedevano balsamo da molto tempo. Quando sorrideva, i suoi denti erano inclinati in una serie di angoli diversi.

Scarlet annuì. "Solo io, la mia chitarra e il mio zaino". Si indicò con un pollice la spalla. In meno di due ore due sconosciuti avevano verificato che sì, era completamente sola.

La donna annuì con troppo entusiasmo. "Ok", disse. "Puoi suonarci una canzone più tardi, quando avremo bisogno di tirarci su il morale. Ma nulla che riguardi l'acqua".

Lo stomaco di Scarlet si agitò. "Solo canzoni a tema terrestre, promesso".

La donna le tese la mano. "Io sono Sue. Prendi posto dove puoi; ci sono alcuni single laggiù nell'angolo. Se riesci a trovare una coperta, prendila".

Scarlet lanciò un'occhiata all'angolo in alto a sinistra della sala, dove erano seduti alcuni uomini e donne che chiacchieravano.

Un angolo per single. Non credeva di aver mai sentito una frase più deprimente. Tanto valeva chiamarlo "l'angolo del destino", con tutti i cappelli da perdente e uno di loro che suonava una campana.

La donna trasalì. "Le famiglie stanno prendendo i letti, temo. Ma ci sono tè, caffè e panini nella zona cucina. E una volta che avrai bevuto, vai da Simon vicino alla parete in fondo per registrare il tuo arrivo".

Scarlet seguì la linea del braccio di Sue fino alla cucina sul lato destro, abilmente occupata da quel tipo di donne che sembravano sempre occuparsi di questo tipo di attività: corpulente, stoiche, coi loro cardigan. Anche dall'altro lato della stanza, Scarlet era irritata dalla loro irrazionale allegria. Se Scarlet fosse mai stata invitata a partecipare a *Mastermind*, il suo argomento di specializzazione sarebbe stato la misantropia.

Per esclusione, lo sfortunato uomo con una cartellina e una coda di persone impazienti doveva essere Simon. Aveva la barba e indossava uno di quei maglioni colorati che probabilmente gli erano sembrati una buona idea quando li aveva comprati durante i suoi viaggi, ma che ora, tornato a casa nel nord dell'Inghilterra, lo facevano sembrare solo uno stupido.

"Capito", disse Scarlet, ma Sue si stava già allontanando, salutando il successivo sventurato che aveva varcato la porta e che Scarlet riconobbe dalla sua palestra locale. Non che ci andasse più così spesso, da quando la sua iscrizione era scaduta e lei aveva rinunciato a vivere.

Scarlet scavalcò una pila di valigie sul pavimento di fronte a lei e si diresse lungo il percorso improvvisato che era già stato stabilito, murato da scarpe, borse rigonfie, cappotti e tavoli. In cucina, accettò una tazza di caffè nero tiepido da una donna troppo sorridente, i cui capelli non si muovevano quando girava la testa. Evidentemente, era stata avvisata dell'evacuazione prima di Scarlet, il tempo di somministrare grandi raffiche di lacca.

Scarlet si mise di lato prima che la donna avesse il tempo di iniziare una conversazione con lei. Quella mattina non era dell'umore adatto per chiacchierare, non quando il suo mondo era appena stato messo sottosopra.

Due donne alla sinistra di Scarlet stavano conversando animatamente, così si avvicinò. Era sempre stata una ficcanaso e le sarebbe servito qualcosa per distrarsi dalla sua situazione attuale.

"La casa della sindaca?" La donna che parlava aveva una pelle bruna e un sorriso accattivante.

L'amica, che per contrasto era bianca come un fantasma, annuì. "Proprio adesso. La sindaca ha aperto la sua casa e qualcuno è appena entrato qui e ha selezionato delle persone per andarci. Daniel era uno di loro".

La prima donna schioccò la lingua e scosse la testa. "Tipico. Noi passeremo la notte sul pavimento della sala comunale, mentre Daniel potrà vivere nel lusso. Quel ragazzo è nato con la camicia, te lo dico io". La donna scosse di nuovo la testa.

Scarlet si voltò verso la stanza, elaborando le informazioni nella sua testa. Diede un'occhiata all'angolo dei "single", già pieno, senza coperte di riserva.

Il rumore e le luci del corridoio le stavano già scuotendo il cervello.

Alcune persone erano andate a casa della sindaca. Aveva incontrato la sindaca un paio di volte al campo di calcio, quando aveva promesso di fare del suo meglio per il terreno. Soprattutto, Scarlet lavorava per il comune, quindi sapeva dove abitava la sindaca. A dieci minuti a piedi. Non era affatto lontano. E se Scarlet si fosse recata lì e avesse finto di esserci stata mandata? Forse sarebbe stata accolta anche lei?

Impiegò esattamente 30 secondi per decidere. Bevve un ultimo sorso di caffè, poi tornò indietro lungo il sentiero improvvisato, superò Sue e la sua cartellina e uscì nella gelida oscurità del primo mattino, mentre le strade ronzavano di vita. Uscì dalla sala comunale a destra, proseguì a sinistra per Culverdale Avenue, poi camminò fino alla cima della collina. Non c'era pericolo che la casa della sindaca venisse allagata. Scarlet si caricò la borsa in spalla, impugnò la chitarra e iniziò il viaggio.

Era a metà strada quando cominciò a chiedersi se fosse stata una buona idea. E se la sindaca non l'avesse riconosciuta? E se nessuno avesse risposto? Sarebbe dovuta rimanere e reclamare il suo posto sul pavimento polveroso della sala comunale?

Sue l'avrebbe fatta rientrare? Ma non poteva soffermarsi su queste domande. La sua decisione era stata presa quando aveva lasciato la sala.

Anche se il freddo era intenso, Scarlet non lo sentiva. Era carica di adrenalina, di pura energia nervosa. Percorse gli ultimi passi al galoppo, volendo entrare in casa prima che iniziasse l'alluvione. Se ne sarebbe accorta quando fosse iniziato? Una cosa era certa: non voleva trovarsi per strada, da sola, per scoprirlo.

Arrivò alla porta d'ingresso e bussò quattro volte. Il suo bussare era sicuro, determinato. Comunicava che era stata mandata lì, senza alcun dubbio. Cercò di ignorare il sudore che le colava sulla schiena, il calore alla base del collo. Strofinò le dita dentro i guanti.

Non venne nessuno.

Stava per bussare di nuovo quando la porta si aprì. Era la sindaca in persona; per qualche motivo, Scarlet non si aspettava che rispondesse.

E ora che l'aveva fatto, Scarlet era perplessa. Rimase sulla soglia, sfogliando il suo vocabolario alla ricerca di parole appropriate da dire. Non riusciva a trovarne nessuna.

La sindaca abbassò lo sguardo sulla chitarra di Scarlet e poi tornò a guardarla in faccia. Alzò un sopracciglio, poi scoppiò in un sorriso.

"Maria Von Trapp sulla soglia di casa mia alle 5 del mattino: questa giornata diventa sempre più surreale. Manca il cappello a tesa larga". La sindaca si tirò indietro. "Entra, prego". Fece cenno a Scarlet con la mano, come se stesse dirigendo il traffico. "Ma devo avvertirti che non sono una fan di *Tutti insieme appassionatamente*".

"Nemmeno io, quindi sei al sicuro", rispose Scarlet entrando nel corridoio.

Aveva superato la prima barriera; il suo piano stava per funzionare. Il sollievo la pervase. Se quella era una delle peggiori notti della sua vita, almeno l'avrebbe trascorsa in un posto caldo e invitante. I piedi di Scarlet affondarono nella moquette grigia e l'arredamento era di un ricco verde oliva, come si addiceva a un corridoio vittoriano. Stampe astratte di belle arti tappezzavano le pareti e le tende erano spesse e foderate. Il corridoio diceva a Scarlet che si trattava di una casa con gusti simili ai suoi. Si sentì subito a suo agio, anche se sapeva che avrebbe dovuto inveire contro la sindaca per il trattamento riservato alla squadra di calcio. Ma questo era un argomento per un altro giorno.

"C'è il Baltico là fuori, vero?" aggiunse la sindaca. "Credevo che fossimo già tutti, ma tu sei chiaramente una ritardataria". Il suo viso era caldo, i denti dritti e bianchi. Scarlet aveva notato questo aspetto di lei quando si erano incontrate al campo. Scarlet aveva perso i denti anteriori giocando a hockey all'università, e i denti sostitutivi brillavano al neon sotto la luce ultravioletta. I denti della sindaca, invece, sembravano permanenti, veri.

Era anche molto più disinvolta di quanto Scarlet l'avesse mai vista prima. Fuori servizio e a casa sua, indossava jeans ben aderenti e un top azzurro polveroso che metteva in risalto i suoi penetranti occhi blu. Nonostante l'ora precoce, era ben vestita.

"Sì, sono partita un po' in ritardo", disse Scarlet. "Ho corso più veloce che potevo".

La sindaca annuì. "Anche con la chitarra? Ben fatto.

Anche se ho già assegnato le camere da letto degli ospiti, ma puoi prendere il divano letto dell'ufficio". Fece una pausa. "Prima di tutto, lascia che prenda il tuo cappotto".

Scarlet posò lo zaino e la chitarra, poi si tolse la giacca, lisciando la felpa.

"Fantastico", rispose lei. "Meglio del mio appartamento, che sarà disastrato e fradicio quando tornerò, così mi ha detto la polizia".

La sindaca si guardò alle spalle mentre appendeva la giacca di Scarlet in cima a una pila di altre. "È davvero un peccato, ma andava fatto. O questo, o farne allagare molti altri. L'agenzia per l'ambiente non aveva scelta dopo che la stazione di pompaggio era stata allagata e c'era il rischio di un guasto elettrico". Si mise una mano sul fianco. "Tuttavia, questo non è una consolazione per le persone colpite. Io stessa sono appena rientrata, dovevamo tornare tutti a casa prima che attivassero i loro piani". Sospirò. "Sembra di essere in un film apocalittico, vero?"?"

"Solo che è molto reale", rispose Scarlet, fissando la sindaca. "Orribilmente reale, tale da stravolgere la vita".

La sindaca annuì. "Lo so". Fece un passo avanti e fissò Scarlet con uno sguardo perplesso. "Ci siamo già incontrate, vero?"?" Fece una pausa. "Lavori per il Consiglio?"?"

Scarlet annuì. "Sì, ma ci siamo incontrate anche al Dulshaw FC. Sono una loro grande tifosi".

Alla menzione del campo di calcio, la sindaca abbassò la testa. "Giusto", borbottò, girando i tacchi nel corridoio quadrato. "Quindi probabilmente non hai una grande considerazione di me in questo momento, vero?"?"

Scarlet arrossì, ricordando i suoi pensieri di prima. Se

non altro, la sindaca era forse la sua persona *preferita* in quel momento. "Penso che tu sia gentile ad accogliermi in questo modo. Non preoccupiamoci del calcio: non è tra le mie priorità di stanotte".

La sindaca guardò Scarlet dritta negli occhi, poi le fece un cenno. "Probabilmente è meglio così. Ma sappi che sono ancora dalla vostra parte, è il resto del Consiglio che deve essere convinto". Fece una pausa. "Vuoi venire in cucina a bere qualcosa? Gli altri sono lì, posso presentarvi".

"Con piacere", rispose Scarlet.

***

Gli altri si rivelarono essere il già citato Daniel, il nato con la camicia, e il suo fidanzato Harry, insieme a Joe e Daisy, una giovane coppia che possedeva l'appartamento da soli tre mesi nella strada accanto a quella di Scarlet.

"Il nostro divano è stato consegnato solo la settimana scorsa", disse Daisy, il cui volto rivelava incredulità a pronunciare quella frase. Ma era così.

Dopo una tazza di tè e biscotti, si avviarono tutti verso le rispettive camere da letto, lasciando Scarlet e la sindaca da sole. Dopo qualche secondo di silenzio, la sindaca girò intorno al bancone della colazione e fece un cenno con la testa a Scarlet.

"Vuoi che ti accompagni in ufficio e che ti prepari il letto?", chiese, prima di fare una pausa. "Oppure, se ti va di passare in salotto, potremmo bere qualcosa prima. Qualcosa di più forte del tè? Credo che stasera ce lo siamo meritato".

Scarlet fece un sorriso truce. "Qualcosa di più forte del tè, ottimo".

La casa della sindaca non era così grande come aveva

immaginato, il salotto si trovava sul retro ed era separato dal corridoio del piano inferiore. L'arredamento era moderno, neutro e, anche se c'erano alcuni tocchi casalinghi, non ce n'erano così tanti come Scarlet avrebbe potuto immaginare per una persona che aveva vissuto nella zona per tutta la vita. Scarlet, almeno, aveva una scusa: tutti i tocchi personali erano stati strappati dalla sua vita e lei aveva dovuto ricominciare da zero.

Ora sembrava che avrebbe dovuto ricominciare tutto da capo.

Il salotto aveva due grandi divani color crema uno di fronte all'altro, con il televisore abilmente nascosto su una mensola di fronte a un pannello scuro della parete. Il resto delle pareti era dipinto di bianco e c'era un tappeto color crema steso sulle assi lucide del pavimento davanti a un caminetto a legna. Sembrava una casa da esposizione, non molto vissuta. Scarlet aveva quasi paura di sedersi, per timore di lasciare un segno.

"Prego", disse la sindaca indicando il primo divano. "E mi chiamo Joy, nel caso te lo stessi chiedendo. Non è necessario che mi chiami *sindaca*".

Scarlet lo sapeva, ma fino a quel momento aveva evitato di rivolgersi direttamente a lei. "Grazie, Joy", disse, sedendosi. Il suo corpo sprofondò nei morbidi cuscini e si rilassò per la prima volta da quando era stata svegliata così bruscamente. Sospirò, lasciando che i suoi muscoli si rilassassero e che il suo spirito si sciogliesse. Poi controllò l'orologio. Erano ancora le 6 del mattino: erano passate solo due ore da quando era stata svegliata, ma le sembrava di essere sveglia da ore, come se quella fosse la sua nuova realtà.

"Single malt?" La voce di Joy giunse da dietro di lei, insieme a un leggero cigolio mentre qualcosa veniva aperto.

Scarlet girò la testa e vide Joy in piedi accanto a una credenza in *teak*, il cui centro era ora aperto per rivelare un mobile da cocktail, completo di interni illuminati e specchiati. Aveva visto cose del genere solo nei film e si alzò per affiancarla.

"Un single malt sarebbe perfetto", disse Scarlet, accarezzando con le dita le curve lisce dell'anta del mobile. "È eccezionale, sembra uscito da un film di James Bond".

"Posso prepararti un Dirty Martini, se preferisci: agitato, non mescolato?" Disse Joy, con un sorriso sulle labbra.

Scarlet scosse la testa, ricambiando il sorriso di Joy. "Il single malt va bene".

Joy prese un bicchiere di cristallo dalla mensola all'interno del mobile, ne versò a Scarlet una dose abbondante e gliela porse.

Scarlet borbottò un ringraziamento e riprese posto sul divano. Non le sfuggiva quanto la situazione le sembrasse normale, nonostante fosse tutto il contrario. Era seduta sul divano della sindaca a bere whisky, con tutta la sua vita sospesa, in attesa di essere alluvionata.

Joy prese posto sul divano di fronte e alzò il bicchiere verso Scarlet. "Salute", disse. "Al meglio di una notte orribile".

Scarlet fece una smorfia e alzò il bicchiere verso Joy. "Salute". Bevve un sorso del liquido dorato, facendolo girare nella bocca prima di lasciarlo scivolare in gola. Il calore bruciante scese lungo l'esofago, tuffandosi nello stomaco vuoto e accendendovi un fuoco. Si sistemò di nuovo sul divano e si lasciò placare, confortata.

Rimasero in silenzio per qualche istante, sorseggiando

i loro drink e rimuginando sulla situazione. Scarlet non si aspettava di trovarsi lì quella mattina.

"Avevi programmi per oggi?"

Scarlet sbatté le palpebre. Che giorno era? Sabato. "Di solito vado a giocare a calcio". Fece una pausa. "A parte questo, niente di che".

La sua routine del sabato era il calcio con Eamonn e Matt. Non era la vita sociale migliore del mondo, ma era il giorno che aspettava con più ansia di tutta la settimana. I sabati fuori dalla stagione calcistica erano altrettanto tristi delle domeniche, se non di più, perché Scarlet sapeva cosa si perdeva. E le domeniche erano i giorni peggiori in assoluto: almeno, quando era al lavoro si teneva occupata. Per Scarlet il tempo libero era un nemico, qualcosa di cui non fidarsi. Le ore si allungavano fino a diventare giorni, e i giorni si prolungavano all'infinito.

Uno sguardo sofferto attraversò il volto di Joy. "Ah sì, il calcio. Sai, quando tutto questo sarà finito, potremmo parlarne. Ci sono problemi di natura politica di cui sicuramente avrai letto per quanto riguarda il terreno".

Scarlet annuì. "L'ho letto". I costruttori che volevano edificare sull'area del club avevano le mani in pasta nel Consiglio comunale, per cui la reazione ai loro piani non era stata così rapida o categorica come i tifosi avevano sperato, nonostante il sostegno di Joy.

"Ma sto ancora lavorando per tirare alcune orecchie, credimi", aggiunse Joy.

C'era sincerità nei suoi occhi, cosa che Scarlet apprezzò.

"E i tuoi programmi per il fine settimana?" Chiese Scarlet.

A questo punto, Joy emise un enorme sospiro. "Beh, la carica di sindaco dura solo un anno, quindi bisogna essere pronti a essere piuttosto impegnati per quei 12 mesi", disse. "Nei fine settimana di solito ho qualche impegno da rispettare, che sia un'inaugurazione, una visita o un'apparizione da qualche parte".

"Quindi non sei responsabile della risposta all'alluvione, presumo, visto che sei seduta qui?"?"

Joy scosse la testa. "La polizia, il capo del Consiglio e gli addetti alla pianificazione delle emergenze si occupano di tutto. Io sono il capo civico, la figura pubblica della città. Supervisiono il Consiglio, ma non faccio parte di alcuno schieramento politico, anche se posso intervenire su certe questioni se lo ritengo opportuno. Il mio compito è quello di presentarmi agli eventi, inaugurare le nuove ali delle biblioteche, aprire le fiere scolastiche. Pensavo che sarebbe stato impegnativo, ma non ne hai idea finché non lo fai: le ore si accumulano davvero. Negli ultimi nove mesi la mia vita non è stata più mia, e con un'attività di life coaching a tempo pieno da gestire, non mi rimane molto tempo libero. È l'unico motivo per cui ha funzionato, perché gestisco la mia attività e posso essere flessibile". Sorrise. "Ma non mi lamento. E questa settimana mi prenderò del tempo in più per dare una mano dove posso".

"Sto bevendo con una celebrità locale", disse Scarlet, deglutendo un altro sorso del suo drink.

"Vero", disse Joy ridendo. "Ma tempo tre mesi e tornerò a essere una normale consigliera. Quando ho spiegato il ruolo a mia nonna, mi ha detto che sembrava che fossi la guardia del corpo della città per un anno, e non ci è andata molto lontana". Joy sorrise. "È stato bello indossare la toga e fare tutte quelle cose, ma sarò anche felice di riconsegnare tutto. Non riesco a sedermi su questo divano la metà di quanto vorrei".

"È molto gentile da parte tua ospitarci stasera. Dubito che il resto del consiglio faccia lo stesso".

Joy scansò il suo commento, scuotendo la testa. "Sono felice di aiutare. Ho spazio, quindi, se le persone sono senza casa, è stupido non farlo. Lancerò un appello al resto della comunità perché accolga le persone. Ci sono abbastanza stanze libere qui intorno per poterlo fare, nessuno deve dormire sul pavimento della sala della comunità. In momenti come questo, tutti devono unirsi".

"Speriamo che ti aiutino".

Se Scarlet avesse visto quell'appello, non avrebbe offerto la sua stanza libera, il che era vergognoso. Se Joy l'avesse ignorata, sarebbe stata ancora nella sala della comunità. Molte persone avrebbero aperto le loro case? Ne dubitava. Nel mondo di Scarlet, le persone badavano a se stesse e a nessun altro.

La sindaca sorrise a Scarlet, i suoi occhi la accarezzarono. "Lo faranno. La gente di solito è molto generosa. Prima stavano controllando tutti la casa di riposo, cosa di cui sono stata grata. Mia nonna vive lì. Per fortuna non verranno colpiti dall'acqua. Non vorrei mai che lei e i suoi amici dovessero affrontare un'alluvione. Sarebbe davvero un'emergenza".

"Non ci avevo pensato", rispose Scarlet. "Almeno tutti quelli della mia strada sono riusciti ad evacuare abbastanza facilmente". Fece una pausa. "Tua nonna vive lì da molto tempo?"

"Cinque anni. È un posto bellissimo, vado a trovarla

ogni settimana. Le case di riposo hanno una cattiva fama, ma questa è semplicemente fantastica: strutture e personale favolosi. E sono felice che sia in alto, perché hanno appena costruito anche un'incredibile sala comune. Sarebbe un vero peccato se venisse rovinata".

Scarlet annuì, facendo scorrere il dito sul bordo del bicchiere. Anche Scarlet possedeva dei bicchieri di cristallo, ma li aveva persi durante il divorzio, come la maggior parte delle cose. Avrebbe dovuto lottare di più, ma era emerso che Liv era più brava di Scarlet a discutere e alla fine se n'era andata. Quest'anno si era regalata altri due tumbler, ma aveva avuto bisogno solo di uno. Comunque, presto avrebbero galleggiato in una strada vicina.

"Abiti sola, immagino". Scarlet non aveva idea se Joy avesse un compagno, ma immaginava di no. Altrimenti, probabilmente sarebbe stato lì a bere whisky con loro.

Joy si fermò un attimo prima di annuire. "Sì, ci sono solo io. Ora che Steve se n'è andato, sono solo io".

* * *

Perché le era uscito di bocca? Tre sorsi di whisky e Joy stava pronunciando il nome di Steve. Non era nemmeno più sposata con lui, per carità, ed ecco che lo nominava come se fosse ancora una parte importante della sua vita.

Il volto di Scarlet non cambiò molto. "Chi è Steve?"

Joy dava per scontato che tutti lo sapessero. "Il mio ex marito", disse, la voce le uscì più chiara di quanto immaginasse. Sembrava forte, controllata. Alzò un sopracciglio verso Scarlet. "Sembri sorpresa. Credevo che la mia vita amorosa fosse sulla bocca di tutti. Il giornale locale la infila in ogni articolo possibile:

"La nuova sindaca single, Joy Hudson"". Mise l'ultima frase tra virgolette e sgranò gli occhi.

Scarlet alzò le spalle. "Non esco molto", rispose. "Sapevo solo che eravate divorziati; non conoscevo il suo nome".

Scarlet non ne sapeva nulla, pensò Joy. Come il vero motivo per cui Joy aveva lasciato il marito dopo dieci anni di matrimonio. Il vero motivo per cui aveva accettato il ruolo di sindaca: per riempire la sua vita, per smettere di preoccuparsi di come vivere la sua vera identità. Ma Joy aveva la sensazione che, se Scarlet l'avesse saputo, non avrebbe giudicata. Anzi, Joy ne era abbastanza sicura.

Nell'ultimo anno circa, Joy aveva condiviso il vero motivo per cui aveva rotto il matrimonio solo con il suo ex e con sua nonna. Sapeva che era una cosa stupida, ma Joy era reticente a condividerla con il resto del mondo. Li riguardava davvero? No, non erano fatti loro. Joy l'avrebbe condiviso quando fosse stata pronta, e non pensava che sarebbe accaduto tanto presto.

"Quindi sì, ci abito solo io qui, e mi piace. Non avevo mai vissuto da sola prima di lasciare Steve, e nessuno ti dice quanto sia liberatorio. Parlano di solitudine e depressione, ma onestamente non mi sono mai sentita più libera. Posso fare quello che voglio, lasciare le cose dove voglio ed essere chi voglio. Avrei dovuto farlo anni fa, invece di infognarmi in un matrimonio". Joy fece una pausa, valutando Scarlet. Fece roteare la bevanda nel bicchiere e ne bevve un sorso, l'odore acre che le colpì le narici prima del liquido stesso la fece esitare. "E tu? Immagino che tu non sia sposata".

Scarlet si alzò a sedere, schiarendosi la gola. "Ho l'aspetto di una che non è sposata?"

Joy rise dolcemente. "Voglio solo dire che sei qui da sola,

quindi presumo che tu non abbia un partner che aspetta dietro le quinte".

"Presumi bene; anch'io sono divorziata. Tra un paio di mesi avrò 40 anni, sono single e ora sono senza casa". Scarlet si lasciò sfuggire una risata strozzata. "Non sono un buon partito, vero?"

Joy guardò Scarlet: riconosceva un'anima persa quando la vedeva. Era stata così per tutta la vita, senza mai capire che stava cercando nel posto sbagliato. Solo nell'ultimo anno, da quando aveva avuto una casa tutta sua, era riuscita a trovare la sua strada, a riprendersi la sua vita e a essere se stessa. Beh, quasi del tutto se stessa. Per quanto potesse osare al momento. Non appena gli incarichi di sindaco di Joy fossero terminati, aveva intenzione di fare coming out alla famiglia, agli amici e al mondo intero, ma per il momento poteva aspettare.

"Non direi", rispose Joy. "Hai la tua salute e hai un bicchiere in mano, quindi il mondo non è un posto così terribile, no?" Joy saltò in piedi. "Secondo giro?"

Scarlet annuì. "Sì, per favore".

Joy andò a prenderle il bicchiere. Quando lo fece, le loro dita si sfiorarono per un secondo e un brivido corse lungo la mano e il braccio di Joy. Il contatto la fece fermare e sobbalzare un po'.

Scarlet, guardando oltre Joy, non sembrò accorgersene.

Joy si schiarì la gola e si avvicinò al mobiletto delle bevande, mordendosi il labbro mentre toglieva il tappo al single malt, un regalo di Natale di Steve, e ne versava due dita in ogni bicchiere. Il calore che sentiva dentro di sé non era dovuto solo al drink, ma cercava di ignorarlo. Sorrise nervosamente a Scarlet mentre le restituiva il bicchiere, poi si sedette di nuovo sul divano, felice dello spazio che le separava. Solo perché era seduta nella stessa stanza di una donna attraente non significava che dovesse turbarsi, no? Perché Scarlet era una donna attraente, e Joy non poteva negarlo: era alta e magra, con i capelli scuri, lucidi come una pietra d'onice. Joy era incuriosita: voleva conoscere meglio la sua ospite.

Quando guardò la sua ospite, notò che aveva l'espressione di chi è in panico.

"Mi chiedo come stia il mio appartamento". I lineamenti di Scarlet erano impostati sulla tristezza.

Joy scosse la testa. Avrebbe odiato essere nei panni di Scarlet e voleva fare il possibile per la sua ospite.

"Non ho idea di come tu possa sentirti", disse. "È davvero terribile. Per te, per tutta la città". Fece una pausa. "Ma come ho detto, sono sicura che riunirà tutti, farà emergere lo spirito della comunità".

Scarlet fece un grugnito. "Non sono il tipo che ama lo spirito di comunità, non ne ho viste molte prove. Il mondo non è pieno di pace e amore, dove vivo io".

"Credo che rimarrai sorpresa".

Scarlet alzò di nuovo le spalle e sorseggiò il suo whisky. "Vedremo". Fece una pausa, riaggiustando il corpo sul divano. "Sai se l'alluvione è già avvenuta?" Scarlet scosse la testa. "Quanto è strana questa frase? È davvero inusuale, come se fosse un disastro organizzato".

Joy mise giù il suo whisky. "In un certo senso lo è. Vado a prendere il telefono: c'era un hashtag da seguire su Twitter".

Joy tornò pochi istanti dopo, toccando il telefono con il pollice. Cliccò su un video: il suono inconfondibile dell'acqua che scorreva e delle grida riempì l'aria.

Il volto di Joy si incupì. Esitò, prese una brusca boccata d'aria, poi ansimò. "Merda". Joy non riusciva a capacitarsi di ciò che stava vedendo. Voleva disperatamente proteggere Scarlet da quelle immagini, ma era impossibile. Non poteva proteggerla, per quanto ci provasse.

Scarlet posò il suo drink sul pavimento e scattò in piedi accanto a Joy. "Cosa c'è?"

Joy alzò lo sguardo e trasalì, prima di passare il telefono a Scarlet.

Quando vide il filmato, il volto di Scarlet impallidì, come se la vita la stesse lentamente abbandonando.

Joy aveva appena guardato il video in riproduzione sotto l'hashtag #dulshawflood; sentiva di nuovo l'acqua scrosciante, come se stesse sgorgando dal suo telefono. Osservare Scarlet che lo guardava ora sembrava un'intrusione, quasi troppo personale, come se Joy dovesse distogliere lo sguardo.

"Oh mio Dio", disse Scarlet. Ma non staccò gli occhi dal telefono. "Tutto il mio appartamento è sott'acqua". Fece una pausa. "Tutto ciò che possiedo è sparito". Silenzio. "*Ogni singola cosa*".

Joy non sapeva cosa dire. L'alluvione ora era reale, reale al 100%, e lei aveva una delle vittime in salotto. Tutte le banalità di prima le erano passate di mente, perché vederlo accadere e sapere che era proprio davanti alla porta di casa erano due cose completamente diverse. Lo stomaco di Joy si agitava guardando la reazione di Scarlet e non riusciva a sopportarlo.

Forse Scarlet aveva ragione e il mondo *era* un posto terribile.

Se tutto ciò che Joy possedeva fosse stato sommerso, sapeva che si sarebbe sentita così.

***

Scarlet allungò una mano, non sapendo bene come orientarsi dopo quello che aveva appena visto. Non era sicura di come fosse possibile che tutta la sua vita fosse stata semplicemente spazzata via, ma era così. Alla fine la sua mano colpì il divano e vi crollò sopra, il suo corpo cedette, sapendo che non c'era più nulla per cui lottare. Quando mise la mano sulla guancia, era bagnata.

Stava piangendo, e Scarlet non piangeva *mai*. Non aveva pianto quando Liv l'aveva lasciata; piuttosto, aveva inserito il pilota automatico, passando da un giorno all'altro, esistendo piuttosto che vivendo. Gli amici le avevano fatto visita, incoraggiandola a sfogarsi, ma lei era stata ferma. Aveva fatto un patto con se stessa: Liv non l'avrebbe distrutta, ed era quello che era successo. Liv non aveva vinto.

Scarlet non aveva pianto nemmeno quando era morto suo padre. Era malato da tempo, anche se era stato portato via troppo presto, a soli 50 anni. I suoi fratelli avevano pianto; sua madre era sconvolta, ma Scarlet era stata la roccia, il collante che aveva tenuto unita la famiglia. Non aveva pianto. E di certo non aveva pianto quando, anni dopo la morte della madre, l'unione della famiglia si era spezzata. Che senso aveva piangere? L'avrebbe portata da qualche parte, l'avrebbe aiutata nella sua situazione?

Così aveva tenuto duro. Era solida. Tutti descrivevano Scarlet in questi termini. Era una roccia. Era affidabile, non si sarebbe mai spezzata in una crisi; era una project manager, una risolutrice di problemi, un'imperturbabile.

Eppure, erano sue le lacrime che scendevano sulle guance semicurve, portando in bocca un dolore caldo e salato. Poiché

Scarlet aveva già provato dolore in passato – per i lutti, per la perdita della sua relazione – conosceva bene la sensazione. Sapeva cosa si provava a stare davanti al banco dei piatti pronti del supermercato e voler scoppiare a piangere. Sapeva cosa si provava a guardarsi allo specchio e a non riconoscere la propria immagine riflessa.

E questo era un lutto. Aveva appena perso tutta la sua vita, spazzata via in un batter d'occhio. Tutto il suo corpo tremò mentre quel pensiero si abbatteva sul suo cervello, mandando in cortocircuito ogni filo del suo corpo.

Non aveva nessun posto dove andare. Non poteva tirarsene fuori o bluffare, fingendo di essere una dura. Era senza casa e senza vita.

Sì, *senza vita.*

Scarlet non credeva di aver mai trovato un termine così appropriato. Essendo diventata una sedicente eremita, la sua vita si svolgeva tra le quattro mura del suo appartamento. E ora quel rifugio le era stato strappato dalle mani. Non era sicura del perché si fosse sentita così spensierata, così disinvolta quando era uscita. Forse, nel profondo, le era sembrato tutto irreale, come se la stessero prendendo in giro.

Perché avevano dovuto aprire le barriere contro le inondazioni? Sicuramente era il contrario di quello a cui si presumeva servissero, eppure erano state aperte, e l'acqua era arrivata. Densa e fangosa, alta fino alla vita, che le faceva distogliere lo sguardo.

Scarlet tirò fuori la lingua per raccogliere le lacrime che ora cadevano liberamente. Con la coda dell'occhio percepì vagamente un movimento e poi le vennero infilati dei fazzoletti sotto il naso. Ne prese uno con gratitudine e soffiò.

Gettò lo sguardo verso il basso: aveva ancora in mano il telefono e il filmato veniva riprodotto, ancora e ancora. Non riusciva a staccare gli occhi da lì: il momento in cui il fiume scorreva lungo la sua strada era stato catturato perfettamente da qualcuno in alto. Un minuto prima la sua era una strada normale nella prima aurora del mattino, intontita e che si stava togliendo il sonno dagli occhi. E poi, all'improvviso, l'aspra ondata di acqua marrone e fangosa, che correva, sbatteva, strisciava come un mostro in un film dell'orrore. Nel giro di pochi secondi, due o tre metri d'acqua si riversarono a cascata nel suo quartiere, urlando e strillando, sfrecciando nelle case senza volerlo, come un reparto di cavalleria.

Il suo appartamento seminterrato non aveva mai avuto alcuna possibilità di sopravvivere.

Scarlet non riusciva più a guardare, doveva distogliere lo sguardo. Appoggiò il telefono sul divano e seppellì la testa tra le mani. Il suo corpo era ormai in preda alle convulsioni e le lacrime si erano trasformate in singhiozzi. Il dolore trapelava da ogni poro e la possedeva completamente. E in qualche modo, anche se era seduta sul divano di un'estranea in una casa sconosciuta, a Scarlet non importava.

Non aveva una reputazione da difendere, lì: Joy la conosceva appena. Non sapeva che questa non era la normale Scarlet. E data la situazione, Joy non aveva intenzione di giudicarla. Scarlet era in grado di agire come voleva; eppure, in quel momento, non aveva nulla sotto controllo.

In questo momento, le azioni erano bagnate e selvagge.

* * *

Joy spostò il telefono incriminato, si sedette accanto a Scarlet e la prese tra le braccia. Sì, fino a pochi minuti prima sarebbe sembrata una mossa inappropriata, ma ora non c'era altra scelta: quella situazione richiedeva a gran voce l'abbattimento delle barriere personali. Scarlet aveva appena assistito all'allagamento di casa sua, aveva visto spazzare via tutto ciò per cui aveva lavorato duramente. Joy non poteva immaginare come si sentisse. Ma ne vedeva la fisicità, i singhiozzi che uscivano dal suo corpo. Ignorarla, allontanarsi, sarebbe stato semplicemente meschino.

Joy non era sicura di come avrebbe reagito Scarlet. Tuttavia, cedette subito, crollando tra le braccia di Joy con altri singhiozzi incontrollabili. Joy aveva la sensazione che quello non fosse un comportamento normale per Scarlet, ma non la biasimava. Non si trattava certo di circostanze tipiche.

Joy ignorava volontariamente il modo in cui il suo corpo si accendeva con Scarlet tra le braccia.

Dopo qualche minuto e almeno altri cinque fazzoletti, Scarlet smise di singhiozzare e riprese a respirare normalmente. I suoi capelli scuri le circondavano il viso, come se cercassero di calmarla, di rassicurarla.

Joy le diede un altro fazzoletto pulito.

Scarlet lo prese e si soffiò il naso. "È incredibile quanto moccio ci sia, vero?"

"Hai ragione", rispose Joy, rivolgendo a Scarlet un sorriso comprensivo. "Mi dispiace molto per il tuo appartamento". L'adrenalina stava scorrendo nel corpo di Joy per tutto quello che era successo, quindi poteva solo immaginare cosa stesse provando Scarlet. Era una situazione al di là delle sue capacità. Era confusa. Spaventata. Sola. Ma Joy voleva farle sentire che non era sola. Perché non lo era; Joy era lì per lei e la comunità era lì per lei, indipendentemente dal fatto che Scarlet ci contasse o meno.

Passò a Scarlet il suo whisky ambrato, che scintillava alla luce. Le loro dita si toccarono, ed eccolo di nuovo, caldo e brillante. *Boom!* Un brivido lungo il braccio di Joy, che cercò di calmarsi prendendo grandi boccate d'aria.

Scarlet era ancora splendidamente ignara. E perché non avrebbe dovuto esserlo? Aveva problemi più importanti da considerare.

Invece, Scarlet trangugiò il whisky. Un sorso, due sorsi, tre. L'intero bicchiere, tutte e due le dita, in un solo sorso. Si accasciò sul divano, prima di lasciarsi cadere sconfitta.

"Ne vuoi un altro?" Chiese Joy, indicando il suo bicchiere vuoto. Le mani di Scarlet erano lisce e delicate, in contrasto con il suo carattere.

Scarlet scosse la testa. "Forse tra un minuto". Espirò pesantemente. "Mi sento così maledettamente impotente, sai?" Fece una pausa, gli occhi scrutarono la stanza. "Di solito sono io a risolvere le cose, a sistemare i casini". Si fermò. "In realtà, più che altro, impedisco che accadano. Come siamo arrivati a questo punto? È questo che non capisco. Perché gli appartamenti del seminterrato sono stati scavati e venduti quando c'era la possibilità che accadesse una cosa del genere?"

Scarlet si sedette in avanti e sbatté il suo bicchiere, il suono del cristallo sul tavolo di vetro che si infrangeva nell'aria. Sobbalzò, fissando il tavolo. Rabbrividì. "Merda, scusa. Non l'ho rotto, vero?"

Joy si sedette in avanti accanto a lei, raccogliendo il bicchiere di Scarlet e scuotendo la testa.

"Va bene, sembra sempre peggio di quello che è", disse lei, passando una mano sul piano del tavolo. "Mi dico sempre di comprare i sottobicchieri, ma me ne dimentico. L'ho preso quando mi sono trasferita qui, il mio primo atto da single. Steve non ha mai voluto un tavolo con il ripiano in vetro". Ma Joy si era innamorata a prima vista: i tavoli di vetro erano fighi.

"Anche io ho un tavolino di vetro". Scarlet fece una pausa. *Ce l'avevo.* A quest'ora sarà già a metà strada per Manchester". La sua voce si incrinò mentre pronunciava le ultime parole, e poi rise. "È troppo surreale, cazzo, vero?"

Joy annuì; era davvero così, e non c'era nulla che potesse dire per sdrammatizzare. L'alluvione si sarebbe potuta evitare se le autorità avessero stanziato i fondi necessari per mantenere la barriera. Ma non l'avevano fatto; avevano fallito e questo era il risultato.

"Ieri mi sono alzata e sono andata al lavoro, ho avuto una riunione ridicola in cui ho discusso con un tizio della contabilità sul mio budget per il mese e su come avrei dovuto spenderlo. La discrepanza era di meno di 100 sterline, ma lui non ha voluto lasciar perdere. Mi ha fatta arrabbiare tutto il giorno, ma ieri sera, anche se ero sconvolta, non volevo bere un whisky nei miei bei bicchieri di cristallo quando sono tornata a casa, perché è gennaio, siamo appena usciti dal Natale e stavo cercando di moderarmi".

"C'è quella challenge di non bere a gennaio: è sopravvalutata", rispose Joy.

Scarlet sbuffò. "Sono d'accordo. Avrei dovuto bere, no? Avrei dovuto usare i miei bei bicchieri, perché non li rivedrò mai più". Si fissò le mani, torcendole da una parte e dall'altra.

"E sì, lo so che sono solo oggetti e che possono essere sostituiti, ma viene da chiedersi *perché* ci procuriamo gli oggetti, quando questi possono essere facilmente portati via, o rubati, o distrutti". Espirò di nuovo. "A che serve tutto questo, se un giorno il fiume esonda e porta via tutto?" Scarlet si mise di nuovo la testa tra le mani e Joy si preparò a un altro pianto, già immaginando di prendere i fazzoletti.

Ma quella volta non ci furono lacrime. Al contrario, Scarlet si mise a ridere, scuotendo la testa da una parte all'altra. "Mi dispiace, mi dispiace davvero".

Joy aggrottò le sopracciglia. "Di che cosa ti dispiace?"

Scarlet si tolse le mani dal viso e scrollò le spalle, con i palmi rivolti verso l'alto. "Di essere un tale disastro piagnucolante nel tuo salotto. E per poco non ti spaccavo il tavolo". Fece una pausa, guardando dritto davanti a sé. "A proposito, è un tavolino davvero delizioso. Molto meglio del mio".

Joy sorrise: Scarlet amava il suo tavolino. Steve non l'aveva mai voluto acquistare, le aveva detto che era poco pratico. Scarlet l'aveva apprezzato, ed era in casa sua da meno di due ore. Questo non le era sfuggito. Scarlet aveva capito che i mobili potevano dare piacere, che potevano essere arte.

L'ex di Joy non l'aveva mai capito, come non aveva capito molte altre cose.

"È splendido. Ma è solo un oggetto, come hai detto tu. Facilmente sostituibile". Fece una pausa, fissando Scarlet con lo sguardo, sperando che la sua ospite non fosse troppo malinconica. Aveva tutto il diritto di esserlo, ma Joy stava cercando di diluire la sua perdita, di addolcirne il sapore.

"E penso che ti sia permesso di essere triste dopo la notte che hai passato. La cosa positiva è che stai bene e potrai comprare altra roba quando le acque si ritireranno. Fino ad allora, sei la benvenuta qui, davvero. Ho spazio e, francamente, la compagnia sarebbe gradita". Le guance di Joy arrossirono. "Beh, se hai amici o parenti da cui stare, non sentirti obbligata".

Ma Joy sperava che rimanesse. Mettendo da parte tutto il resto, le *piaceva* Scarlet. Con Scarlet non faceva la sindaca, ma era semplicemente se stessa. E questo era fin troppo raro nella vita di Joy di quei tempi. Persino Steve aveva iniziato a parlare di progetti edilizi locali che pensava lei avrebbe potuto influenzare.

Scarlet appoggiò di nuovo la testa sul divano, prima di voltarsi verso Joy, con gli occhi vitrei.

"Grazie. Mi piacerebbe restare, se va bene. Non ho nessun altro". Poi gettò lo sguardo verso il basso e si lasciò sfuggire un enorme sospiro. "Come ho detto prima, sono praticamente sola". Fece una pausa. "Pacchetto unico e senza assicurazione. Quindi, rimettere insieme il mio appartamento potrebbe non essere una cosa così facile".

Se già prima Joy stava boccheggiando, quell'affermazione la fece trasalire ancora di più. "Non hai l'assicurazione?" *Come poteva non avere l'assicurazione?*

Scarlet scosse la testa, con la faccia di Joy che diceva di non riuscire a crederci.

"Per l'edificio, sì. Voglio dire, tutti ce l'hanno, no? Ma per il contenuto, ce l'avevo, ma è scaduta poco prima di Natale. E tra una cosa e l'altra, non ero ancora riuscita a rinnovarla. Volevo farlo, davvero, ma non ci sono mai riuscita. Ero impegnata a fare delle cose. E ora... beh, ora sembra che avrei dovuto darle la priorità, non è vero?" Si lasciò sfuggire una risata strozzata, bassa, simile a un singhiozzo. "Mio padre, quando era in vita, ci diceva sempre di fare tutte queste cose, di impostare l'addebito diretto. Non avrebbe mai lasciato scadere la sua assicurazione. E di solito non lo avrei fatto nemmeno io".

Scarlet si mosse sul divano e il cuore di Joy si strinse a lei. Mentre parlava, si ritraeva visibilmente, imbarazzata e chiaramente confusa per quello che era successo nelle ultime ore. Era come se Scarlet stesse cercando di scavare nel divano, di trovare una via di fuga segreta attraverso i cuscini e di scomparire.

Joy intervenne. "Come ho detto, puoi restare qui per tutto il tempo che ti serve; non mi dispiace". Sentiva un legame con Scarlet e voleva aiutarla, ma non voleva nulla in cambio. Quella sera aveva aperto la sua casa alla città, come era suo dovere civico. Ma era più che felice di scoprire che forse si era fatta anche un'amica. "E ti prometto questo", aggiunse Joy. "Quando sarà il momento di tornare a vivere nel tuo appartamento, ti consegnerò personalmente la tua prima bottiglia di whisky da bere e faremo un brindisi nel tuo nuovo salotto. Affare fatto?" Joy tese una mano per stringerla.

Il suo discorso strappò un sorriso a Scarlet. "Affare fatto", rispose Scarlet, stringendo la mano di Joy.

Capitolo 3

Non aveva idea di cosa avesse fatto per approdare lì ed essere così accudita, ma Scarlet era piena di gratitudine. E pensare che avrebbe potuto trovarsi ancora nella sala della comunità, a cercare di dormire su coperte ammuffite sotto le luci al neon. Invece, Joy l'aveva accolta, senza volere nulla in cambio. Scarlet aveva quasi dimenticato che al mondo esisteva una tale gentilezza.

E ora era rannicchiata sul divano di Joy, nel suo ufficio, in un piumino azzurro che profumava di freschezza e di promesse. Dalla finestra entravano sottili raggi di sole e davanti a lei danzavano colonne di particelle di polvere, catturate dalla luce. Era strano avere tanta luce naturale che inondava la stanza dopo aver vissuto in un seminterrato.

Inondare. Quella parola aveva assunto un nuovo significato. Non poteva più usarla con disinvoltura nelle conversazioni o nei pensieri. Non sarebbe più stata la stessa cosa.

Stava sorgendo un nuovo giorno, ma non sarebbe stato un giorno come gli altri. Quel giorno era l'inizio di un capitolo completamente nuovo della sua vita, il capitolo intitolato *Dopo l'alluvione*. Scarlet non aveva idea di cosa le avrebbe riservato, ed era allo stesso tempo impaziente di scoprirlo. Sarebbe riuscita a rientrare nel suo appartamento? Ne dubitava.

Non aveva idea di come sarebbe stato, di cosa avrebbe provato, di che odore avrebbe avuto. L'aveva visto solo alla televisione, e non si riusciva mai a capire veramente attraverso un piccolo schermo. Sembrava sempre un sacco di gente cupa e di case inghiottite dall'acqua grigia. Come se bastasse staccare la spina per far defluire tutto e farlo tornare esattamente come prima.

Ma non era quella la realtà che stava affrontando ora. Il problema era che, a guardarla in TV, sembrava una soap opera, irreale, quasi cinematografica. Le cascate d'acqua e la tristezza avevano un senso narrativo, dopotutto. Scarlet non si era mai soffermata a considerare le vite sconvolte dalle inondazioni, le case rovinate, gli effetti personali annegati, i ricordi erosi. Il costo umano di tali disastri veniva sempre trattato, ma lei non vi aveva mai prestato attenzione.

Ora era attenta.

Aveva controllato il telefono prima di dormire e l'alluvione era una notizia da prima pagina, il video che aveva visto aveva avuto migliaia di visualizzazioni in tutta la nazione. Le inondazioni sono sempre affascinanti da guardare, che ti riguardino o meno. Avrebbe dovuto chiamare suo fratello Clark e fargli sapere cos'era successo: quella mattina si era svegliata con un suo messaggio e gli aveva risposto per fargli sapere che stava bene. Non aveva parlato dell'appartamento. Scarlet avrebbe dovuto mandare un messaggio anche all'altro fratello, Fred, anche se lui viveva in Australia e probabilmente non era al corrente di quello che stava succedendo.

Non erano rimaste sveglie a lungo dopo il crollo di Scarlet, sapendo entrambe di dover dormire per poter affrontare la giornata. Lei era riuscita a dormire poco più di quattro ore e, a posteriori, probabilmente si sentiva peggio di prima. I residui di whisky le stavano impastando il cervello, procurandole un dolore sordo, ma a Scarlet non importava, ne era valsa la pena. Scarlet sentiva la gente in piedi e sapeva che avrebbe dovuto alzarsi anche lei e vedere in cosa consisteva la sua vita. Non era un sabato normale, questo lo sapeva.

Il divano scricchiolò quando si alzò e si vestì con gli stessi abiti che aveva indossato la sera prima. Aveva lasciato un armadio pieno di vestiti, compreso il suo tubino nero, che non aveva avuto occasione di indossare negli ultimi due anni. La cyclette. Le sue scarpe da ginnastica. Il suo certificato di laurea. I suoi libri, i CD, la televisione, i DVD. Tutti annegati e mai più rivisti. Il rimpianto le montò dentro, ma lo tenne a freno e si occupò di vestirsi. Non aveva tempo per rimuginare su ciò che aveva perso, perché non le sarebbe servito a nulla. Avrebbe usato la stessa tattica di quando era morto suo padre: testa bassa e vai avanti. Era l'unica cosa che poteva fare se non voleva crollare in un cumulo di ceneri. Ed era determinata a non farlo di nuovo, soprattutto davanti a Joy.

Joy era gentile e rassicurante. Aveva messo la mano sul ginocchio di Scarlet e Scarlet ne aveva sentito il calore. Era passato molto tempo dall'ultima volta che una donna le aveva messo una mano addosso, e Scarlet aveva una strana sensazione su Joy: forse non era così etero come sembrava. O forse si trattava di un'illusione. Comunque sia, anche se il breve contatto non era stato sessuale, Scarlet aveva comunque desiderato di più, si era avvicinata. Quando Joy le aveva accarezzato la schiena, Scarlet avrebbe voluto piangere di sollievo.

Scarlet si passò una spazzola tra i capelli e arieggiò il

piumone, lisciandolo sul letto. Non voleva che Joy pensasse che fosse un'ospite ingrata o disordinata. Lei era tutt'altro.

L'ufficio era ordinato, ma in modo disordinato, paradossalmente: era pulito, ma aveva bisogno di un sistema di archiviazione migliore. Era il genere di cose che una project manager come Scarlet avrebbe potuto fare per lei in una mattinata. Si segnò mentalmente di offrire il suo aiuto quando la situazione si fosse un po' calmata. Era il minimo che potesse fare, dopo tutto quello che Joy aveva fatto per lei.

Le pareti erano disseminate di mantra di auto-aiuto: *Sii il cambiamento che vuoi vedere*; *Salta e la rete apparirà*; *Non è mai troppo tardi per imparare, soprattutto per fare del proprio meglio*. Qualunque cosa Joy facesse, era una grande sostenitrice della positività, quello era chiaro.

Scarlet aprì con uno strattone la porta in pino dell'ufficio, notando le lucide maniglie cromate, e per poco non andò a sbattere contro Joy sul pianerottolo.

Per evitare che si scontrassero, Joy aveva teso entrambe le mani e ora erano in un imbarazzante abbraccio, con i volti a pochi centimetri l'uno dall'altro, entrambe con un sorriso maldestro.

Joy fu la prima a rispondere, rompendo la presa e sistemandosi i vestiti, con lo sguardo fisso su Scarlet. "Buongiorno!", disse. "Sei riuscita a dormire?"

Scarlet annuì, mentre l'effetto delle mani di Joy su di lei pulsava ancora a ondate nel suo corpo.

"Sì, incredibile". I suoi pensieri erano momentaneamente confusi, ma lei li rimise rapidamente in ordine come un abile croupier. Scarlet indicò con il pollice sopra la spalla. "Quel divano letto è molto comodo, e mi sono addormentata come una bimba, il whisky mi ha dato una mano. Anche se mi sento ancora a pezzi".

Joy le sorrise. "Un po' di cibo ti farà sentire meglio. Gli altri sono appena usciti per andare a valutare i danni. Io devo scendere alla sala della comunità tra un'oretta, ma lascia che ti mostri dove si trova tutto in cucina". Joy stava già scendendo le scale mentre parlava, e Scarlet la seguì doverosamente, come se l'avesse già fatto ogni giorno della sua vita.

Era sorpresa di sentirsi a casa, visto che era arrivata da meno di sette ore. E Joy aveva un aspetto fresco, come se stare sveglia per mezza nottata e ospitare un carico di estranei in casa sua fosse una cosa che faceva tutti i giorni. Forse faceva parte del mandato di sindaco. Comunque sia, Scarlet era impressionata.

La cucina di Joy sembrava uscita direttamente da una rivista, con le sue superfici bianche, gli armadietti scintillanti e gli arredi cromati. Era un interessante mix di maschile e femminile, esattamente il tipo di spazio che Scarlet avrebbe scelto se la sua cucina fosse stata più grande di un francobollo. Dal poco che Scarlet conosceva di Joy, sembrava adattarsi perfettamente a lei. Quella cucina rappresentava i due lati della sua personalità? O era un residuo del suo precedente matrimonio?

"Serviti pure del tè, o del caffè, il latte è nel frigorifero". Joy indicò un frigorifero color crema in stile americano, più alto di Scarlet e largo circa tre volte tanto. "Se vuoi qualcosa di più forte, credo che tu sappia dov'è", aggiunse con un sorriso.

"È un po' presto".

Joy alzò le spalle. "Il tempo oggi non scorre come al solito, no?" Fece una pausa. "Il pane è nel cestino, c'è della pancetta nel frigorifero e i cereali sono in questa credenza". Indicò la credenza sopra la sua testa. "TV e radio, serviti pure". Si fermò e valutò Scarlet. "Andrai alla sala della comunità?"

Scarlet annuì, prendendo il bollitore e riempiendolo d'acqua. "Penso di sì", disse, quando il rumore si fu placato. "Prima o poi dovrò affrontare la situazione, no? Inoltre, devo vedere se la mia valigia è lì, altrimenti indosserò gli stessi vestiti per un bel po' di tempo".

Joy annuì, ora con la faccia seria. "Da quello che mi hanno detto, non credo che riuscirai a entrare nel tuo appartamento oggi: le acque non si sono ritirate. Ne saprò di più quando incontrerò il capitano della polizia, più tardi: il capo del Consiglio mi ha chiesto di essere presente, così potrò dare notizie concrete".

Scarlet annuì. Il pensiero di tutte le sue cose sott'acqua le dava la nausea. Il suo appartamento era come uno strano sogno, un fermo immagine della sua vita, sommerso. Non riusciva a immaginarlo, con tutti gli oggetti che galleggiavano come in una capsula del tempo, sospesi nello spazio.

"Avevi altri piani?" La voce di Joy irruppe nella sua mente.

Scarlet batté le palpebre, cercando di raccogliere i suoi pensieri in un fascio ordinato, ma non ci riuscì. Oggi erano destinati a essere dispersi.

Scarlet si schiarì la gola. "Se non riesco a entrare nel mio appartamento, probabilmente più tardi andrò a calcio, per distrarmi".

Il volto di Joy si incupì.

Scarlet lo notò e aggrottò le sopracciglia. Espressioni del genere non erano mai una buona notizia. "Perché quella faccia?"

"Non credo che il campo da calcio sarà accessibile", disse Joy, incrociando le braccia sul petto. Fece una smorfia prima di continuare. "Il club è stato colpito duramente. Il campo è sott'acqua e anche gli spalti sono sommersi. L'ho visto stamattina in televisione: l'acqua era alta fino a un metro e mezzo. Ha colpito anche le case circostanti. Quindi, se non puoi entrare nel tuo appartamento, puoi dare una mano lì? Cercherò di venire più tardi, dopo essere stata a controllare mia nonna, poi andrò alla sala della comunità e al municipio. C'è molto da fare".

Scarlet sentì il sangue defluire dal suo viso. Oltre al lavoro, il calcio era l'unica costante della sua vita che la manteneva sana di mente e non la deludeva mai. Era l'unica cosa che l'aveva tenuta a galla negli ultimi tre anni.

A galla. Doveva proprio smettere di usare quelle metafore acquatiche.

"Avevano appena fatto installare tutte le nuove attrezzature in palestra e tutto il resto", disse Scarlet. Si sedette su uno degli sgabelli da colazione, scuotendo la testa.

"Lo so", rispose Joy.

Scarlet non riusciva a capacitarsene, era troppo. Prima l'appartamento, ora la squadra di calcio. E che dire di Eamonn? Avrebbe dovuto sposarsi lì la settimana successiva. Dubitava che ora sarebbe stato possibile.

"È tutto troppo reale, non è vero?" disse Scarlet, il suo precedente ottimismo era ormai un ricordo sbiadito. "Si affronta un contrattempo e se ne presenta un altro. La mia casa e il mio club?" Scosse la testa prima di alzarsi. "Comunque, calmati e fatti un tè, non è così che si dice?"

Joy annuì. "Così facciamo noi britannici".

Quando Scarlet si allontanò da Joy per rimettere a scaldare il bollitore, le lacrime le punsero di nuovo il fondo degli occhi. Fece tre respiri profondi prima di voltarsi verso la sua ospite.

"A proposito, vuoi un tè o un caffè?" Le lacrime erano sul punto di uscire, ma era decisa a non piangere. Se lo avesse fatto ogni volta che si fosse parlato dell'alluvione, avrebbe passato gran parte della sua giornata sott'acqua. Non voleva. Quel che era fatto era fatto. Ora doveva aiutare a sistemare le cose.

Perché Scarlet era un'aggiustatrice.

Joy alzò gli occhi verso l'orologio alla parete e poi tornò a Scarlet. "Magari. Le tazze sono qui", disse indicando a destra. "E la lavastoviglie è nascosta qui quando hai finito". Joy aprì quello che sembrava un armadio accanto a lei, per rivelare una lavastoviglie.

"Apito", rispose Scarlet, deglutendo a fatica.

"Prendo il tè con il latte e un solo cucchiaino di zucchero", aggiunse Joy, uscendo dalla cucina e fermandosi sulla soglia. "E mi dispiace molto per lo stadio", aggiunse. "So che è stato un pomo della discordia per qualche tempo, ma credo che la squadra di calcio sia vitale per la comunità".

Scarlet si morse il labbro superiore e deglutì a fatica, annuendo verso Joy.

Controllati, controllati, controllati.

"Sai una cosa? Questa è la terza tazza di tè che qualcuno mi ha preparato stamattina. E devo dire che è un lato positivo dell'avere persone qui. Vivendo da soli, ci si dimentica di quanto sia bello che qualcun altro ti prepari una tazza di tè, non è vero?"

Scarlet sorrise. "So esattamente cosa intendi, e sono felice di preparartelo. È il minimo che possa fare", disse, con la voce che le si bloccava in gola. Già, Scarlet conosceva bene la gentilezza dei piccoli gesti, soprattutto quando di solito non ti capitano mai.

Joy guardò Scarlet per un breve secondo. "Bene", disse. "Vado a fare una doccia al volo e quando torno ti tiro fuori delle scarpe da ginnastica. Ne ho di diverse misure in garage".

Fece un ampio sorriso prima di sparire su per le scale.

Scarlet preparò il tè con il pilota automatico, aggiungendo l'acqua e poi il latte, poi si accasciò su uno degli sgabelli per la colazione. Dopotutto, non aveva più fame. Il giorno prima a quell'ora la vita era stata di merda, ma prevedibilmente di merda. Ora tutto era stato stravolto e Scarlet stava cercando qualcosa a cui aggrapparsi.

Joy le aveva lanciato un'ancora di salvezza e per questo le sarebbe stata eternamente grata.

Capitolo 4

Joy salì i gradini di Grasspoint, la comunità per anziani di cui sua nonna aveva fatto parte negli ultimi anni. Si trattava di una casa di riposo lungimirante, e Joy ne era grata, perché all'epoca il pensiero di lasciare lì sua nonna l'aveva riempita di ansia. Il fatto è che sua nonna non soffriva di demenza e non era vecchia, a 80 anni. Tuttavia, a causa del deterioramento delle sue articolazioni, a volte aveva difficoltà a muoversi e Grasspoint le forniva tutta l'assistenza di cui aveva bisogno. Ora la nonna di Joy godeva ancora di un minimo di indipendenza, con un proprio bagno e un'area lounge condivisa, e tutti i pasti le venivano cucinati. Inoltre, si era fatta dei grandi amici con cui era seduta nel salone quando Joy arrivò.

Joy fece un cenno a Fred, il tuttofare, mentre attraversava il salotto per raggiungere il gruppo di amici. C'era Carol, che a quanto pare si era tinta i capelli di una tonalità accesa di rosa dalla settimana precedente; Annie, che amava lamentarsi di tutto e di più; e Robert, uno dei pochi uomini della casa che si godeva le attenzioni femminili con gioia. Joy aveva un debole per tutti loro, ma nessuno era la sua amata nonna.

"Ehi, nanetta", disse Joy, chinandosi per abbracciare la nonna. 'Nanetta' era il nomignolo affettuoso che le aveva dato negli ultimi anni, dato che la nonna aveva cominciato a ridursi lentamente ma inesorabilmente per la vecchiaia, letteralmente.

La nonna le rivolse un sorriso mentre Joy prendeva una sedia. "Non ero sicura di vederti oggi, con le inondazioni", disse, scostando i capelli grigi dalla fronte liscia.

Ecco una cosa che Joy sperava di aver ereditato da lei: la pelle. Certo, aveva qualche ruga, ma la gente si stupiva sempre che avesse 80 anni. La maggior parte delle persone la riteneva più giovane di almeno dieci anni.

Joy sorrise. "Verrò sempre a trovarti, soprattutto dopo un'alluvione, per assicurarmi che tu stia bene".

La nonna liquidò i suoi commenti con un gesto della mano. "Stiamo bene, abbiamo vissuto di peggio, non è vero Robert?"

Robert aggrottò la fronte. "Che cosa, Clem?"

La nonna di Joy si chiamava Clementine e Joy aveva passato tutta la vita a desiderare di essere chiamata come sua nonna, invece che come un'emozione vaga e difficile da definire.

"Stavo solo dicendo a Joy che abbiamo vissuto tutti situazioni peggiori di questa alluvione, non è vero?" Sua nonna ora stava gridando.

Robert sorrise quando sentì, ancora armeggiando con l'apparecchio acustico. "Guerre mondiali, Clem", disse. "E ho perso il conto di quante alluvioni ho vissuto. Persino Londra veniva inondata di continuo. Siamo un'isola, la gente non dovrebbe sorprendersi più di tanto".

Joy rideva: qualunque fosse la crisi della sua vita, poteva sempre contare di essere rasserenata quando visitava Grasspoint. La nonna e i suoi amici sapevano mettere gli eventi in prospettiva.

"Non posso fermarmi a lungo, però. Devo andare in città a vedere come stanno tutti". Joy si sfregò le mani mentre parlava. Anche se la sala era molto calda, le sue mani si stavano ancora adattando dal freddo esterno.

"La gente andrà fuori di testa", rispose Clementine. "Lo sai bene".

"Alcune persone hanno perso la casa, quindi direi che hanno buone ragioni. Alcuni hanno dormito da me. Una di loro è una donna del posto che ha perso tutto, Scarlet. Aveva un appartamento nel seminterrato ed è completamente allagato". Joy sorrise, immaginando Scarlet quella mattina, con i suoi capelli scuri non scompigliati. "La devastazione è scioccante, anche se l'avete già vista prima".

La nonna le mise una mano sul braccio. "Non ho mai detto che non fosse scioccante, voglio solo dire che le persone si riprenderanno. È così che funzionano le cose". Le strinse il braccio e Joy fu riportata a tutte le volte in cui, durante la sua infanzia, sua nonna faceva esattamente la stessa cosa mentre lei raccontava i suoi problemi al tavolo della cucina. Erano sempre state in confidenza, fin da quando Joy era piccola. Joy aveva un fratello, Michael, ma era lei la preferita della nonna, cosa che Clementine non aveva mai cercato di nascondere. Clementine la preferiva addirittura a suo figlio Christopher, il padre di Joy. In cambio, Clementine era la nonna preferita di Joy.

La sua unica nonna, ma sempre la sua preferita.

"Quindi, questa Scarlet... è single?"

Le guance di Joy si arrossarono: non aveva bisogno di uno specchio per rendersene conto, si sentiva come se tutto il suo viso fosse una luce al neon che lampeggiava verso sua nonna. Joy guardò fuori dalla finestra le dolci colline, prima di voltarsi indietro.

"Non ne sono sicura", rispose scuotendo la testa e sorvolando sul fatto. Confidava che la nonna andasse dritta al punto. "Ma non ha un altro posto dove andare, quindi le ho detto che può restare". Joy scrollò le spalle, come se invitare un'estranea a casa propria fosse la cosa più naturale del mondo. "Però è simpatica, mi piace. Andiamo d'accordo e mi farebbe comodo una nuova amica".

Clementine guardò la nipote, poi le fece un cenno. "Non hai torto", disse. "Sarà bello per te avere un po' di compagnia. E se è single e disponibile, tanto meglio". La nonna seguì quel commento con uno sguardo complice. "E poiché vedo che stai prendendo in considerazione l'idea, deduco che sia anche gay".

Se prima Joy era diventata rossa, era quasi certa che le sue guance fossero appena divampate. Essendo in politica, avrebbe dovuto essere abituata ad affrontare domande difficili, ma sua nonna aveva sempre saputo quali tasti premere. Immaginava che tutto ciò facesse parte del discorso *"ti conosco da quando eri in fasce"*.

Joy lanciò un'occhiata alla nonna, poi distolse lo sguardo. "Non ne ho idea".

Ma se Joy fosse stata una scommettitrice, sarebbe stata pronta a mettere sul tavolo una scommessa consistente per puntare sul fatto che Scarlet lo fosse. Joy non era sicura di *cosa* fosse, ma aveva avuto un sentore da lei, un'idea. Sì, Scarlet era stata sposata, ma non aveva detto se con un uomo o con una donna. E Joy, più di tutti, sapeva che la sessualità era una cosa fluida e poteva facilmente cambiare.

"Ma anche se lo fosse, non significa che succederà

qualcosa. Non è che mi innamorerò della prima lesbica che incontro nella mia vita quotidiana, no? Ho bisogno di sentire un'attrazione, un legame". Ma anche Joy sapeva che stava protestando *troppo*, che sentiva quell'attrazione, quel legame. L'aveva sentita dal momento in cui Scarlet era entrata in casa sua la sera prima.

Clementine abbassò gli occhiali da lettura dal viso e rivolse a Joy un tenero sorriso. "Non ho detto mica il contrario, vero?", disse. "E capisco come funzionano gli appuntamenti e l'attrazione; sono sulla Terra da un po' più di tempo di te". Fece a Joy un ampio sorriso. "Ma so anche quando sei interessata. E, a giudicare dalla tua reazione, direi che lo sei".

Joy fece per rispondere, ma furono interrotti dalla direttrice della casa di riposo, Celia, che si affacciava alle spalle di Joy.

"Una tazza di tè, Joy?"

Joy girò la testa. "Sarebbe bello, Celia, grazie".

Salvati dalla campanella – a Joy era sempre piaciuta Celia. Clementine la stava ancora guardando, ma Joy non le stava dicendo nient'altro, perché non c'era nulla da dire. Per il momento, Joy stava facendo esattamente quello che aveva detto a sua nonna: aiutare qualcuno in difficoltà.

"Un altro giro di tè anche qui?" Chiese Celia, alzando la voce verso il gruppo.

Tutti mormorarono la loro approvazione.

"E un po' di quella torta che Maureen ha portato prima", aggiunse Clementine. Strinse di nuovo il braccio di Joy, dicendole: "È la tua torta preferita, la Guinness. Dovrebbe partecipare al programma *Bake Off*, le dico sempre. E potrebbe conoscere quel Peter Hollywood".

Joy sorrise. L'ennesima fetta della torta Guinness di

Maureen Armitage. Era un bene che corresse tre volte alla settimana. "Si chiama Paul, nonna", disse Joy.

Clementine la guardò accigliata. "Chi si chiama Paul?"

"Paul Hollywood, in *Great British Bake Off*".

Clementine guardò Joy come se fosse impazzita. "È quello che ho detto, Paul Hollywood". Scosse la testa.

Joy lasciò perdere.

"Comunque, tuo padre si è fatto sentire? Gli ho mandato un messaggio per fargli sapere che l'intera città stava annegando, ma dubito che gliene importi molto". Clementine non era rimasta molto colpita dalla decisione del figlio di trasferirsi in Spagna lontano dalla famiglia dopo la pensione. Joy aveva sempre provato un po' di dispiacere per suo padre; aveva l'impressione che sua nonna fosse stata una madre severa, ma si fosse ammorbidita nel fare la nonna. O almeno, quando si trattava di Joy.

Joy annuì. "Sì, mamma ha chiamato quando ha saputo – le ho detto che stavamo tutti bene. Più di quanto non abbia fatto Michael, però. Mi ha mandato un messaggio per controllare che fossi viva, ma niente di più".

Clementine agitò una mano nell'aria, liquidando Michael come faceva sempre. "Ha preso da tuo padre, quel ragazzo. E poi si tratta di uomini, sono creature diverse. Non posso che ringraziare la tua adorabile madre. Anche se non capisco come faccia a sopportare Christopher. Quella donna è una santa".

* * *

Il telefono di Joy era stato ininterrottamente attivo per tutta la mattina, per essere aggiornata sulla risposta delle varie istituzioni all'alluvione. Coordinata dalla polizia e dal responsabile della pianificazione delle emergenze del Comune, coinvolgeva diverse organizzazioni, tra cui polizia, vigili del fuoco, esercito, Comune, protezione civile e ambulanze. Ma c'era una cosa che tutti avevano in comune: nessuno aveva buone notizie. Gli avvisi di alluvione si erano rivelati corretti e l'acqua aveva causato più danni del previsto. Sì, l'inondazione controllata aveva comportato meno danni, ma c'erano ancora centinaia di case e attività commerciali sott'acqua, per non parlare degli orti, del campo di calcio e del cinema della città. Anche il ponte principale sul fiume era crollato sotto la spinta dell'acqua, lasciando la città tagliata fuori per un'estremità.

Joy entrò nella sala della comunità e fu colpita dal rumore, con i bambini che urlavano e le voci che si alzavano per farsi sentire. L'odore di caffè amaro e di pane tostato bruciato le arrivò alle narici e fece fatica a vedere il pavimento, mentre passava sopra a letti di fortuna, vestiti e sacchi a pelo dismessi. Vicino alla cucina, nell'angolo più lontano, era stata allestita un'area per mangiare, con un paio di tavoli e una manciata di sedie di plastica rosse e rovinate. Non era l'ideale, ma era il meglio che si potesse fare date le circostanze.

Nonostante ciò, ovunque Joy guardasse, vedeva sorrisi. Questo era lo spirito di comunità che si aspettava: tutti sulla stessa barca, e avrebbero navigato insieme. In un angolo c'era una torre di candeggina: bottiglie e bottiglie di quella roba. Erano state spedite quella mattina dal Comune e i residenti si stavano servendo da soli. Quando le operazioni di pulizia fossero terminate, Joy era certa che Dulshaw sarebbe stata una delle città più sterili del Regno Unito.

"Come va, Sue?" Joy si rivolse alla donna corpulenta con una cartellina. Sue Janus era un'assidua frequentatrice del Consiglio, al massimo della felicità quando stringeva una cartellina con una penna appesa a un filo. Quella mattina era decisamente raggiante. L'alluvione era per lei una manna dal cielo.

"Come ci si può aspettare", rispose Sue, stringendo le labbra e annuendo lentamente.

"Di sicuro, però, stai migliorando la situazione", disse Joy. "Continua così".

Joy sentì qualcuno accostarsi a lei e, quando girò la testa, era Scarlet.

Joy le fece un sorriso, che era già automatico. "Non mi aspettavo di vederti qui".

Scarlet non sembrava contenta: il suo viso era imbronciato. Scrollò le spalle. "Sono andata giù a casa mia, ma sono impegnati. Mi hanno detto di tornare tra un po', quando avranno pompato via un po' d'acqua, così ho pensato di venire a prendere la mia valigia, portarla a casa nostra – cioè, a casa tua – e poi tornare indietro. Anche lì ci sono alcuni residenti che hanno bisogno di aiuto".

"Hai portato un'amica?" Sue chiese, sorridendo a Scarlet e poi a Joy, ma il sorriso non raggiunse i suoi occhi.

"Scarlet, questa è Sue Janus, una delle nostre eroine della comunità", disse Joy. "Scarlet è una di quelle che ho ospitato ieri sera dopo che il suo appartamento è stato allagato".

Sue aggrottò le sopracciglia. "È vero, ora mi ricordo di te", disse. "Pensavo che fossi arrivata dopo…".

"Sembra che tu stia facendo un ottimo lavoro", disse Scarlet, interrompendo bruscamente Sue.

Sue si interruppe, sviata da qualsiasi cosa stesse dicendo. "Sì, beh, bisogna unirsi nei momenti di bisogno, no?" Guardò Scarlet dall'alto in basso. "Ci sono pacchi di cibo che verranno consegnati più tardi, se ne hai bisogno, e un caffè laggiù". Sue strinse la mano di Scarlet e scosse la testa da una parte all'altra. "È un momento davvero difficile, ma siamo qui per voi".

Scarlet si irrigidì al contatto, ritirando la mano. "Grazie, lo apprezzo molto".

Sue le fece un cenno, assicurandole che il suo dovere era stato fatto, e si allontanò.

Joy rivolse a Scarlet un mezzo sorriso. "Sue Janus, eroina della comunità e gran ficcanaso", disse in un sussurro. "Tuttavia, ha buone intenzioni".

Scarlet annuì, senza parole, scrutando la stanza. "Senti, sono venuta a prendere la mia valigia", disse, indicando con la testa il punto in cui si trovava ai suoi piedi. "Speravo di riportarla da te, come ho detto. Stai andando a casa o puoi darmi una chiave?"

Joy controllò l'orologio. "Non avevo ancora intenzione di tornare". Frugò nella borsa e diede a Scarlet il suo mazzo di chiavi. "È quella blu, altrimenti me ne dimenticherei ogni giorno", disse, indicando la chiave appoggiata sul palmo teso di Scarlet. "E la chiave d'oro sblocca la serratura. Puoi lasciarla qui quando ripassi per andare a casa tua?"

Scarlet annuì. "Naturalmente". Fece una pausa. "Tua nonna sta bene?"

Joy annuì. "Per fortuna sono in alto, altrimenti sarebbe stato un disastro enorme. Parlano tutti di come sono sopravvissuti alla guerra, quindi la gente ce la farà". Fece una pausa. "Quando saremo vecchie, non avremo storie di guerra su cui basarci, vero?"

Scarlet sorrise. "Dovremo raccontare loro della grande alluvione che ci ha quasi spazzati via tutti".

"Ma siamo sopravvissute".

"Più o meno". Scarlet si spostò, poi prese la valigia. "Grazie per queste", disse, porgendo le chiavi. "Tornerò entro mezz'ora, quindi non andare da nessuna parte".

E con questo sollevò la valigia, anche se era su ruote, e girò i tacchi.

Joy avrebbe voluto poter fare di più, ma non poteva fare nulla. Si limitò a guardare Scarlet che usciva di corsa dalla sala della comunità e poi si voltò verso il baccano della stanza. Ora vedeva solo bambini che piangevano, briciole e volti tesi.

* * *

Scarlet sbatté la porta della casa di Joy e corse lungo la strada il più velocemente possibile, con il vento che le fischiava nelle orecchie. Non aveva idea del perché stesse correndo, ma era qualcosa che doveva fare. Espellere l'energia in eccesso che si era accumulata nel suo corpo e cercare di dare un senso a ciò che era accaduto nelle ultime 24 ore.

Aveva appena consegnato una valigia contenente la sua vita alla casa temporanea che condivideva con un'estranea. Aveva bisogno di chiamare suo fratello, di sentire la sua voce. Non che l'avesse sentito molto, ultimamente, visto che non aveva risposto alle sue chiamate o alle sue e-mail. Probabilmente aveva rinunciato a sentirla e lei non lo biasimava. Si segnò mentalmente di chiamarlo più tardi.

Dall'alto, la città appariva stranamente calma e normale: non si poteva dire che ci fosse qualcosa di diverso. Ma quando Scarlet girò l'angolo e tornò a vedere il centro della città per la seconda volta quel giorno, la sua corsa si arrestò bruscamente.

Lottava per respirare, ansimando mentre appoggiava le mani sulle cosce e si piegava in avanti. Se avesse mangiato qualcosa avrebbe potuto vomitare, ma stava correndo a vuoto.

Non poteva credere ai suoi occhi.

Era come se una parte della città fosse stata cancellata, e gli spazi vuoti colorati di marrone fangoso. Il ponte era crollato sotto la spinta dell'acqua, questo lo sapeva. Ma anche l'intero lato est della città era stato inghiottito, come se Madre Natura avesse avuto una fame tremenda la notte precedente.

Il cinema era semisommerso, così come tutte le strade vicino al fiume e oltre. L'acqua lambiva la base della collina su cui si trovava, e lei sapeva che non sarebbe andata oltre in quella direzione. C'era movimento su alcune delle strade, che ora erano fiumi improvvisati, con barche di salvataggio che traghettavano persone e oggetti al sicuro. Anche l'esercito era stato inviato in aiuto, insieme a innumerevoli squadre di soccorso alpino.

Ma tutti i dubbi di Scarlet su quanto potesse essere grave la situazione del suo appartamento erano ora confermati. Lo aveva intuito quando aveva visto i danni al campo di calcio, vicino alla parte più stretta del fiume. La scena che le si era parata davanti era stata di devastazione. Dove c'erano campi, ora c'erano laghi. Dove c'erano state strade, ora c'erano fiumi. Non riusciva ancora a dare un senso a tutto questo.

Scarlet si sedette sul terreno stranamente asciutto e fissò il suo edificio. Era così vicino che poteva quasi raggiungerlo e toccarlo. Le visioni di tutti i suoi averi sepolti in fondo all'oceano le passarono per la mente. Era abbastanza sicura che non fossero ancora arrivati a quel punto.

Dopo cinque minuti di contemplazione della nuova

Dulshaw, si alzò, si spazzolò il retro dei jeans e proseguì lungo la strada principale. I suoi piedi erano ormai appesantiti dal terrore, lo scorcio della nuova realtà le premeva claustrofobicamente nel cervello.

Lo stadio di calcio era dall'altra parte della città, dove il fiume serpeggiava, e lei sapeva cosa l'aspettava lì. Non poteva fare nulla per il suo appartamento, ma forse poteva fare qualcosa per il club e per le persone lì intorno. Aveva bisogno di qualcosa che la tenesse occupata, perché se avesse pensato troppo a tutto quello che era successo, sarebbe impazzita. Sopra di lei, nuvole scure minacciavano altri guai per quella notte: il meteo che aveva controllato prima prevedeva altra pioggia. Proprio quello di cui non avevano bisogno.

"Scarlet! Scarlet!"

Si voltò e vide Eamonn che correva verso di lei con il suo solito abbigliamento, jeans e bomber.

"Riesci a credere a questa merda?" L'accento di Eamonn era dublinese puro, tutto un insieme di lusinghe e spavalderia che faceva piovere le donne su di lui nelle serate fuori. Era ancora perplesso sul perché Scarlet non si fosse mai innamorata del suo fascino, nonostante lei glielo avesse spiegato un milione di volte. Eamonn era uno di quegli uomini che si chiedeva perché tutte non lo trovassero irresistibile, e che era il bersaglio costante delle loro battute.

Scarlet scosse la testa. "No ", disse. "La tua casa è salva, almeno?"

Eamonn riprese fiato e annuì. "Sì, ma il negozio no". Steph, la fidanzata di Eamonn, gestiva una pasticceria in centro città chiamata Great Bakes.

"Più di mezzo metro d'acqua, fino al ginocchio", disse

Eamonn, abbassandosi per fare una dimostrazione. "Non ce l'hanno detto nemmeno in tempo, quindi non siamo riusciti a salvare granché, nemmeno la nostra torta nuziale, che Steph aveva appena finito di glassare". Si passò una mano tra i capelli neri e lucidi, le guance rosee per lo sforzo. Eamonn non si era rasato quella mattina e aveva l'ombra della barba sul viso.

"Merda", disse Scarlet, prima di fare una pausa. "Il mio appartamento ha fatto la stessa fine della tua torta: completamente scomparso. Sott'acqua, per non essere mai più visto".

Eamonn si portò una mano alla bocca, poi avvolse Scarlet in un abbraccio, con le braccia che stringevano forte il suo corpo. "Avevo dimenticato che eri in uno scantinato. Saresti potuta annegare. Ti hanno avvisata?" La teneva a distanza, come se volesse controllare che fosse ancora lì, il suo respiro caldo sul viso.

"Sì, hanno bussato alla mia porta alle 4 del mattino e mi hanno dato mezz'ora per andarmene".

Eamonn scosse la testa costernato. "Allora, dove alloggi? Ti serve un posto? Perché noi abbiamo la stanza degli ospiti". La teneva ancora tra le braccia, quasi con la paura di lasciarla andare.

Scarlet era commossa, ma scosse la testa. "Sto bene. Sto a casa della sindaca, nientemeno. Ha ospitato alcuni di noi ieri sera e ha detto che posso restare finché non mi sistemano. Sembra simpatica, quindi...". Scarlet si allontanò.

Ora che lo diceva ad alta voce, le sembrava strano. Perché stava rifiutando l'offerta di uno dei pochi amici che aveva in città per stare a casa di una perfetta sconosciuta?

Probabilmente perché il pensiero di fare il terzo incomodo con Eamonn e Steph non le piaceva. Aveva passato molto tempo con Eamonn, ma non aveva mai preso in considerazione l'idea di andare a vivere con lui: forse sarebbe stato un po' troppo per la loro amicizia. Inoltre, non voleva davvero intromettersi in casa loro, soprattutto la settimana prima del loro matrimonio.

"La casa della sindaca?" Eamonn si tirò indietro e la guardò. "Non è quella spocchiosa che sta cercando di portare avanti i progetti di costruzione dello stadio di calcio? Vivi con *lei*?" La sua faccia disse a Scarlet che non approvava.

Le guance di Scarlet si colorarono mentre rispondeva. "È una cosa temporanea, mentre aspetto di vedere come sta l'appartamento. Non bene, direi, guardando quella collina". Lanciò uno sguardo laterale verso la città, ma poi distolse gli occhi. Era meglio fingere che la devastazione non ci fosse.

Eamonn fischiò per sottolineare il disastro. "Riesci a crederci *davvero*?", disse scuotendo la testa.

"Non proprio".

"Voglio dire, cazzo, sembra il set di un film apocalittico. Solo che è la nostra città. Il mio piano iniziale era di ubriacarmi, ma ho incontrato due ostacoli. In primo luogo, Steph vuole fare dei piani – è una Vergine, non può farci niente. In secondo luogo, il pub locale è stato allagato e questo ha messo fine ai miei progetti. Anche nel centro della città sono saltati tutti gli impianti elettrici e quelli del gas; le tubature si sono allagate. Niente luci, niente bancomat, niente servizi. Niente di niente".

La bocca di Scarlet si spalancò alla sua spiegazione. "È solo… surreale".

"E tu ora vivi con la sindaca. Questo sì che è surreale".

Scarlet alzò le spalle. Non voleva che Eamonn si scagliasse contro Joy. A casa di Joy si era sentita calma e soddisfatta. Non si era sentita obbligata a fare le cerimonie o a comportarsi al meglio. Con Joy era stato facile ed era stata se stessa. Aveva *pianto*, per l'amor del cielo. E nonostante tutto, si era rilassata. Davvero rilassata, *anche* con tutto quello che stava succedendo. Questo la diceva lunga. Quindi Scarlet non sarebbe rimasta a guardare mentre lui la maltrattava.

"Non sappiamo se fosse coinvolta in quel piano di sviluppo. È stato solo un sentito dire, e lei dice che ci sta ancora lavorando, che è dalla nostra parte. Sembra sincera, e ieri sera è stata molto accogliente". Fece una pausa, rivolgendo a Eamonn un'alzata di spalle. "Vedila in questo modo: potrei essere in grado di influenzarla, di portarla a bordo".

Eamonn alzò un sopracciglio in direzione di Scarlet. "Sembri decisamente entusiasta della sindaca oggi: una bella svolta", disse, dandole una gomitata mentre camminavano insieme lungo la strada.

Scarlet sgranò gli occhi. Il mondo di Eamonn era molto bianco e nero quando si trattava di attrazione, e lei non aveva intenzione di dirgli che non era molto lontano dalla verità. Non aveva ancora elaborato del tutto il pensiero che lei stessa potesse essere attratta da Joy, la sua mente era troppo presa dalla sua vita che cadeva a pezzi per prestare attenzione ad altro.

"Può succedere, quando qualcuno ti dà un letto quando non hai un posto dove andare". Scarlet infilò le mani nelle tasche della giacca. Avrebbe voluto ricordarsi dei guanti, ma aveva la sensazione che anche quelli fossero sott'acqua.

"Ha lasciato il marito, vero? Il mio amico, Dean, lavorava con lei: si dice che l'abbia lasciato perché tifa per la vostra squadra".

Scarlet ebbe un sussulto allo stomaco quando lo sentì dire, ma tenne a freno le sue emozioni, mordicchiando l'interno della guancia. Joy poteva essere lesbica? Era possibile, suppose.

Eamonn scrollò le spalle. "L'offerta è valida se vuoi stare con noi, comunque. L'ho incontrata una volta e mi è sembrata un po' snob, una che guarda tutti dall'alto in basso. Quindi, se ne hai bisogno, la nostra porta è aperta".

I nervi di Scarlet si accesero, ma lei non rispose. Difendere ulteriormente Joy non avrebbe fatto altro che aumentare ulteriormente i sospetti di lui. E quando non c'era nulla in ballo, non c'era bisogno di farlo. Perciò sorvolò sull'argomento.

"Comunque, stavo andando al club per vedere se posso aiutare. Stavi andando da quella parte anche tu?"

Eamonn annuì. "Sì. Devo vedere quali sono i danni, per la prossima settimana, più che altro". Trasalì mentre lo diceva.

"Merda", disse Scarlet, fermandosi di colpo. "Mi ero dimenticata del ricevimento. Come ti senti? Sono stata giù prima, e non mi sembra che vada bene".

"Lo so, mi hanno chiamato". Eamonn scrollò le spalle, ma il dolore era impresso sul suo volto. "Cosa possiamo fare? Steph non sa cosa la turbi di più: il negozio o il matrimonio. Per ora, il negozio occupa la maggior parte delle sue energie e io devo tornare ad aiutarla. Le ho detto che avrei valutato il terreno, per capire se ci fosse qualche speranza. Ma prima Billy mi ha detto di lasciare perdere".

Eamonn e Steph avevano organizzato il loro matrimonio per quasi un anno ed Eamonn era stato così orgoglioso, quando la sua futura sposa aveva accettato di tenere il ricevimento al campo di calcio. Scarlet sapeva che non vedeva l'ora di fare le foto del matrimonio sul campo, ma non ne parlò.

Eamonn tirò su le spalle mentre il vento gli sferzava le orecchie. Rabbrividì, proprio mentre le nuvole si facevano un po' più rabbiose. "Quando si dice che piove sul bagnato. Mai una metafora è stata così vera", disse. Il cielo sopra di loro era pesante, rivestito di grigio ferro. "Abbiamo un'azienda annegata e un matrimonio inzuppato. Almeno il municipio era in alto, insieme al catering. Ma dove metteremo tutti i nostri ospiti per mangiare il cibo non lo sa nessuno".

Si rimisero in marcia, affrettandosi lungo la strada, Scarlet era desiderosa di arrivare al campo prima che il cielo si aprisse di nuovo.

Mise una mano sulla schiena di Eamonn e la strofinò su e giù. "Ci inventeremo qualcosa. Forse Joy può aiutarci, nel suo ruolo di sindaca. Posso chiederlo a lei, se vuoi".

Eamonn guardò Scarlet, valutando la sua offerta. Poi annuì. "Non può far male, no? In questo momento la festa si fa in strada, e non credo che avremo molte possibilità quando metà delle strade saranno effettivamente fiumi".

Mentre camminavano, Scarlet gli rivolse un sorriso torvo. "E il negozio… è messo male?"

"Malissimo. Tutte le attrezzature sono rovinate, tutti gli apparecchi. Ed è tutto ricoperto di fango. E bagnato, *tutto*. Quando l'abbiamo visto, volevamo piangere. Almeno siamo assicurati, questo sì. Alcune aziende non lo erano".

Scarlet smise di nuovo di camminare. Lo faceva spesso

in quei giorni. "Non può essere", disse a bassa voce, mentre la disperazione la inghiottiva tanto da farle pensare che le gambe le sarebbero crollate sotto i piedi.

Anche Eamonn smise di camminare, mentre la pioggia iniziava a cadere. "Porca puttana, Scarlet", disse, tirandola a sé prima che lei cadesse di sua spontanea volontà.

Capitolo 5

Era stata una giornata brutale, con storie terribili di vite e attività distrutte durante la notte. Inoltre, avendo dormito pochissimo, Joy aveva fatto ricorso a ogni grammo di stabilità mentale che aveva per sorridere e rassicurare la gente che il consiglio stava facendo il possibile. Nemmeno l'infinito flusso di panini e cupcake che entravano dalla porta della sala della comunità poteva alleviare i danni subiti. La situazione era catastrofica e reale per tutti gli interessati, anche se continuavano a sorridere, mostrando lo spirito britannico.

Verso le 21, Joy era finalmente riuscita a liberarsi, e ora era in cucina a preparare il suo *comfort food*: fagioli su pane tostato e un uovo in camicia. Anche se tutto il resto del suo mondo stava andando a rotoli, quel pasto aveva tutti gli ingredienti necessari per placare la sua anima. Stava girando la rotella dell'apriscatole quando bussarono alla porta. Posò la scatola sul bancone e si spostò nel corridoio.

Quando aprì la porta, Scarlet era in piedi sulla soglia, bagnata fradicia. La sua giacca aveva un cappuccio, ma la pioggia era riuscita a infilarsi sotto di esso e a finire sul suo viso, con rivoli che le scendevano lungo le guance. Le piogge erano tornate quella notte, aggiungendo danno al danno, proprio come avevano previsto i meteorologi.

"Sembri un topo affogato", disse Joy, facendosi da parte mentre Scarlet entrava.

"*Sono* un topo affogato". Scarlet si chinò e si tolse gli stivali, poi il cappotto, riponendoli nei posti giusti. Non aveva bisogno di sapere dove metterli: ricordava tutto dal giorno precedente.

"Come stai? Sei stata fuori per un sacco di tempo". Joy aveva le braccia conserte, ma si sentì subito più tranquilla, in qualche modo completa, ora che Scarlet era a casa. Non se ne era ancora resa conto, ma la stava aspettando, la sua casa non sembrava completa senza di lei. Ma non aveva intenzione di dirglielo. La conosceva da meno di 24 ore, non era il momento di presentarsi come una *donna sola*.

Scarlet alitò sulle mani e le sfregò nel tentativo di riscaldarsi. Poi si mise accanto al termosifone del corridoio, cercando di scaldarsi. Le guance erano rosee per il freddo, i capelli scuri, lunghi fino alle spalle, le si erano appiattiti sulla testa. Ma anche da spettinata Scarlet riusciva comunque ad avere un aspetto pacatamente bello.

Quel pensiero provocò una sensazione di bruciore sulle guance di Joy.

"Sono stata al campo di calcio tutto il giorno, ad aiutare a ripulire: si è asciugato rapidamente, ma è tutto a pezzi. Non ci giocheremo per un po'". Scarlet rabbrividì di nuovo. "Comunque, mi ha dato un assaggio di come potrebbe essere il mio appartamento: non è una bella immagine". Fece una pausa, scuotendo la testa.

"Poi abbiamo aiutato con le case intorno al terreno, sgomberando le cose. Un ragazzo, Dan, ha un cancro terminale ed è molto debole, quindi è stato particolarmente grato per il nostro aiuto". Fece un'altra pausa. "È un po' strano vederlo; posso aver perso tutto, ma almeno ho la mia salute, e questo è molto più importante nel quadro generale". Scarlet scrollò le spalle. "Non sono l'unica a essere fottuta, sai? Il club è distrutto, migliaia di altre persone, il matrimonio del mio amico è andato a monte – è un problema enorme". Fece una pausa. "E avevi ragione sullo spirito della comunità: oggi era così denso che potevi quasi abbracciarlo. Immagino che fosse così anche durante la guerra, no?"

"Secondo mia nonna, sì". Joy fece una pausa, contenta che la sua ospite si sentisse un po' più positiva rispetto all'ultima volta che l'aveva vista. "Stavo preparando fagioli, pane tostato e uovo in camicia: ne vuoi un po'?" Joy non attese la risposta e si diresse in cucina.

"Sembra divino", rispose Scarlet.

* * *

Scarlet si sedette al bancone della colazione mentre Joy si occupava di teglie e toast. Avrebbe dovuto offrirsi di aiutare, ma probabilmente avrebbe solo impicciato, visto che non conosceva la cucina. Preferiva sempre fare da sola quando aveva ospiti, e non succedeva da un po' di tempo. Joy aveva un'espressione di intensa concentrazione sul volto mentre rompeva le uova in un tegame di acqua bollente e le muoveva in circolo.

Scarlet si chinò in avanti mentre le uova cadevano dentro, senza dividersi. "Sono impressionata", disse. "Riuscire a fare le uova in camicia è un'abilità. Io non l'ho mai imparato, le mie finiscono sempre dappertutto".

Joy arrossì per il complimento, che era gentile.

"Me l'ha insegnato mia madre", raccontò Joy. "Era una cuoca, quindi le uova in camicia, le omelette e tutto il resto li abbiamo imparati da piccoli. Non che io abbia usato molto le mie capacità in questi giorni. Le uova in camicia sono il massimo che possa fare". Joy si scostò la frangia dagli occhi, come era sua abitudine.

"Il conforto del cibo è ciò di cui l'intera città ha bisogno stasera". Scarlet si guardò intorno in cucina. "A proposito, dove sono tutti gli altri?"

Il tostapane scoppiettò e Joy tirò fuori il pane, gettandolo sui piatti e soffiando sulle dita.

"Se ne sono andati, hanno trovato posto altrove presso amici e parenti". Fece una pausa e alzò lo sguardo su Scarlet. "Ho pensato di offrire l'altra stanza a qualcun altro, ma il mio senso di colpa è attenuato dal fatto che tu sia qui: ho accolto il mio rifugiato, così non mi si può puntare il dito contro".

L'odore di pane tostato caldo e imburrato fece capire a Scarlet quanta fame avesse; non aveva quasi mangiato per tutto il giorno. "Se qualcuno me lo chiede, dirò che anche tu avevi una famiglia di cinque persone oltre a me, ok?"

"Facciamo una famiglia di sette persone, per andare sul sicuro", rispose Joy ridendo. Caricò il toast con i fagioli e le uova in camicia appena fatte, li mise sul bancone della colazione e si sedette sullo sgabello accanto a Scarlet.

Le loro ginocchia si toccarono mentre Joy prendeva posizione, ma Scarlet non disse nulla, nonostante la cosa le provocasse un brivido lungo il corpo. Non era sicura di cosa fosse cambiato dal giorno prima, ma ora c'era qualcosa di fondo.

Non aveva comunque intenzione di rimuginarci sopra: soffermarsi non era nello stile di Scarlet. Avrebbe mangiato la sua cena e chiacchierato educatamente con la sindaca. Solo che non vedeva più Joy come *la sindaca*. Ora Joy era sua amica, oltre che sua salvatrice in quel frangente. E un'amica era esattamente ciò di cui Scarlet aveva bisogno, dopo tutto quello che era successo.

"Quindi lo stadio era distrutto?" Chiese Joy, tra un boccone e l'altro. Joy non parlava con la bocca piena, cosa che Scarlet apprezzava. Non era un'abitudine piacevole, ed era una cosa che Liv faceva *sempre*.

"Totalmente", disse Scarlet, appoggiando le posate mentre deglutiva. "Avevano appena montato la nuova palestra e tutte le attrezzature ora sono rovinate. Inoltre, gli spalti dovranno essere sostituiti, così anche il manto erboso, le bandiere, le porte, tutto quanto. E quando l'acqua si è ritirata era tutto… triste. Infangato. Lo stesso vale per tutte le case intorno. E l'odore…". Scarlet trasalì, poi raccolse coltello e forchetta. "Comunque, non parliamone mentre mangiamo". Fece una pausa. "Parliamo di qualcosa di più allegro. Com'è andata la giornata?"

Joy sospirò. "Non sono sicura che tu sia venuta nel posto giusto per l'allegria", disse. "Vuoi la versione vera o quella falsa?"

"Quale delle due è più leggera?"

"Quella falsa, naturalmente".

"Allora scelgo quella falsa", rispose Scarlet con un deciso cenno del capo.

Un sorriso malizioso si fece strada sul volto di Joy, che sollevò entrambe le sopracciglia verso Scarlet prima di rispondere. "Com'è andata la giornata?", chiese, usando un tono molto più alto del normale. "Bene, cara", continuò Joy.

"Ho accompagnato i bambini all'asilo, il cane ha fatto i vaccini e ho scelto i nostri nuovi armadi: ho optato per un bordeaux lucido, spero vada bene". Il sorriso che increspò il volto di Joy illuminò la stanza.

"Il bordeaux è il mio preferito in assoluto", disse Scarlet, con la bocca aperta per la meraviglia. "E ti sei ricordata di andare a *prendere* i bambini?"

Gli occhi di Joy si spalancarono in un finto allarme. "Oddio! *Sapevo* che c'era qualcosa che dovevo fare…".

E poi anche Scarlet rideva, proprio come Joy. Così forte che un fagiolo cotto le uscì dalla bocca e le finì sul mento.

Il che le fece ridere ancora di più, mentre Scarlet si rimetteva in bocca il fagiolo, leccandosi il dito. Le loro risate erano contagiose e diventavano sempre più forti: era stata una lunga giornata ed entrambe ne avevano bisogno.

Le lacrime scendevano sul viso di Joy, che le asciugava con il dorso della mano, quasi isterica. E poi cominciò a singhiozzare, prima dolcemente, poi più spesso e più forte.

"Cazzo", disse Joy, poi singhiozzò di nuovo. Saltò giù dallo sgabello, singhiozzò, poi corse al lavandino. Riempì un bicchiere d'acqua, singhiozzando per tutto il tempo, e cominciò a bere a ritmo sostenuto.

Scarlet si soffiò il naso e continuò a mangiare, dando un'occhiata a Joy che ora stava bevendo acqua a garganella. La cosa non la sorprese. Aveva visto molti trucchi per eliminare il singhiozzo nella sua vita, e questo era stato provato e riprovato. Alla fine, funzionò, e Joy tornò a sedersi, mangiando il suo piatto di cibo ormai freddo, mentre Scarlet si occupava del suo.

Joy mandò giù un boccone, poi tenne la forchetta in aria e

aspettò. Quando non si sentì alcun singhiozzo, alzò la forchetta in segno di trionfo. "Ho vinto!", disse. "Odio il singhiozzo".

Scarlet sorrise. "Eri molto carina con il singhiozzo, se ti può consolare". E poi desiderò di saper stare zitta: quel commento le era volato fuori dalla bocca senza possibilità di appello.

Joy la guardò, cercando chiaramente di capirla. Ma fortunatamente decise di lasciar correre.

Scarlet proseguì, ignorando il rumore del cuore nelle orecchie. *Bum, bum, bum.* "Ho sentito di un bambino in America che ha avuto il singhiozzo per, tipo, quattro anni. Voglio dire, è una cosa orrenda. Immagina: io mi agito dopo quattro minuti".

"Non credo che resisterei quattro ore", disse Joy, sorridendo. Poi continuò a mangiare e un confortevole silenzio si posò sulla cucina, come una calda coperta.

"Allora, hai detto che eri sposata. Quando avete divorziato?"

Scarlet guardò Joy. Immaginava che questo fosse il suo momento di fare coming out. Non era un grosso problema, Scarlet si dichiarava a tutti nella sua vita, era solo una parte di ciò che era. Eppure, dicendolo a Joy si sentiva come se fosse un grosso problema. Come se qualcosa potesse cambiare, e forse non in peggio. E questo era qualcosa che le faceva battere il cuore un po' più velocemente.

"Tre anni fa. Era disordinata, mia moglie", disse Scarlet, controllando il volto di Joy per verificare che non ci fosse traccia di sorpresa.

Non ce n'era.

Proseguì. "Si è rivelata una giocatrice d'azzardo. Sarebbe

stato quasi più facile se fosse stata infedele con una persona, piuttosto che con il denaro". Scarlet scrollò le spalle. "Questa è la mia triste storia".

Joy annuì, leccandosi le labbra. "Quindi eri sposata con una donna?"

Era un problema o no? Le guance di Scarlet si arrossarono mentre annuiva. "Lo ero. Sono lesbica, nel caso non l'avessi ancora capito".

Joy la guardò negli occhi, poi distolse lo sguardo. Era agitata.

Scarlet mise un piede a terra. Aveva letto male? Joy non era una liberale dal cuore tenero come il resto dei suoi amici? Se era una conservatrice di destra, ospitarla poteva essere problematico. Forse *avrebbe* dovuto accettare l'offerta di Eamonn. "Non è un problema, vero?"

Joy scosse la testa. "No!", disse con voce acuta. "Certo che no, per niente". Fece una pausa. "È solo che… ho pensato che potessi esserlo, ma non ne ero sicura". Un'altra pausa più lunga. "È il motivo per cui io ho lasciato Steve, perché credo di essere gay". Non guardava ancora Scarlet. "In realtà non lo penso, lo *so*. È solo che non ho fatto molta pratica. Sono stata un po' una ritardataria. Non me ne sono accorta fino ai trent'anni, e a quel punto ero già sposata". Alla fine guardò Scarlet. "Ed è la prima volta che lo dico a qualcuno che non sia il mio ex o mia nonna". Joy fece una pausa. "Ti sorprende?"

Scarlet sorrise a Joy, il sollievo le attraversò il corpo. Quindi Eamonn aveva ragione su ciò che le aveva detto. "Ci vuole molto per sorprendermi in questi giorni", rispose. "Ma complimenti per il tuo primo coming out con un'estranea. Non è stato così difficile, vero?"

Joy scosse la testa. "No", disse. "Anche se non ti definirei un'estranea".

Un'ondata di calore attraversò Scarlet: nemmeno lei lo avrebbe fatto. "Lo so, ma ci conosciamo solo da 24 ore, anche se queste 24 ore sono state contate in anni canini". Scarlet rise. "Come l'ha presa il tuo ex?"

"Sorprendentemente bene, siamo ancora amici. Ha detto che in un certo senso l'aveva sempre saputo". Joy fece una risata vuota. "Vorrei solo che me lo avesse detto, avrei evitato di sprecare una buona parte della mia vita". L'allarme si diffuse sui suoi lineamenti mentre guardava Scarlet. "Non che fosse uno spreco, tutt'altro…".

Scarlet alzò una mano. "Ho capito", disse. "Non c'è bisogno di spiegare. Non ho intenzione di scrivere sul giornale locale che abbiamo una sindaca lesbica che odia gli uomini". Scarlet rivolse a Joy un sorriso.

Joy ricambiò con un sorriso ironico. "Buono a sapersi".

"Quindi eri sposata con un uomo, ma ora sei lesbica. Non so molto di te, vero?"

Non sapeva davvero molto. Era a casa di Joy da un giorno, ma i riflettori erano puntati su di lei, a ragione. Ora era giunto il momento di scoprire qualcosa di più sulla sua ospite. Quello che aveva scoperto era già stato illuminante. *Davvero* illuminante.

"I tuoi genitori vivono qui vicino? Hai detto che tua madre è una chef: lavora in un posto che potrei conoscere?"

Joy scosse la testa. "No, gestivano uno dei pub della città, ma hanno venduto tutto e si sono trasferiti in Spagna un paio di anni fa. Mamma disse che aveva lavorato abbastanza in cucina e che era ora di godersi gli anni che le rimanevano.

Io ero pienamente d'accordo. Mio fratello, invece, aveva un'opinione diversa. Del resto, questa è la storia di mio fratello. Michael ha generalmente opinioni diverse dalle mie".

"Vive ancora da queste parti?"

Joy annuì. "Vive in un paese a circa mezz'ora di distanza, ma probabilmente vedo più spesso i miei genitori che lui. Oggi mi ha mandato un messaggio per chiedermi se ero annegata, ma questo è il massimo del suo amore fraterno". Joy scrollò le spalle. "Andiamo d'accordo quando non ci vediamo troppo spesso, e questo va bene a entrambi".

"Se va bene a voi", rispose Scarlet. Le immagini dei suoi fratelli gemelli le balenarono nella mente, ma le mise da parte. Anche lei non parlava con nessuno dei due da mesi, ma era una scelta sua, non loro. I suoi fratelli erano costantemente in contatto; era Scarlet che aveva deciso di *uscire dal giro*, di mettere in pausa la vita familiare. Che cosa aveva da offrire, dopo tutto, a parte l'autocommiserazione e l'infelicità?

Joy annuì di nuovo. "Vado a trovare i miei genitori almeno una volta all'anno, di solito due, e loro vengono almeno una volta a trovare la nonna. Hanno cercato di convincerla a visitarli, ma non le piace volare". Joy fece una pausa, con un'aria malinconica. "In effetti, quando la città si rimetterà in piedi, potrei volare lì per farmi fare un'iniezione di sole. Potrei averne bisogno, dopo le prossime settimane".

"Credo che tu abbia ragione".

Scarlet si morse il labbro superiore, pensando ancora ai suoi fratelli. Avrebbe dovuto informarli del suo appartamento e di dove si trovava, ma stava rimandando. Da quando sua madre era morta e Liv se n'era andata, aveva sempre rimandato *la vita*. Ma dopo l'alluvione avrebbe dovuto ricominciare ad affrontarla, la vita, a sporcarsi le mani. Aveva vissuto abbastanza a lungo in un mondo sterile. E seduta lì, nella cucina di Joy, poteva quasi sentire una ventata di vita tornare a farsi largo nel suo essere.

"Vedendo tutta la devastazione di oggi, voglio solo dire che è fantastico tornare qui e sentirsi a casa". Scarlet fece una pausa. "Perché qui mi sento davvero a casa, ed è una cosa incredibile per me. Di solito non mi sento a casa da nessuna parte. A volte nemmeno a casa mia".

Scarlet sostenne lo sguardo di Joy, e c'era qualcosa nel modo in cui lei la guardava. Il suo sguardo aveva un peso, come se ci fosse qualcos'altro che volesse dire, ma che stava trattenendo.

L'imbarazzo si insinuò sulle guance di Scarlet, per questo e per quello che aveva appena *ammesso*. Era vergognoso che a volte non si sentisse a casa sua, ma era la verità. Scarlet si era sentita non voluta, a disagio nella propria pelle per la maggior parte degli ultimi anni.

Ma ora non c'era nulla di tutto ciò. Era semplicemente sincera, era Scarlet. E questo era sorprendente.

"Sei stata così accogliente, molto più di quanto lo sarei stata io se qualcuno si fosse presentato alla mia porta alle cinque del mattino". Scarlet fece rimbalzare lo sguardo in tutta la cucina, ovunque per allontanarlo dagli occhi gentili di Joy. Osservò l'orologio da cucina vecchio stile, l'alzatina verde brillante, gli utensili appesi in modo ordinato.

Ma quando si voltò, Joy le stava sorridendo.

"Non c'è di che. A dire la verità, a volte mi sento sola ad essere sindaca e ad avere così tante cose da gestire, quindi è bello avere compagnia". Ora era il turno di Joy di distogliere lo sguardo. "Ed è strano pensare che ci siamo conosciute come si deve solo ieri sera, non è vero? Ed eccoci qui a mangiare fagioli nella mia cucina".

Scarlet annuì. Lo era davvero. Non riusciva a credere che fossero passate meno di 24 ore da quando si era presentata alla porta di Joy. Erano successe così tante cose. Tante emozioni. In realtà, più emozioni di quante Scarlet ne avesse provate da anni. Tenere sotto controllo i sentimenti era molto più facile che lasciarli liberi. Se ti apri, le persone ti puniscono, ti lasciano. Scarlet aveva imparato la lezione e si era irrobustita.

Fino alla sera prima.

"È strano, ma è bello", rispose Scarlet. "E avevi ragione: la gentilezza degli sconosciuti oggi è stata travolgente. Allo stadio, i ragazzi che gestiscono il ristorante indiano dietro l'angolo hanno portato un'intera pentola di curry. Hanno preparato un tavolo di fortuna e lo hanno servito con riso e naan. Nessuno gliel'ha chiesto, l'hanno fatto e basta". Scarlet scosse la testa. "E la quantità di persone del club – tifosi, calciatori, allenatori e gente del posto – che hanno aiutato a ripulire lo stadio e l'area circostante. Il potere della gente in azione".

Joy sorrise a questo proposito. "Vedi, cosa ti ho detto? Non sottovalutare mai il potere delle persone e la gentilezza del mondo".

Le lacrime punsero il fondo degli occhi di Scarlet, ma le inghiottì. La gentilezza non era una cosa che le era capitata spesso ultimamente, ma gli ultimi eventi le avevano ridato fiducia nell'umanità. Ci sarebbe voluto più di un giorno, ma Joy era la prova vivente che esisteva, così come ne erano la prova tutti quelli che aveva incontrato oggi. Anche i suoi genitori avrebbero partecipato, se fossero stati vivi.

Oh no, perché aveva iniziato a pensare a loro? Non voleva piangere di nuovo davanti a Joy, non per due sere di seguito. Ma il suo corpo aveva altre idee. Una lacrima le colò sulla guancia e lei la asciugò rapidamente, voltando la testa dall'altra parte. Tirò su col naso con forza e si passò la manica sul viso, facendo luccicare una scia di moccio. Attraente.

Scarlet teneva duro nella vita, era il suo mestiere. Ma quando si trattava di Joy sembrava impossibile. Joy aveva abbattuto le sue difese, aveva messo Scarlet a nudo.

E Joy era lesbica. Una lesbica appena dichiarata. Scarlet non era davvero sicura delle implicazioni che questo comportava. Qualunque fossero, non era sicura di essere pronta ad affrontarle. Dopo essersi mossa a passo di lumaca, la vita le stava improvvisamente sfrecciando nei sensi e nelle vene a cento all'ora.

****

Joy si accorse che Scarlet era in difficoltà. Ripercorse la conversazione, non sapendo cosa avesse detto per provocare le sue lacrime, ma erano lì, negli occhi di Scarlet. Cosa poteva fare per migliorare la situazione? Forse cambiare argomento, o bere una tazza di tè. Era stata la conversazione sul matrimonio a farla scattare? O parlare della famiglia di Joy?

Joy si alzò di scatto e mise su il bollitore, voltandosi verso Scarlet, che stava ancora tirando su col naso. Forse avrebbe potuto pareggiare il conto della famiglia chiedendo delle persone più care a Scarlet. Sì, era un buon piano.

"La sua famiglia è di queste parti? Immagino di no, visto il tuo accento".

Alla domanda, il volto di Scarlet passò dalla tristezza

all'allarme e Joy avrebbe voluto prendersi a calci. Chiaramente, questo cambio di argomento non era gradito.

Scarlet iniziò a mordersi le unghie, poi scosse lentamente la testa. "Sono originaria del sud, del Dorset. I miei genitori sono morti entrambi e ho due fratelli gemelli, uno vive in Australia e uno vicino a Preston, ma non lo vedo spesso". Scarlet incrociò le braccia, espirando profondamente prima di parlare di nuovo. "Ho delle zie e qualche cugino, ma non ci teniamo molto in contatto". Scrollò le spalle. "Sai com'è". Una pausa. "Poi la mia relazione è andata in crisi, così mi sono trasferita qui qualche anno fa perché tutti mi dicevano che al nord la gente era amichevole. Ma quando sono arrivata qui, ho scoperto che le persone erano uguali a quelle di qualsiasi altro posto". Scrollò di nuovo le spalle. "Vivo in un seminterrato e conosco a malapena i miei vicini". Fece una pausa. "*Vivevo* in un seminterrato".

"Ma oggi eri fuori con gli amici?" Joy cercava di evitare che la serata scivolasse verso la malinconia. Le era piaciuto quel nuovo lato di Scarlet, quello più spensierato e aperto. Quello che ridacchiava e sorrideva ampiamente. Tutto il suo viso si illuminava quando rideva. Joy non voleva perderla, ma sentiva già il buonumore scivolare tra le dita come sabbia.

"Sono i miei amici del calcio: li vedo solo nei giorni delle partite, mai in altri momenti. Uno di loro mi ha offerto la sua stanza degli ospiti, ma io non voglio essere il terzo incomodo a casa sua, con lui e la sua fidanzata. Ed è così che mi sento la maggior parte dei giorni, in realtà: fuori luogo". Scarlet scosse la testa, ogni sua azione appariva pesante, fastidiosa. "Non mi sono mai adattata a nessun posto, quindi credo di essere fatta così". Prese il coltello, poi lo rimise giù rapidamente. "Sono una disadattata, ma ci convivo".

Joy non pensava che Scarlet fosse una disadattata, neanche lontanamente. Scarlet era forte e coraggiosa, viveva la sua vita proprio come voleva. Si era sposata con una donna che amava, aveva subito una perdita, ma era ancora in piedi e ne stava uscendo. Semmai era Joy la disadattata, in quella situazione, non Scarlet.

Sicuramente non Scarlet.

Scarlet si alzò bruscamente e portò il suo piatto in cucina, riempiendo la lavastoviglie. Poi si mise accanto a Joy, incerta sulla sua prossima mossa. La tensione del momento aleggiava nell'aria intorno a loro. Joy sentiva che Scarlet voleva sorvolare sull'argomento, nascondendo tutto sotto il tappeto, ma non voleva che si allontanasse, né letteralmente né metaforicamente.

Joy aveva apprezzato la sua compagnia e voleva che rimanesse, così si buttò a capofitto, decisa a risollevarle l'umore. "Siamo tutti disadattati, in qualche modo. Io non rientro certo nello stereotipo di sindaco, vero?"

Toccò il braccio di Scarlet e la sua ospite quasi saltò fuori dalla pelle. Qualunque cosa stesse succedendo nella testa di Scarlet, Joy avrebbe voluto saperlo. Voleva far sedere Scarlet, farle dire tutto, farle capire che la sua vita non era inutile, non era priva di significato, e che poteva facilmente avere proprio ciò che voleva. Perché quello che Scarlet cercava era probabilmente la stessa cosa che tutti cercavano: amore, felicità, amicizia e legami. Tutto ciò di cui ognuno aveva bisogno, in fin dei conti, era il legame con gli altri. Questo, e una casella di posta elettronica meno attiva.

"Ti va un bicchierino in salone?" Chiese Joy, mantenendo la voce leggera, cercando di sdrammatizzare. "Prometto,

niente discorsi deprimenti, solo chiacchiere leggere e allegre".
Joy sfoderò il suo sorriso complice, riservato alle occasioni
speciali.

Non funzionò. Scarlet si era già spenta.

Ci fu un breve ritardo, come se stessero parlando su una
pessima linea telefonica internazionale.

"Dovrei cercare di dormire un po', stanotte", rispose Scarlet,
scuotendo la testa. "Forse domani riuscirò a raggiungere il mio
appartamento, quindi dovrò essere riposata per quello che
verrà". Scarlet fece una pausa. "Grazie comunque."

Joy annuì, rassegnata, con le spalle che cedevano. Sapeva
riconoscere la sconfitta e doveva lasciare Scarlet da sola, anche
se voleva disperatamente continuare a parlare. Erano anni che
non parlava con sincerità e, ora che aveva visto la sua occasione,
la bramava come una drogata.

Ma avrebbe dovuto aspettare.

"Ho spostato le tue cose nella stanza in cima alle scale.
Ho cambiato anche le lenzuola, quindi è tutto pronto. Fammi
sapere se hai bisogno di qualcos'altro".

Scarlet annuì, incapace di sostenere lo sguardo di Joy.
"Lo farò", disse, passandole accanto.

"E, Scarlet?"

Si voltò e rivolse a Joy uno sguardo straziante. Qualunque
cosa fosse accaduta a Scarlet, aveva lasciato una ferita che
sarebbe stata difficile da rimarginare. Il segno sul suo cuore
era stato fatto chiaramente con un pennarello indelebile.

"Sei la benvenuta qui finché il tuo appartamento non sarà
sistemato, quindi non preoccuparti, ok? Dico sul serio".

Scarlet sussultò, poi si morse il labbro. "Grazie", disse, con
un sussurro, prima di uscire dalla stanza.

***

La conversazione con Joy aveva steso Scarlet. Se si poteva chiamare conversazione. Parole in una stanza, forse. Scarlet era stata scortese, e Joy non se lo meritava: era premurosa, comprensiva, compassionevole. Inoltre, e le stava diventando chiaro, era *attraente*.

Scarlet sbatté la testa sul cuscino mentre la sua libido saliva, concordando con i suoi pensieri. Sì, Joy era attraente. E gay. E disponibile. Ma il fatto è che Scarlet non era sicura di *essere* disponibile o meno. In superficie, certo. Ma sotto sotto? Era troppo ferita, e non voleva infliggere le sue sofferenze a qualcun altro. E questo, anche supponendo che Joy fosse disponibile.

Disponibile *per lei*.

Scarlet non l'avrebbe biasimata se non lo fosse stata.

Aveva già notato che Joy era bella, in precedenza, certo che l'aveva notato. Ma allora era solo "la sindaca", e tutti sanno che a nessuno piace il sindaco. A chi diavolo piaceva il proprio sindaco? Di solito il sindaco era un uomo anziano, sudato e dai modi condiscendenti. Un milione di miglia lontano da Joy.

E se Scarlet lo avesse detto a Joy? Cosa sarebbe successo? Se avesse abbassato la guardia e avesse agito in base a qualsiasi sentimento potesse suscitare in Joy, sapeva come sarebbe andata a finire. Così come era andata con tutti i suoi precedenti incontri con le donne dopo Liv. Sarebbe iniziata bene, e Scarlet si sarebbe comportata al meglio. Sarebbe stata cortese ed entrambe sarebbero state entusiaste. Avrebbero cenato, fatto sesso e bevuto. Forse non in quest'ordine. Sarebbe stato carino. *Carino.* Che razza di parola era?

Ma, a loro insaputa, Scarlet non si impegnava mai veramente. Gradualmente, lentamente ma inesorabilmente, cominciava a uscire dalla situazione, si sganciava dall'altra persona, finché, prima che se ne rendesse conto, Scarlet smetteva di rispondere alle chiamate e ai messaggi. Usciva mentalmente dalla relazione, lasciando l'altra completamente confusa.

Non appena l'altra persona voleva saperne di più su di lei, Scarlet se ne andava. Aveva già percorso quella strada e sapeva dove portava. Amore, dipendenza, speranze, sogni. Quando ti apri, le persone ne approfittano. In realtà bastava un po' di coraggio, un po' di forza, e non ci si doveva mai far trovare in una posizione così vulnerabile. Semplice.

Solo che, questa volta, Scarlet aveva cominciato in modo diverso. Questa volta non c'era stato nessun inizio, nessun appuntamento, nessuna finzione. La vita aveva fatto incontrare Joy e lei, e le difese di Scarlet erano state violate, proprio come quelle della città. Non aveva scampo e l'unico piano che le era venuto in mente era quello di scappare dalla cucina, perché se non fosse scappata, chi poteva sapere cosa sarebbe accaduto? Sì, era turbata per i suoi genitori, ma anche per quello che stava accadendo. "Turbata" era la parola giusta? Forse, "confusa" rendeva meglio l'idea. O anche "spaventata".

Scarlet non era pronta a rischiare di nuovo.

Almeno, *questo* era ciò che pensava. L'unica cosa è che Joy le faceva credere che, *prima o poi*, avrebbe potuto essere pronta. Vicino a Joy, Scarlet sorrideva di nuovo. Stava nascendo un'amicizia, e Scarlet non ne aveva avuta una da anni. Non con un'altra donna. Non con un'altra donna *gay*. Non voleva rovinare questa possibilità con la sua libido, che era in grado di gestire da sola.

Aveva bisogno di un'amica molto più che di un'amante e non osava sognare che le due cose potessero stare insieme. Aprirsi a qualsiasi possibilità era troppo spaventoso da prendere in considerazione, così si trattenne; era il modo migliore. Sì, viveva la sua vita con il pilota automatico inserito. Non aveva né alti né bassi nelle relazioni. Aveva semplicemente tempo, ore e ore di tempo, senza nessuno con cui passarlo e senza un posto dove andare. La chiacchierata sulla sua famiglia glielo aveva fatto capire: aveva cercato di sembrare disinvolta, ma ogni parola le aveva lacerato il cuore.

Scarlet espirò. Joy le aveva persino preparato un letto pulito: da dove era spuntata? Era così normale, così calma. Tutto ciò che Scarlet non era.

Scarlet non doveva pensarci, semplicemente *non poteva*.

Eppure, nonostante il ticchettio dei dubbi che le si affollavano nel cervello, c'erano anche dei raggi di speranza. Speranza, ma anche paura ed eccitazione. I soliti sentimenti che si provano quando si tratta di conoscere donne nuove. Joy avrebbe mai preso in considerazione l'idea di loro due insieme? La sindaca della città con la disadattata della città?

Scarlet scosse la testa, poi la coprì con il cuscino.

Capitolo 6

Joy si svegliò il giorno dopo, pronta a tutto; era incredibile cosa potesse fare una notte di sonno ristoratore. Si sdraiò sotto il suo pesante piumone invernale, con il telefono in mano, controllando Twitter per vedere quali danni avesse fatto la pioggia nella notte. Non sembrava così grave come si aspettava, il che era già qualcosa. Tuttavia, per quel giorno erano previste ancora altre piogge e l'acqua in più significava che le inondazioni non si sarebbero ritirate rapidamente come previsto. Era difficile pensare che Scarlet potesse riuscire a rientrare nel suo appartamento quel giorno, e Joy poteva solo immaginare come l'avrebbe presa. Sperava anche che avesse dormito bene e che si fosse svegliata rinvigorita dopo il tracollo della sera prima.

E cosa avrebbe fatto Scarlet, ora che sapeva la verità su Joy? Naturalmente, non avrebbe giudicato Joy per il fatto di essere lesbica: non si preoccupava di questo. Ma era stata sposata con un uomo: cosa ne pensava Scarlet? Non aveva reagito negativamente, quindi sperava che le andasse bene; doveva credere che fosse così.

Scarlet era la prima persona, al di fuori della sua cerchia ristretta, a cui si fosse dichiarata. Sua nonna lo sapeva, Steve lo sapeva, la sua amica Wendy lo sapeva, ma la notizia non era ancora dominio del mondo esterno. Joy aveva intenzione di rivelarlo gradualmente, ma era stato più difficile di quanto pensasse, con 38 anni di tentativi di rimozione alle spalle. Poi, quando era stata scelta come sindaca della città, aveva avuto paura di rendere pubblica la cosa.

Scarlet era la prima persona estranea con la quale si era sentita abbastanza a suo agio da condividere la verità.

Scarlet era importante per lei.

Joy gettò indietro le coperte e si infilò nella sua vestaglia morbida, un regalo di Natale per se stessa. Senza un marito o una fidanzata che le facessero regali, Joy si sforzava di comprare cose per sé nelle grandi occasioni, soprattutto ora che aveva un'immagine pubblica da mantenere. Lavorava sodo, quindi se lo meritava, e quella vestaglia era perfetta. Perché l'altro punto a favore dell'acquistare regali per se stessa era che *ogni volta* otteneva esattamente ciò che desiderava.

Joy stava per girare la maniglia della porta quando sentì un movimento sul pianerottolo. Scarlet era in piedi. Esitò. Era quella la migliore presentazione di sé, in pigiama e vestaglia?

Fece un passo indietro e si controllò allo specchio. I capelli erano ordinati, non arruffati, e aveva già lavato la faccia. L'aspetto naturale che voleva ottenere era quello. Se all'improvviso si fosse vestita e truccata per andare a fare colazione, sarebbe stato ancora più strano. Era *Scarlet*, non la regina.

Joy si fece un occhiolino di incoraggiamento allo specchio della camera da letto, prima di scendere le scale e andare in cucina. Le nuvole grigie erano ancora incombenti, visibili attraverso il lucernario. Ma, fondamentale, non sembravano così minacciose come il giorno prima. Forse sarebbe stata una giornata migliore in città. Incrociava le dita delle mani, dei piedi, pure gli occhi: qualsiasi cosa si potesse incrociare, Joy la incrociava.

"Buongiorno", disse Scarlet da dietro di lei, facendola sobbalzare. Riappoggiò il bollitore nel suo supporto e si girò. Scarlet era completamente vestita; Joy immaginò che non avesse avuto il tempo di mettere in valigia una vestaglia.

"Buongiorno", rispose Joy. "Come ti senti?" Scarlet appariva rinvigorita, con il volto meno teso di quando era uscita di corsa dalla cucina la sera precedente.

Scarlet si sedette su uno degli sgabelli della colazione, riprendendo la posizione della sera prima. "Molto meglio, dopo una bella dormita", disse sbadigliando. "Non si dovrebbero avere letti per gli ospiti così comodi: regola numero uno, diceva sempre mia madre". Scarlet si sistemò meglio sullo sgabello.

"Ah no?"

Scarlet scosse la testa. "No. Fa sì che gli ospiti rimangano più a lungo e tornino più spesso. Mia madre li avrebbe fatti dormire su brandine di filo spinato, se avesse potuto. Per fortuna mio padre era un po' più gentile".

Joy sorrise. "Tua madre sembra particolare".

Scarlet sorrise a sua volta, raggiante al pensiero di sua madre. "Lo era davvero". Poi fece una pausa. "Ma sento di aver fatto una figuraccia, ieri sera". Scarlet sospirò, prima di incontrare lo sguardo di Joy. "Scusa se sono stata scortese, ieri è stata una giornata lunga".

Joy agitò una mano in aria per dimostrare quanto poco importasse. "Non sei stata affatto scortese. Anzi, ti stai tenendo in piedi molto bene". Poi si mise a preparare il tè, prima di posarlo davanti a Scarlet. "Allora, quali sono i tuoi programmi per oggi? A parte lasciare che ti prepari una colazione da urlo, per festeggiare la tua prima domenica qui".

Joy si appoggiò al bancone, piegando le braccia sul petto. Voleva viziare Scarlet, sostenerla, dimostrarle che non la stava perseguitando il mondo intero. Incrociava le dita perché Scarlet glielo permettesse, ma era consapevole che sarebbe stata difficile da convincere.

Scarlet fissò il lucernario, aggrottando la fronte.

"Dipende da quello", disse indicando il cielo. "Se oggi decide di scaricarci addosso un altro acquazzone, potrei ancora non riuscire a entrare nel mio appartamento. Ma se gli dei del tempo ci sorridono, chi lo sa?" Sospirò. "In caso contrario, pensavo di tornare a trovare Dan, quello di cui ti ho parlato e che ha il cancro, per vedere se ha bisogno di altro aiuto". Scarlet fece una pausa. "E tu?"

Joy strinse le labbra. "Dopo pranzo ci saranno altre riunioni di emergenza e, quando non sarò lì, darò una mano dove posso".

"Se riesci a tornare in tempo, ti va di guardare un film più tardi? Sento che ho bisogno di un'iniezione di normalità nella mia giornata".

"Mi piace *molto* come idea", rispose Joy, nascondendo la testa nel frigorifero, prima di riemergere con pancetta, salsiccia, uova e pomodori. "Sembra che stiamo correndo dietro a mille cose da sempre, e oggi sono stata convocata di nuovo in municipio. Sono sicura che possiamo trovare qualcosa di adeguatamente trash su Netflix. Magari anche un vecchio film lesbico dalla mia limitata collezione. Mi sono data alla pazza gioia e ne ho comprati un sacco quando ho lasciato Steve". Joy fece un sorriso a Scarlet.

Scarlet sollevò un sopracciglio verso di lei. "Oh, davvero?", disse. "Spero che tu abbia guardato tutti i classici".

"Vediamo", disse Joy, iniziando a contare sulle dita. "Ho comprato *High Art,* ed è stato da morire dalle risate", cominciò.

Scarlet ridacchiò. "Avresti dovuto controllare le recensioni, prima di comprarlo. Era di un'epoca in cui tutti i film lesbici dovevano finire con la morte di qualcuno. Per fortuna, ora siamo andati oltre. Beh, più o meno".

"Grazie al cielo!" disse Joy. "È stato girato benissimo, ma alla fine ero completamente depressa. Eroina chic fino al midollo".

"Assolutamente sì".

Joy continuò a contare sulle dita. "Poi c'è stato *Imagine Me & You*, che mi è piaciuto molto, e *Meglio del cioccolato*, che credo rientri nella categoria 'film così brutti che sono belli'. *Gonne al bivio* è favoloso, ma poi ho guardato *I ragazzi stanno bene* e volevo schiaffeggiare Julianne Moore, anche se la adoro. Cosa ci faceva a letto con quel tizio?"

Scarlet rise. "È un'altra cosa che doveva succedere nei film lesbici di una volta, la donna scappa con un uomo. So che succede, ma non così spesso come Hollywood vorrebbe far credere". Scarlet fece una pausa. "Hai già guardato *The L Word*?"

Joy scosse la testa; sapeva che avrebbe dovuto farlo, ma non ne aveva avuto il tempo. La sua amica Wendy le aveva perfino comprato la prima serie, ma era ancora sulla sua mensola, in attesa. "Non ancora, ma è sulla mia lista".

Scarlet lasciò la bocca aperta in segno di finto shock. "Bene, la serata è sistemata: possiamo guardare l'intera prima serie, la migliore in assoluto. E tu potrai imparare come vivono le lesbiche ricche e incredibilmente affascinanti di Los Angeles. È molto simile a come viviamo noi qui, ovviamente".

Joy si lasciò sfuggire una risata. "Sono sicura che è esattamente come vivere nel Lancashire", disse ridendo. "A proposito, immagino che tu voglia un piatto completo all'inglese".

Scarlet annuì, mentre un sorriso le si allargava lentamente sul viso. "Mi piace molto questo hotel, l'ho già detto?" Soffiò sul tè prima di berne un sorso.

"Approfittane", disse Joy. "Ho cucinato per due giorni di fila, una cosa inaudita". Aprì il pacchetto di pancetta col coltello. "Ho anche intenzione di andare a trovare mia nonna oggi, se ti va di cambiare aria", aggiunse Joy, lanciando un'occhiata a Scarlet. Non aveva pensato di invitarla, ma ora che l'aveva detto sembrava avere senso. Scarlet non conosceva molte persone in città, e gli abitanti di Grasspoint erano un gruppo amichevole che la faceva sempre sorridere; quindi pensò che avrebbero fatto lo stesso con la sua ospite.

Non riuscì a valutare la reazione di Scarlet, il cui volto rimase vuoto.

"Solo per controllare e vedere come stanno tutti", continuò Joy. "Mi preoccupo di più per loro quando succede una cosa del genere. Ma se non ti va, nessun problema".

Scarlet scosse la testa. "Mi piacerebbe molto venire", disse. "Darei qualsiasi cosa per avere ancora mia nonna qui, quindi mi piacerebbe conoscere la tua. Sembra che sia importante per te".

"Molto". Joy sorrise, con il calore che le scorreva dentro. In qualche modo, era importante per lei che Scarlet conoscesse sua nonna, anche se Joy era ben consapevole che presentare Scarlet a Clementine avrebbe mandato in orbita il sopracciglio della nonna.

* * *

Dopo la colazione, Joy e Scarlet si sedettero al bancone con due tazze di tè per avere una dose extra di caffeina prima di affrontare la giornata. Joy era abbastanza elegante, quel giorno, in pantaloni neri e camicia verde abbinata a una sciarpa di seta: dopo tutto, era la sindaca.

"Sai, sento davvero di doverti delle scuse per ieri sera", disse Scarlet, dopo aver bevuto il primo sorso del suo secondo tè. Prima di continuare, strinse le mani, come se lottasse contro le parole, modellandole tra le dita. "Ci stavamo divertendo e tu mi avevi preparato una cena deliziosa, ma poi sono diventata un po' strana e mi sono allontanata, quindi mi dispiace. Sono ancora un po' suscettibile quando si tratta di parlare della mia famiglia. Inoltre, sei stata davvero gentile con me e non volevo crollare. Non di nuovo". Azzardò un'occhiata a Joy, che la stava ascoltando con attenzione, il suo volto era il ritratto della comprensione.

Scarlet continuò. "È difficile quando succede una cosa del genere e non si hanno i normali sistemi di supporto. È stato un po' troppo: ha fatto cadere le mie barriere, ed è stato snervante". Prese una grossa boccata d'aria prima di continuare. "Le barriere non sono state il mio forte negli ultimi giorni, vero?"

Joy sorrise. "Diciamo così".

"Ma è una cosa troppo grande da affrontare da sola, quindi so che non dovrei cercare di...". Scarlet distolse lo sguardo, ricomponendosi, cercando di respingere le lacrime, ma era impossibile. Dopo l'alluvione, le lacrime sembravano essersi trasferite nel punto del suo occhio dove prima vivevano il cinismo e il pessimismo.

Joy si avvicinò e le diede un fazzoletto, prima di stringere il ginocchio di Scarlet per confortarla.

Scarlet vacillò sullo sgabello, il contatto la colse di sorpresa. Da quando sapeva che Joy era lesbica, ogni contatto aveva assunto un nuovo significato. Fece un altro respiro profondo prima di continuare. Il suo cervello era ancora più scombussolato di prima. L'adrenalina le saliva in corpo e riusciva a concentrarsi solo sulla mano di Joy. Sul suo ginocchio.

Contatto.

Con un'altra donna.

Da cui era attratta, perché ormai non aveva più dubbi.

"Apprezzo davvero tutto quello che hai fatto per me. Non so come me la sarei cavata altrimenti". Scarlet si soffiò il naso mentre finiva, osservando il viso aperto e sincero di Joy. E ora, per la prima volta, le sue labbra morbide e rosa. Sarebbe stato così facile sporgersi in avanti e baciarle, ma anche un po' inopportuno, dal momento che aveva ancora il moccio al naso e le lacrime che le colavano sul viso. Aveva la sensazione di non essere al massimo della sua bellezza.

"Devi smettere di ringraziarmi.", disse Joy. "È stato bello averti con me e ho intenzione di aiutarti a superare tutto questo in ogni modo possibile, davvero". Joy si chinò in avanti e prese la mano di Scarlet.

Scarlet dimenticò di respirare.

"Non sei sola in questa situazione. Sono qui per te al cento per cento, ok?" Joy passò leggermente il pollice sulle nocche di Scarlet, ma il gesto era così intimo che era come se avesse infilato le dita dentro di lei. Il corpo di Scarlet entrò in modalità di massima allerta, con tutti i sistemi in funzione. Si concentrò per non andare in iperventilazione e non crollare sul pavimento, cosa che avrebbe potuto essere interpretata come una reazione un po' eccessiva.

Che fine avevano fatto tutte le cose che aveva detto sul fatto di non voler essere coinvolta con Joy, di non agire in base a ciò che sentiva? Era pronta a buttarle via da un momento all'altro, ora lo sapeva. Una sola mossa di Joy e la sua determinazione si sarebbe sgretolata come un biscotto di pasta frolla.

Scarlet fu strappata alle sue fantasticherie da un improvviso bussare alla porta d'ingresso. Sbatté le palpebre e rabbrividì, e Joy fece lo stesso. Entrambe bloccarono gli occhi sulle loro mani intrecciate nello stesso momento, fissandole come se fossero una bomba. Poi Joy lasciò la mano di Scarlet, prima di saltare in piedi e correre verso la porta.

Scarlet fissò la sua mano arroventata. Si aggrappò al bancone della colazione per tenersi in equilibrio, poi bevve un bel sorso di tè. Doveva concentrarsi e ricordarsi di respirare.

Dentro, fuori; dentro, fuori.

Scarlet sentì la porta aprirsi, poi delle voci soffocate e infine la porta chiudersi. Si rigirò sullo sgabello, non sapendo bene cosa dire a Joy dopo che il loro breve momento era stato interrotto, ma tutte le parole che si erano formate caddero quando Joy tornò.

Non era sola. Accanto a lei c'era un uomo in tenuta da jogging, che respirava pesantemente. Era chiaro che era appena uscito per una corsa, anche con quel tempo infausto. Che dedizione. O che follia.

"Oh, non mi ero accorto che avessi compagnia", disse, lanciando un'occhiata a Joy.

Poi guardò Scarlet e il suo volto divenne un punto interrogativo.

"Lei è Scarlet, il suo appartamento è stato allagato e si fermerà per un po' qui finché non potrà rientrare", disse Joy, avvicinandosi al bollitore e riempiendolo. A Scarlet non sfuggì che Joy non guardava nessuno dei due mentre parlava. Inoltre, la voce di Joy, che era stata leggera e ariosa, ora aveva un tono tagliente.

"Scarlet, questo è il mio ex marito, Steve".

Scarlet accettò la mano tesa di Steve, prima di prendere un altro fazzoletto dalla scatola e soffiarsi il naso. Doveva avere un'aria terribile; non aveva intenzione di avere un pubblico per le sue lacrime. Soprattutto non l'ex marito di Joy.

"Mi dispiace per il tuo appartamento", disse Steve, appoggiandosi al bancone della cucina come se fosse il suo posto. E, come Scarlet si rese conto, *era stato* il suo posto. Ma non lo era più. Anzi, sembrava decisamente fuori luogo, tutto aria calda e affanno in una cucina dove avevano appena condiviso un momento speciale.

"Quello che è successo è terribile ". Fece una pausa guardando Joy. "Siamo stati fortunati, non è vero? Non rimane che la grazia di Dio, o come si dice". Scarlet non capì il detto.

Joy non rispose, si limitò a preparare a Steve una tazza di tè. Steve era entrato davvero nel momento sbagliato. Era il *loro* momento, e poi lui si era intrufolato. Era una cosa che accadeva regolarmente? Scarlet non ne aveva idea.

"Allora, quanta acqua è entrata nel tuo appartamento?" Steve si stava servendo di biscotti dal barattolo a lato, come se vivesse lì. "Stavo tornando a casa dopo aver fatto jogging e ho pensato di controllare Joy, per vedere se stesse bene. Forse non siamo più marito e moglie, ma ci tengo ancora", disse con un sorriso. "Meglio prevenire che curare". Diede un morso al suo biscotto e sorrise a Joy. "Sono contento di vedere che fai ancora scorta dei miei preferiti", le disse mentre mandava giù un boccone di gocce di cioccolato.

"Sono anche i *miei* preferiti". La voce di Joy squarciò l'aria come un machete.

Scarlet rivolse a Joy un debole sorriso, che sperava desse l'impressione di aver capito. Stava capendo che Steve non era il benvenuto molto più velocemente di Steve stesso. Ancora una volta, Scarlet si chiese se questo fosse un evento regolare nel loro matrimonio. Aveva la sensazione che fosse così.

"Per rispondere alla tua domanda", disse a Steve, "l'acqua è entrata nel mio appartamento. Vivo in un seminterrato in Colville Road. La mia casa è completamente sott'acqua".

Raccontarlo a un estraneo era totalmente diverso dal raccontarlo a Joy. Mentre lo diceva a Steve, era come se fosse qualcun altro a parlare, come se non fosse successo davvero a lei. Stava prendendo le distanze dalla realtà e dalla reazione di lui. Doveva abituarsi a quella reazione, lo sapeva. Scarlet non era una che prendeva bene la compassione degli altri, se lo ricordava da quando erano morti i suoi genitori. Che diavolo ne sapevano gli altri della situazione in cui si trovava? Era lei che la viveva, dopo tutto.

"È davvero uno schifo", disse Steve, il cui volto si contorse in una maschera di compassione. "Meno male che c'è Joy a salvare la situazione. Lei è così, però. È una cittadina modello, ed è per questo che era la scelta perfetta per il ruolo di sindaca".

Fece a Joy un sorriso affettuoso, prima di parlare di nuovo con la bocca piena. A Joy dava fastidio tanto quanto a Scarlet? Alcune briciole gli caddero dalla bocca e finirono sul pavimento. "Quindi vi siete conosciute l'altra sera?"

Scarlet lanciò un'occhiata a Joy e notò un fugace sguardo di panico sul suo volto. Non la biasimava: anche Scarlet era confusa da ciò che stava accadendo. La risposta alla domanda di Steve era un semplice sì, ma in qualche modo, dopo le ultime 48 ore, non era più così facile. Non era tutto chiaro, e la loro relazione era molto più di un semplice rapporto tra estranee che si stavano comportando gentilmente l'una con l'altra.

Steve guardò entrambe, poi smise di masticare, con la bocca aperta.

"Oh", disse. "Voi due… state insieme?" Alzò l'indice verso Joy e poi verso Scarlet, mentre la realizzazione si faceva strada sul suo viso.

"No!" Scarlet disse, esattamente nello stesso momento di Joy, ed entrambe un po' troppo bruscamente.

Scarlet avrebbe potuto anche schiaffeggiare il bancone della cucina con la mano per accompagnare le parole, tanta era la loro forza. Tutti e tre trasalirono per il tono.

"Insomma, ci eravamo già incontrate", disse Scarlet, arrossendo come se fossero state appena colte a letto. "Lavoro al Consiglio, quindi…". Lasciò la frase a metà, dando a Steve il compito di riempire gli spazi vuoti.

Steve ingoiò finalmente il biscotto che aveva masticato con estrema lentezza, con la chiacchiera ormai secca. Lanciò un'occhiata interrogativa a Joy ma, quando lei lo ignorò, si occupò di stringere il laccetto dei pantaloni della tuta e poi di spazzolare il davanti della sua maglietta fluorescente.

"Senti, non preoccuparti per il tè – ripensandoci, dovrei davvero andare a casa e cambiarmi. Inoltre, devo incontrare Sharon per pranzo, quindi dovrei muovermi". Offrì una mano a Scarlet. "È stato un piacere conoscerti e spero che tu possa tornare presto nel tuo appartamento", le disse.

Gli occhi di Steve cercavano sul suo viso un indizio della domanda precedente, ma Scarlet si concentrò per non svelare nulla. Non aveva nulla da svelare, ma era sicura che il suo viso fosse fluorescente in quel momento, con la scritta *Mi piace Joy!* tatuata sulla fronte.

"Grazie", rispose Scarlet, stringendo la mano a Steve.

"E ti chiamo in settimana", disse a Joy. Poi Steve si diresse quasi di corsa verso la porta. "Non mi accompagnare alla porta", gridò al di sopra delle sue spalle.

Attesero entrambe che la porta d'ingresso sbattesse, prima di rilassarsi con le spalle abbassate. Rimasero in silenzio per qualche istante, valutando quello che era appena successo. Scarlet stessa non ne era del tutto sicura.

Fu Joy a parlare per prima. "Hai presente quando vedi il tuo ex e ti chiedi cosa ci hai mai trovato in lui, o in lei?", disse, trattenendo a stento un sorriso, ora che era riuscita a sciogliere la tensione.

Scarlet si lasciò sfuggire una risata. "Oh, conosco quella sensazione". Incrociò lo sguardo di Joy e il desiderio le attraversò il corpo. Sì, non c'era dubbio, quella mattina Scarlet aveva cambiato marcia.

"E il modo in cui se ne stava lì a masticare il cibo parlando a voce alta nella mia cucina…", aggiunse Joy scuotendo la testa.

Quando lo sentì, Scarlet non poté fare altro che sorridere.

* * *

Dopo che Steve aveva interrotto la loro colazione, qualcosa era cambiato. Qualcosa di lieve e che Joy non riusciva a individuare, ma che era lì, innominabile. E Joy ne era contenta. Non poteva essere ignorata, cosa che contemporaneamente la spaventava e le faceva venire la nausea per l'attesa.

Joy fece strada dentro Grasspoint salutando Celia, che era al telefono mentre entravano. L'aria era densa dell'odore dell'arrosto domenicale che veniva preparato per i residenti e lo stomaco di Joy brontolava, anche se era ancora pieno della colazione. I residenti venivano intrattenuti con il bingo, cosa che Joy avrebbe dovuto ricordare. La domenica a pranzo era sempre tempo di tombola e sua nonna ne era una grande appassionata.

Tuttavia, quando alzò lo sguardo e vide Joy e Scarlet che si dirigevano verso di lei, la curiosità di Clementine si fece abbastanza forte da abbandonare il gioco e raggiungerle. E quando si trattava di bingo, era davvero strano.

"Quindi sei *tu* la profuga dell'alluvione", disse Clementine, dando un'occhiata a Scarlet. Lo sguardo critico appena nascosto della nonna su Scarlet fece rabbrividire Joy, ma non c'era molto che potesse fare. Come aveva imparato molte volte, agli anziani non importava cosa pensassero gli altri; facevano quello che pareva loro.

"Joy non aveva detto che sei anche bella, ma avrei dovuto immaginarlo, visto che è stata evasiva quando le ho chiesto se fossi single. Ora capisco perché".

Joy chiuse gli occhi mentre le sue guance si arrossavano. Non si scomodò nemmeno a guardare Scarlet. Sua nonna aveva davvero detto quelle parole ad alta voce? Subito dopo la tensione tra Joy e Scarlet in cucina, era come se la nonna stesse saltando sui gusci d'uovo che Joy aveva cercato di non rompere.

"Nonna! Credevo che fossimo d'accordo, hai promesso di non mettermi in imbarazzo. Continuerai così fino a quando avrò 50 anni?"

Clementine rivolse a Joy un ampio sorriso. "E anche oltre, se sarò ancora viva, mia cara. È un dovere delle nonne, non è vero, Scarlet?"

Scarlet sorrise. "A quanto pare sì", disse. "È un piacere conoscerla, ho sentito molto parlare di lei".

"Ah sì?" Chiese Clementine. "Mi piacerebbe dire lo stesso, ma mentirei. Mia nipote mi ha parlato di te solo ieri, ma è uno sviluppo recente". Si rivolse a Joy. "E comunque, cosa ci fai di nuovo qui? Sei venuta solo ieri".

"Ho pensato di controllare che quassù fosse tutto a posto".

"Noi stiamo bene, è della gente in fondo alla valle che dovete preoccuparvi. Di loro e della nipote di Iris Heaton, che doveva sposarsi questo sabato al club di calcio. Un vero peccato, a quanto pare è tutto sott'acqua".

"È vero", disse Scarlet, drizzando le orecchie. "Sta parlando di Steph e Eamonn?"

Gli occhi di Clementine si allargarono. "Sì, cara. Li conosci?"

Scarlet annuì. "Conosco Eamonn più di Steph, ma sì".

"Beh, digli che dovrebbe pensare di fare il ricevimento qui, nella nuova sala. Chiedete a Celia, sono sicura che direbbe di sì. Iris ha detto che glielo avrebbe chiesto, ma la sua memoria non è più quella di una volta, se capite cosa intendo". Clementine inclinò la testa verso di loro per sottolineare il suo punto di vista.

"Non è una cattiva idea", disse Joy, lanciando un'occhiata a Scarlet. "Pensi che il tuo amico sarebbe interessato? Potremmo dare un'occhiata ora e scattare qualche foto".

"Sono sicura che lo sarebbe, è alla ricerca disperata di un posto, e un posto alto e asciutto sarebbe l'ideale".

"Alto e asciutto: ci descrive alla perfezione", disse Clementine a Scarlet, ridendo. "Scarlet, che nome! È come Scarlet O'Hara, di *Via col vento*?"

Scarlet annuì. "Proprio così: mia madre era una grande appassionata di cinema, così ho preso il nome de una star. O Scarlet, o Grace o Barbara. Non le piaceva Vivien, quindi decise di non sceglierlo. Quando andavo a scuola, quanto desideravo essere chiamata in modo diverso! Ma ora che sono più grande, mi piace Scarlet".

Clementine accarezzò il ginocchio di Scarlet. "Era anche una bellezza, quindi tua madre evidentemente sapeva quello che faceva".

Joy lanciò un'occhiata alla nonna, che però la ignorò. La nonna era in piena attività e Joy sapeva che non poteva fare altro che sedersi e guardarla, come in un vecchio film che aveva visto molte volte.

"I miei fratelli si chiamano Fred e Clark, come Clark Gable e Fred Astaire. Non credo che mio padre abbia avuto voce in capitolo sui nostri nomi: credo che non avesse mai visto nessuno dei loro film prima di conoscere mia madre. Lei diceva sempre di essere nata nell'epoca sbagliata, troppo tardi".

Clementine annuì con la testa. "È stata una grande epoca per molte cose, anche per i film". Fece una pausa. "Allora, come ti tratta mia nipote? Spero che ti abbia dato la stanza con la vista: in quella c'è un sole splendido". Non attese la risposta e si rivolse a Joy mentre prendeva fiato. "E hai preso i sottobicchieri, così i tuoi ospiti non avranno l'impressione di sbattere i bicchieri sul tuo prezioso tavolino ogni volta che si muovono?" Clementine strinse gli occhi verso Joy.

Scarlet sorrise mentre Joy annaspava come un pesce fuor d'acqua.

"Non ancora, visto che devo affrontare l'alluvione, essere la sindaca e tutto il resto, ma è nella mia lista delle cose da fare. C'è qualcos'altro che vuoi dire ora che ho portato un'amica con me?" Joy chiese, stringendo le labbra.

Ma Clementine sapeva che quella era una battaglia già vinta, così si limitò a fare un dolce sorriso a Joy. "Nient'altro", disse, accarezzando il ginocchio di Joy. "Ma dammi un momento e cercherò di tirar fuori qualcosa". Si portò un dito alle labbra. "Naturalmente, se avessi saputo che saresti venuta, avrei tirato fuori le tue vecchie foto da bambina e quelle della scuola. Soprattutto quella di te con quella terribile frangia per cui tua madre aveva tanto insistito. Ma forse possiamo conservarle per la prossima volta".

"Mi piacerebbe molto", rispose Scarlet con un sorriso.

Joy sospirò, scuotendo la testa con un sorriso. "Oh, per favore, non incoraggiarla".

Clementine rise dolcemente, evidentemente un po' troppo divertita. "Comunque", disse Clementine, aggrappandosi alla poltrona e sollevandosi con una mossa quasi veloce, "vuoi venire a dare un'occhiata alla sala per il tuo amico? Posso farmi dare la chiave da Celia, poi ci prendiamo una tazza di tè e mi racconti tutto di te, Scarlet".

Joy osservò un breve lampo di allarme attraversare il volto di Scarlet prima che lo sostituisse con una maschera più acquiescente. "Con piacere", disse Scarlet.

Ma conoscendo Scarlet come la conosceva, Joy era abbastanza certa che si trattasse di una bugia.

Capitolo 7

"**S**ei pronta per andare?"

Joy annuì, guardandosi intorno nella sala della comunità. "Sì, è stata una lunga giornata, ma almeno abbiamo una casa dove andare. Prendiamo la cena da asporto sulla strada di casa?"

Scarlet si stropicciò il viso. "Pensavo che potremmo passare dalla mia via mentre torniamo a casa, per vedere come stanno messi e se domani posso entrare", disse. "E poi magari posso offrirti la cena al pub, come ringraziamento per avermi ospitata". Fece una pausa, con gli occhi che scrutavano il viso di Joy. "Che ne dici?"

Joy annuì, con un sorriso che le scaldava il volto. "Fammi prendere il cappotto".

Joy si mise a camminare con disinvoltura accanto a Scarlet, tirando su il colletto del suo spesso cappotto blu per ripararsi il collo dal vento pungente di gennaio. Joy aveva trascorso la giornata in riunioni ad ascoltare i problemi della gente, mentre i responsabili della città e i servizi di emergenza erano stati impegnati per tutto il fine settimana nel tentativo di ripulire la città e far rientrare le persone nelle loro case il più rapidamente possibile. Scarlet, nel frattempo, aveva passato la giornata nelle case vicino al campo di calcio, aiutando a pulire come meglio poteva.

"Pensi che riusciremo a vedere qualcosa con questa luce?" Chiese Joy, mentre i loro passi risuonavano nella strada vuota. Erano da poco passate le 18, ma il cielo era già grigio antracite, i lampioni proiettavano un insipido bagliore dorato sulla sera.

"Dan mi ha detto che i cartelli sono spariti da Slater Street, così ho voluto vedere di persona".

"Dan?" Joy si tirò ancora un po' su il colletto del cappotto.

"Quello che ho appena salutato all'ingresso – ti ho parlato di lui prima, è quello con il cancro terminale".

"Ecco perché sembrava così magro".

Scarlet annuì, guardando dritto davanti a sé. "Ha solo 45 anni, è una tragedia". Infilò con forza le mani nelle tasche del cappotto. Quella sera faceva un freddo cane e poteva vedere il suo fiato uscire dalla bocca.

Svoltarono l'angolo di Acron Street e Scarlet smise di camminare. L'acqua luccicava nella strada che attraversava il fondo della collina. La sua strada ora era un piccolo fiume. La via che aveva chiamato casa negli ultimi due anni non c'era più. Sommersa dall'acqua.

Fece per parlare, ma non riuscì a dire nulla. Era ancora uno shock troppo recente vedere la situazione con i suoi occhi. Certo, aveva visto le altre strade, la strada principale, lo stadio di calcio. Ma vedere la strada in cui viveva lei le svuotò l'aria dai polmoni. Dentro di lei non c'era altro che un vento che si agitava e che minacciava di farla cadere da un momento all'altro.

Non le capitava spesso di sentire la mancanza delle braccia amorevoli dei suoi genitori, ma quello era uno di quei momenti. Cosa avrebbe dato Scarlet per correre a casa e farsi abbracciare da sua madre, ma sapeva di non poterlo fare; Joy era il massimo che poteva ottenere.

Joy mise un braccio intorno alle spalle di Scarlet e strinse forte. "Stai bene?"

Scarlet non stava bene, ma annuì lo stesso, sapendo che avrebbe fatto sentire meglio Joy.

Poi fece un passo indietro, scuotendosi, come se cercasse di scrollarsi di dosso ciò che stava vedendo. "È solo che l'acqua è ancora lì. Dopo più di *due giorni*, è ancora lì. E so che il mio appartamento è distrutto", disse, battendo l'indice sul lato della testa. "Me l'hanno detto fin dall'inizio, quindi razionalmente lo sapevo già. Ma saperlo e vederlo sono due cose completamente diverse".

Scarlet fece qualche passo in avanti, fermandosi in cima alla salita.

Joy le toccò di nuovo il braccio. "Sei sicura di voler andare laggiù? Non riuscirai ad avvicinarti a casa tua. E poi si gela".

Scarlet si voltò e le sorrise. "Hai ragione sull'ultima parte", disse, rabbrividendo. Si succhiò l'interno della guancia. Era commossa per la preoccupazione di Joy, ma era una cosa che doveva fare, anche se in realtà non avrebbe ottenuto molto. Doveva avvicinarsi il più possibile e assorbire tutto. Era sicura che le sarebbe servito quando fosse arrivato il momento di affrontare il disastro davvero da vicino. "Tu resta qui. Io faccio una corsa fino in fondo alla collina. Torno tra un minuto".

Scarlet si avviò, camminando velocemente, per quanto possibile, lungo la strada fiancheggiata dalle case a schiera, le cui porte d'ingresso si aprivano direttamente sul marciapiede.

Le luci tremolavano all'interno delle case in cima alla strada, si vedevano i televisori accesi, i divani occupati, le tazze di tè fumanti. Anche quella strada era stata colpita, ma solo nella parte bassa e più pianeggiante. Le case in alto stavano ancora tirando un sospiro di sollievo per averla scampata.

Ma ben presto Scarlet raggiunse la zona meno fortunata e rallentò. Non c'era modo di correre su quei marciapiedi: erano troppo ingombri dei detriti della vita degli abitanti. Divani rovinati, frigoriferi abbandonati, tavoli fatti a pezzi. Mucchi di scarpe e indumenti giacevano sporchi. Fuori da una casa c'erano mobili da cucina e un fornello, oltre a quadri e tende. C'era anche molto altro che Scarlet non riusciva a distinguere nella penombra.

L'odore causava a Scarlet conati di vomito. Fango, sporcizia e liquami erano mischiati a ogni oggetto con cui l'inondazione era entrata in contatto. Era da venerdì sera che si aggirava per la città, ma essere così vicina la faceva quasi vomitare.

Non aveva sentito quel puzzo ovunque; in alcune zone l'odore prevalente era quello della candeggina, fornita dal comune e usata in abbondanza. Tuttavia, in alcuni luoghi il sentore di fogna era nauseante, e questo era uno di quelli, proprio vicino al suo appartamento. Almeno, quelle case avrebbero potuto aprire le finestre e far entrare molta luce e aria. Nel suo appartamento seminterrato non sarebbe stato così facile arieggiare. Ma non aveva intenzione di pensarci adesso, perché avrebbe potuto ricominciare a piangere.

Pensa positivo, pensa positivo, pensa positivo.

Scarlet si fermò davanti alle barriere, a circa due metri di distanza dalle acque immobili. Nei giorni precedenti erano state impetuose, ma ora erano ferme, in attesa di sapere dove andare, cosa fare. Se solo le acque fossero state altrettanto obbedienti due giorni prima…

Scarlet fece un respiro profondo, poi si pentì di averlo fatto. L'odore era opprimente. Tossendo, si voltò e inciampò sulla collina, andando a sbattere proprio contro Joy, che era scesa a metà strada.

Joy abbracciò Scarlet e la strinse a sé.

Scarlet si morse di nuovo l'interno della guancia, fece un altro respiro profondo e si schiarì la gola. "Andiamo al pub, prima che inizi a piangere di nuovo".

Joy la abbracciò un po' più forte.

****

Si trovavano in quello che il fratello di Scarlet, Clark, avrebbe definito *il locale adatto a lei,* anche se non lo era, visto che Scarlet non usciva quasi mai. Quando Clark era venuto a trovarla dopo il suo trasferimento, erano andati lì a cena, in effetti, ma quella era stata la prima e l'ultima volta. Sembrava che Scarlet avesse bisogno di cambiamenti sismici nella sua vita per andare lì.

Guardandosi intorno, pensò che avrebbe dovuto passarci più spesso. Era un pub accogliente con un tocco di modernità, e i tavoli e le sedie erano pesanti in modo rassicurante. Quel pub le ricordava i molti locali che lei e Liv avevano frequentato nella loro vita insieme: era vissuto e amato.

"Vuoi parlarne?" Joy si era appoggiata allo schienale della sedia, lanciando a Scarlet il suo sguardo confortante e caloroso. Non era d'aiuto.

"Se continui a guardarmi così, piangerò di nuovo. È questo che vuoi?"

Joy alzò entrambe le mani. "Come dovrei guardarti, esattamente? Preferiresti che ti guardassi male?" Un sorriso le tirò l'angolo della bocca.

Scarlet rise. "Forse. Ma smettila di avere un'aria così dannatamente... *preoccupata*. Mi fai morire di gentilezza".

"Mi sforzerò di essere più cattiva". Fece una pausa. "Ma solo se mi dici cosa ti passa per la testa".

Scarlet si ricompose e si mise a sedere dritta sulla sedia. "Potremmo restare qui per giorni".

Joy alzò le spalle. "Ho tempo. E ricorda, sono una life coach, quindi non mi straniscono i silenzi. Anzi, li accolgo, li amo. Quindi non cambierò argomento, per quanto tu possa cercare di farlo".

Scarlet socchiuse gli occhi. Joy non si arrendeva, anche se Scarlet era stata più che aperta con lei da quando si erano conosciute. "Vuoi che ne parli qui, in questo pub? Pensavo che questo fosse un aperitivo tra amiche".

Joy annuì. "È vero, lo è. È quello che fanno le amiche: vengono al pub e parlano di come si sentono". Fece una pausa, fissando Scarlet con lo sguardo. "Inoltre, credo che mi dirai di più. Siamo in pubblico, ci sono meno posti dove scappare e nascondersi".

"Scappare e nascondersi? Sai già molto di più cose di me rispetto a chiunque altro". Scarlet fece una pausa. "Non so cos'altro dire. È come ti ho detto: ho 39 anni, 40 quest'anno, e tutto ciò che possiedo può stare in una valigia. Sono una senzatetto e un'orfana adulta". Scarlet sospirò. "Sono come un caso tragico dell'epoca vittoriana. Potrebbero fare un documentario su di me o mettermi in uno zoo".

Joy si accarezzò il mento, appoggiando un gomito sul tavolo. "Sai cosa penso?"

Scarlet scosse la testa.

"Credo che tu sia una persona che vede il bicchiere mezzo vuoto e che tu debba cambiare mentalità". Alzò una mano, per dire a Scarlet che non aveva ancora finito. "Ascoltami un attimo", disse Joy. "Non ho intenzione di contestare tutte le cose che hai appena detto. Sì, hai quasi 40 anni e sì, non hai più una casa. Ma hai un tetto sopra la testa e la tua condizione è temporanea. Hai degli amici. Hai una famiglia, solo che hai scelto di non includerla nella tua vita, da quello che posso capire". Fece una pausa, trattenendo Scarlet con il suo acuto esame. "Hai un lavoro e hai una nuova amica. Quindi direi che, anche se le cose non sono perfette, non sono certo un disastro".

Scarlet non rispose, ma non distolse nemmeno lo sguardo da Joy. Non aveva molta voglia di ascoltare quello che aveva da dire, perché sembrava privilegiare la logica, mentre Scarlet era naturalmente orientata al pessimismo. Ma Joy non le dava scelta e sarebbe stato scortese da parte sua tapparsi le orecchie, cosa che avrebbe voluto fare. Il che significava che doveva ascoltare.

"Da quando sei diventata anche la mia terapista?" Chiese infine Scarlet.

Joy alzò le spalle. "È il mio lavoro. Da tutto quello che mi hai detto, forse questa alluvione è proprio il tonico di cui avevi bisogno per far ripartire la tua vita. Ti sei nascosta troppo a lungo". Si sedette in avanti sulla sedia e puntò un dito contro Scarlet. "Credo che il mondo meriti di vedere un po' di più Scarlet Williams, non credi?"

"Non sono sicura che Scarlet Williams sia d'accordo", borbottò Scarlet. Non le piaceva questo lato di Joy, quello che la spingeva ad agire. Preferiva il lato che le versava il whisky e le permetteva di deprimersi.

"E da quando sei una life coach?" Scarlet aggrottò le sopracciglia, cercando di far quadrare i conti con questa informazione. "E soprattutto, che cos'è una life coach? Pensavo fosse uno di quei termini inventati che si usano rigorosamente a Londra. Sei una life coach e vivi a mezz'ora da Manchester. Ma al nord è consentito parlare così?"

Joy rise, una risata forte e gutturale. "Le persone hanno bisogno di life coach ovunque vivano. E io mi offro per aiutare imprenditori e amministratori delegati, oltre che privati. Quindi si può dire che l'incontro con me sia una doppia vittoria. Sono decisa a scalfirti e a far emergere la vera Scarlet Williams".

Scarlet piegò le braccia sul petto. Il malcontento le ribolliva dentro. Non era sicura di essere del tutto d'accordo con quello che Joy stava dicendo. "E se *questa* fosse la vera Scarlet Williams? Che si fa?"

Negli ultimi anni era riuscita a rintanarsi in un solco vivibile; non era sicura di volerne uscire. Spesso fuori c'era troppa luce e tutti erano troppo allegri per i suoi gusti, anche di fronte alle avversità. Pensò a tutte le persone della sala della comunità, con il loro atteggiamento da "stringi i denti e continua". Quella sala comunale avrebbe dovuto essere un barattolo di miseria condensata, invece era un terreno fertile per l'ottimismo.

Joy scosse la testa. "Non lo è, credimi. E nel profondo, lo sai. Devi iniziare a vivere". Fece una pausa, prima di schioccare le dita. "Prendi questo fine settimana. Non è stato un weekend normale per nessuno. Come sarebbe stato il tuo fine settimana normale?"

Scarlet si puntò un dito sul petto. "Il *mio* fine settimana?"

Joy annuì.

"Mi sarei alzata, avrei fatto colazione, sarei andata a giocare a calcio, avrei bevuto un paio di pinte con Matt ed Eamonn, poi sarei tornata a casa a guardare la TV con del cibo da asporto". Scarlet borbottò l'ultima parte, imbarazzata da quanto sembrasse banale la sua vita.

"E domenica?" Il tono di Joy era comprensivo: non la stava attaccando.

Scarlet bevve la sua pinta, sentendo l'alcol circolare nel suo organismo e aumentare la sua sicurezza. "Metti mai i tuoi clienti sul lettino da terapista?" A Scarlet non era mai piaciuto essere al centro dell'attenzione, e Joy stava centrando troppi bersagli. Voleva indirizzarla su un'altra strada, facendola parlare di sé.

A pensarci bene, Joy non aveva parlato molto da quando Scarlet era stata ospite a casa sua, ma aveva pensato che fosse perché era gentile e la ascoltava. Non si era resa conto di essere stata studiata per tutto il tempo. Si sentiva un po' esposta.

"No, no", rispose Joy. "Ma questo è fuori tema. Cosa fai la domenica?"

Scarlet si contorse sulla sedia. "Perché è così importante?"

Joy le sorrise. "Non sei obbligata a rispondere, se non vuoi". Fece una pausa. "Ma credo che ti sentiresti meglio se lo facessi".

Scarlet si mordicchiò l'interno della guancia. "Niente, davvero", disse alla fine, mentre le parole le uscivano di bocca al rallentatore. "Magari faccio una passeggiata. O guardo il calcio. O leggo il giornale. Le normali cose della domenica".

Joy annuì. "Ma non vedi nessuno".

Scarlet fece scorrere il dito su e giù per il bicchiere. "Saluto l'uomo dell'edicola".

Joy sollevò un sopracciglio. "Davvero?"

Scarlet ebbe un sussulto e scosse la testa. Joy era molto meglio dello strizzacervelli che aveva visto una sola volta dopo la morte di sua madre.

"Quello che voglio dire è che non c'è interazione umana".

"L'interazione umana è sopravvalutata".

Il volto di Joy si illuminò di risate. Era bello da vedere, Scarlet dovette ammetterlo. L'alcool aveva infuso il rossore sulle guance di Joy, che sembrava felice e viva.

"Sono assolutamente d'accordo, ma tutti ne abbiamo bisogno, di tanto in tanto". Joy fece una pausa. "E che mi dici di questo fine settimana? Sei stata in giro, hai chiacchierato con la gente, sei stata da me. So che le circostanze non sono ideali, ma se togli il diluvio dall'equazione, com'è stato questo fine settimana? Come ti ha fatta *sentire*?"

Scarlet ripercorreva i giorni nella sua mente, dal momento in cui aveva lasciato il suo appartamento nelle prime ore del sabato mattina. Si era seduta a bere whisky con Joy, aveva partecipato alla pulizia dello stadio, aveva chiacchierato con la gente alla sala della comunità, aveva condiviso la colazione con qualcun altro. E ora era lì, al pub con una donna.

Scarlet stava *vivendo*, e questo non accadeva da anni in un fine settimana, indipendentemente da quale fosse.

"È stato... bello". La voce di Scarlet era un sussurro. Joy non aveva intenzione di smettere, vero? Joy aspettò che continuasse, come sapeva che avrebbe fatto. "Sono stata socievole", disse, questa volta fissando Joy con aria di sfida. Joy l'aveva capita, quindi che senso aveva mentire? "Quindi, sì, a parte il fatto che sono una senzatetto e ho quasi 40 anni, un po' mi sono anche divertita". Il che sembrava una cosa orribile da dire.

"È stato il tuo miglior fine settimana da secoli?", chiese Joy.

Scarlet fece una risata amara. "Mi fai sembrare un caso davvero disperato. Il mio weekend migliore da anni a questa parte è stato quello in cui la mia casa è stata allagata?"

Joy sorrise. "Non è così raro: le avversità uniscono le persone, fanno rivalutare la vita. Improvvisamente si può fare a meno di cose che pensavamo indispensabili, perché è necessario. Semplicemente, non ci sono più. Ecco perché gli anni '40 in Gran Bretagna sono stati considerati uno dei decenni più felici". Fece una pausa. "Se si escludono la guerra, la morte e le bombe".

Entrambe si misero a ridere.

Scarlet rimase in silenzio per un momento, contemplando ciò che Joy aveva detto. Aveva ragione, Scarlet si era goduta quel fine settimana. Il più delle volte assaporava i sabati, ma odiava le domeniche. Invece, quel fine settimana era stato il più emozionante degli ultimi anni, pieno di drammi, entusiasmo e sentimenti. Se fosse stato trasformato in un film, sarebbe stato un successo al botteghino.

Scarlet alzò lo sguardo su Joy e ne studiò il volto. "E tu?"

Joy rimase sbigottita. "Io?" Aggrottò la fronte. Non si corrugava molto, cosa che Scarlet aveva notato nel tempo trascorso insieme. Quanti anni aveva Joy? Scarlet era abbastanza sicura che fosse più giovane di lei, ma aveva comunque una pelle impeccabile. Scarlet aveva lavorato con una donna così e ne era rimasta impressionata ogni giorno.

"Che cosa fai di solito nel fine settimana? Come è stato questo fine settimana per *te*?"

Joy si lisciò i pantaloni, evitando la domanda, poi bevve un sorso della sua birra.

Joy di solito beveva birra? In qualche modo, la cosa non le sembrava normale. Ma Scarlet decise di non fare quella domanda in quel momento. Era più interessata alla risposta che Joy stava studiosamente cercando di evitare. Riusciva a fare domande, ok, ma riusciva anche a rispondere?

"Beh, di solito ho degli impegni da sindaca, nel fine settimana. A parte questo, magari leggo il giornale, vado in palestra, vedo Steve…". Joy lasciò la frase in sospeso, senza guardare Scarlet.

"Quindi, in sostanza, togliendo dall'equazione il fatto di essere la sindaca, abbiamo dei fine settimana abbastanza simili". Scarlet si appoggiò sullo schienale, a braccia conserte.

Joy si mise a sedere più dritta, scuotendo la testa. "No, *vedo gente*. Steve viene a trovarmi quasi tutte le domeniche e io vado a casa di amici per cene e aperitivi".

"Quando è stata l'ultima volta che l'hai fatto?" Questa volta, Scarlet non le avrebbe dato il tempo di sfuggire. Se Joy aveva intenzione di tenderle imboscate sulla sua vita, allora poteva anche parlare di sé, life coach o meno. Il fatto che Joy sembrasse davvero molto carina quando era confusa era un ulteriore vantaggio.

Joy lanciò lo sguardo verso il soffitto, poi scrollò le spalle, abbassando gli occhi e studiandosi le unghie. "Non lo so, non da poco tempo. Tre mesi fa?" Arrossì mentre lo diceva.

Scarlet tamburellò le dita sul tavolo. "Quindi, una volta ogni tre mesi esci con gli amici nel fine settimana. Il resto del tempo ti nascondi dietro il ruolo di sindaca e, ogni tanto, vedi il tuo ex marito, che è ancora innamorato di te".

"Non è ancora innamorato di me!". Disse Joy, sbattendo il pugno sul tavolo. Ebbe la grazia di sembrare imbarazzata per questo. "Ahi", disse, scuotendo la mano. "Scusa, è stato un incidente". Abbassò la voce e si appoggiò a Scarlet. "Steve *non è* ancora innamorato di me. Da mesi ha una nuova compagna, Sharon". Ma anche Scarlet si accorse che non credeva al cento per cento alle sue parole.

"Ah-ah", rispose Scarlet. "Non voglio discutere, perché è un dato di fatto. Steve è ancora innamorato di te. E si è sentito ferito quando si è presentato alla porta di casa e tu avevi una donna nella tua cucina – l'espressione sul suo volto diceva tutto. Immagino che non sia mai successo prima".

Joy scosse lentamente la testa. "No."

Scarlet sollevò un sopracciglio. "Mai una volta da quando vi siete lasciati? Quanto tempo fa?"

"Due anni", rispose Joy.

"E non ti ha mai visto con un'altra donna?"

Joy scosse la testa. "Non è che le faccio sfilare in giro per la città quando mi metto con qualcuna". Fece una pausa. "Inoltre, ho pensato di dedicare quest'anno alla carica di sindaca, che comporta molte responsabilità. Non voglio trascinare qualcun'altra in questa situazione, quindi non sono stata disponibile".

Scarlet tossì. "Non esci con nessuna perché sei sindaca?"

Il suo tono era incredulo. "E tu mi prendevi in giro per la *mia* vita". Alzò il secondo sopracciglio in altrettanti minuti. "Ti rendi conto di quanto suona sciocco? Credo che Dulshaw possa sopportare che tu abbia una fidanzata. La città non si fermerebbe, né ne sarebbe scioccata. Siamo nel XXI secolo, non nel Medioevo".

Joy abbassò la testa e non si mosse.

Scarlet fu colta alla sprovvista. Era il suo turno di piangere, adesso? Non si aspettava le lacrime, voleva solo che Joy capisse che la vita non era perfetta per nessuno, e che anche lei avrebbe dovuto vivere come voleva.

"Stai bene?" Chiese Scarlet, chinandosi e mettendo una mano sul braccio di Joy.

Joy sobbalzò come se le avessero sparato. Si strofinò i palmi delle mani su e giù per il viso, prima di annuire. "Sì, sto bene. O almeno, starò bene quando avrò superato lo shock di avere la mia vita sezionata davanti ai miei occhi". Rise, ma era una risata vuota. "Non risparmi i colpi bassi, vero?" Joy alzò lo sguardo su Scarlet e poi lo abbassò di nuovo. "Forse dovresti considerare l'idea di diventare una life coach".

Scarlet scosse la testa. "No, troppe chiacchiere e impicci per me". Fece una pausa. "Mi dispiace se ho ferito i tuoi sentimenti; non era mia intenzione. Ma forse è arrivato il momento di iniziare a essere te stessa. Trovati una compagna, vai avanti con la tua vita e non preoccuparti di quello che pensano gli altri, compreso Steve".

Scarlet stava davvero dando lezioni a Joy sulle relazioni? A quanto pareva, sì.

Joy annuì lentamente con la testa. "So tutto questo e, credimi, non è una cosa che non ho mai detto a me stessa. Ma è più facile a dirsi che a farsi, visto che non ho esattamente una serie di donne che bussano alla mia porta".

"Ti capisco bene", disse Scarlet, soffermando lo sguardo sul viso di Joy. "Non che io abbia più una porta a cui bussare".

"Giusto", disse Joy, il suo petto si strinse per il dispiacere. "Per me in quest'anno è stato più facile fare la sindaca, rimettere in sesto la mia vita e *poi* pensare a riprendere i contatti con gli amici, e magari a una relazione".

"E cosa ne pensa tua nonna di questo piano?"

"Oh, credo si sia capito quando l'hai conosciuta che è dalla tua parte. Dice che dovrei uscire e rimettermi in gioco. È una donna che si è sposata tre volte nella vita, come mi dice sempre, quindi ha esperienza nel ricominciare. Steve le piaceva, non c'era molto che non le piacesse, ma, come mi disse, probabilmente piaceva a lei più che a me. Purtroppo, forse aveva ragione". Joy sospirò.

"Le nonne di solito hanno ragione, anche se hanno un modo molto diretto di dimostrarlo", rispose Scarlet con un sorriso. "Siamo davvero entrambe d'accordo sul fatto che l'alluvione è stata la cosa più emozionante che ci sia capitata nella vita negli ultimi due anni?" Cominciò a ridere dolcemente. Era una cosa assurda da dire, ma era abbastanza sicura che fosse vero.

Joy le fece un sorriso. "Purtroppo credo di sì", disse, lasciandosi sfuggire uno starnuto. Si stropicciò il naso per riprendersi, prima di continuare. "Può essere il nostro piccolo segreto?"

Scarlet annuì. "Assolutamente sì, lo diremo solo se necessario. E con questo intendo dire che nessuno deve mai saperlo".

"Perfetto".

***

Scarlet mise sul tavolo di fronte a loro altre due pinte di Peroni e due pacchetti di patatine. "Spuntino pre-cena", disse a Joy, porgendole un menu. "Sai cosa vuoi?"

Joy scosse la testa. "Non proprio". Mise giù il menu senza guardarlo.

Scarlet aprì uno dei sacchetti di patatine, e mentre lo faceva brontolò. "Perché non si può più avere solo sale e aceto? Perché devono essere sempre *sale marino* e *aceto di sidro*? Le aziende di patatine ora sono snob".

Joy le sorrise debolmente. "Devo smetterla di chiamare sempre Steve come mio salvatore, non è vero?"

Scarlet alzò una mano. "Ehi, e questa frase da dove viene?"

Joy rise. "Ho appena avuto cinque minuti di riflessione mentre tu eri al bancone per comprare birra e patatine snob".

Scarlet le sorrise, prendendo una manciata di patatine. "Devi solo stabilire nuovi limiti personali con lui, tutto qui. Ha le chiavi di casa tua?"

Joy annuì. Era stato il candidato più ovvio per la sua chiave di riserva quando si erano lasciati. La loro rottura non era stata astiosa, solo triste.

"È la casa in cui vivevate entrambi?"

Joy scosse la testa. "No, in quella vive lui, ha comprato la mia parte. Traslocare mi sembrava la cosa giusta da fare, visto che sono stata io a lasciarlo". Inoltre, Joy non aveva voluto conservare i ricordi che si erano creati in quella casa. Voleva un taglio netto, un nuovo inizio, e ricominciare da capo in una nuova casa faceva parte di tutto questo.

"Aggiungerò 'nobile' alla tua lista di attributi". Disse Scarlet. "E tu hai la chiave di casa sua?"

"Sì", rispose Joy. "Non ha mai usato la mia chiave, è solo nel caso in cui io rimanga chiusa fuori. L'hai visto ieri: bussa quando viene, non entra di punto in bianco. Siamo l'uno la chiave di emergenza dell'altro". Fece una pausa. "Non oltrepassa i limiti, è rispettoso". Forse non era più sposata con lui, ma non voleva parlare male di Steve quando non era necessario.

Scarlet accavallò le gambe e prese altre patatine. "Ok. Allora forse dovresti trovarti una ragazza e farla venire quando lui si fa vivo, la prossima volta. Capirebbe subito che il saluto della domenica mattina è una routine che deve cambiare. Se lo guardi da un altro punto di vista, è un po' una questione di controllo: gli piace la tua vita così com'è perché si adatta alla sua". Scarlet fece una pausa. "Oppure si potrebbe dire che sta cercando di aggrapparsi a te e al passato, e questa è l'ultima briciola di te che ha. Ma entrambi dovete andare avanti".

Joy indietreggiò. Era sicura di essere lei quella saggia, ma Scarlet aveva ribaltato la situazione. "Ricordami, quando ti sei trasformata in una dispensatrice di consigli?"

Scarlet sgranò gli occhi. "È chiaro che vivere con te per due giorni ha influito", disse. "Ma, onestamente, puoi cambiare il tuo rapporto con Steve passo dopo passo, non è difficile. Rimettersi in gioco è la parte peggiore. Dovrei saperlo, anch'io l'ho evitato negli ultimi anni. Che senso ha quando tutte le relazioni finiscono con un cuore spezzato o con la morte?"

"Ora sei passata da saggia a portatrice di sventura".

"È un mio talento".

Joy sorrise a Scarlet, ammirando di nuovo i suoi occhi, del colore del cacao. Avrebbe potuto cambiare la sua vita per guardare quegli occhi, su questo non aveva dubbi. "Mettermi in gioco: mettermi in gioco davvero, non solo immergere la punta del piede? È un pensiero che mi spaventa. Non dimenticare che sono nuova in questo campo".

Non c'era niente che Joy volesse di più che trovare una compagna, qualcuna da chiamare la sera, con cui svegliarsi la mattina, con cui condividere le cose. Ma era una situazione così nuova che la spaventava. Certo, era andata a letto con un paio di donne, e questo le aveva aperto gli occhi, ma nessuna di loro era stata una fidanzata vera. Joy voleva incontrare qualcuna con cui avere un legame. Qualcuna del posto. Qualcuna come… Scarlet? Quando quel pensiero le balzò in testa, Joy sobbalzò per il peso del suo significato. Sbatté le palpebre un paio di volte per cercare di cancellarlo, poi si concentrò di nuovo su… Scarlet.

No, il pensiero era di nuovo lì, a lanciare sassi contro la finestra come un adolescente malato d'amore.

"È un gioco da ragazzi", rispose Scarlet. "Guardami, sono un esempio ambulante di quanto sia facile ottenere fidanzate. Non posso impedire alle donne di venire da me. Soprattutto nei fine settimana, come abbiamo intuito". Scarlet si lasciò sfuggire una lunga e bassa risata, prima di sporgersi in avanti e di posare lo sguardo su Joy.

Joy rimase affascinata.

"Per chiarire: quando dici che sei nuova, intendi che sei stata comunque a letto con una donna, giusto?"

Joy annuì, con l'imbarazzo che le bruciava il corpo. "Certo!" rispose, come se quella domanda fosse assurda.

"Ok, bene, stavo solo controllando che non fossi una principiante assoluta". Scarlet scosse la testa. "E deduco che sia andata bene, altrimenti non torneresti a chiederne ancora".

Joy bevve un sorso della sua birra. Di solito non era una bevitrice di birra, ma aveva detto di sì a una pinta quando Scarlet aveva ordinato la sua, non volendo che la considerasse meno donna. Il che, ora che ci pensava, era francamente ridicolo. Avrebbe dovuto ordinare un rum e coca come avrebbe fatto di solito. Ma in quel momento, visto che aveva bisogno di qualcosa per distogliere l'attenzione da se stessa, avere una pinta dietro cui nascondersi era perfetto.

"La cosa sta diventando un po' più personale di quanto immaginassi", disse Joy, le sue guance arrossirono ulteriormente.

Ricordava la donna che le aveva tolto la seconda verginità: si chiamava Heather, aveva delle belle fossette e le doppie punte. Si erano conosciute online, avevano bevuto un paio di drink e avevano condiviso dei tacos in un locale tex-mex di Manchester. Heather aveva masticato i tacos con la bocca spalancata. Fin dall'inizio, Joy aveva capito che non ci sarebbe stata nessuna storia a lungo termine, ma era decisa a trarre dall'incontro ciò di cui aveva bisogno. E ci era riuscita.

"Diciamo che è stato un inizio promettente, ma voglio incontrare qualcuno con cui legare. Voglio dire, con Steve c'è stato un po' di feeling, ma non troppo". Fece una pausa, facendo scorrere nella sua mente le immagini della sua vita con lui. C'era stato *quasi qualcosa*, e per anni si era illusa che fosse quello che voleva.

Sospirò. "Non lo so. Essere uscita dal mio matrimonio sembra la parte più facile, ora. Incontrare qualcuno con cui voglio stare è *molto* più difficile di quanto pensassi".

Scarlet aggrottò le sopracciglia, studiando Joy. "Ma ci hai almeno provato? Cioè, ci hai provato davvero? Hai avuto degli appuntamenti?"

"Ho avuto due appuntamenti".

"Con due persone diverse?"

"Sì". Joy espirò, infastidita.

"Quindi non hai mai avuto un secondo appuntamento con una donna?"

"No. Ho avuto due appuntamenti e sono andata a letto con due donne".

"Ahi".

"Cosa?" Socchiuse gli occhi. Dove voleva arrivare esattamente Scarlet?

"Devi andare a letto con qualcuna che ti faccia fare del sesso migliore. Sei andata a letto con due donne, il che avrebbe dovuto essere un momento *eureka*".

"Lo è stato!"

"Non così tanto, altrimenti saresti tornata per un secondo giro, dico bene?"

Joy scosse la testa. "Non proprio: volevo provare, vedere se avevo ragione nel ritenere che sono gay. E credimi, avevo ragione. Mi sono sentita… bene. Meglio. Diversa". Fece una pausa. "Ma nessuna delle due con cui sono andata a letto era una donna con cui avrei voluto una relazione. Ero attratta da loro a un certo livello, e pensavo che mi avrebbero fatto bene per rompere il ghiaccio. Ed era vero, ma niente di più".

"Wow, fai sembrare il sesso un esperimento scientifico. Su queste cose sei molto più concreta di quanto non la sia mai stata io. Forse è qui che ho sbagliato".

"Questo non lo so", disse Joy, aggrottando le sopracciglia. "Non voglio che tu pensi che io abbia un cuore freddo e clinico, non è così. Voglio quello che vogliono tutti, il pacchetto completo, ma volevo che la parte della 'prima volta' fosse tolta di mezzo il prima possibile. Perché a nessuno piace una vergine a trenta e qualcosa, no?"

"Non c'era un film su questo?"

"Hanno arrotondato l'età, suona meglio", rispose Joy.

Scarlet si lasciò sfuggire una risata. "Mi sarebbe piaciuto di più se fossi stata tu la protagonista, però: sei molto più bella di Steve Carell. E penso anche che saresti durata più di 30 secondi la tua prima volta".

Il desiderio inondò il sistema di Joy mentre formava un'immagine di lei e Scarlet a letto insieme, Scarlet sotto di lei mentre Joy prendeva il pieno controllo. Il suo clitoride si contraeva al pensiero e non riusciva a guardare Scarlet negli occhi. Joy non era sicura di quando la conversazione avesse preso quella piega, ma ora anche lei era tutta agitata e confusa.

Stare con Scarlet era una possibilità per lei? Stava pensando la stessa cosa? Joy non ne aveva assolutamente idea e, se così fosse stato, la spaventava a morte. Perché, se Joy aveva la possibilità di avere una relazione con qualcuna che le piaceva *e* con cui era in sintonia, avrebbe dovuto arrendersi: avrebbe dovuto lasciarsi andare, vivere il momento, innamorarsi. Una partner compatibile avrebbe potuto cambiarle la vita. Proprio come l'immagine di Scarlet nuda stava facendo nella sua mente in quel momento.

"Comunque, lasciamo perdere l'argomento della mia vita sessuale, o della sua assenza, che ne dici? Basta imbarazzi per stasera". Joy fece una pausa. "Ma nonostante tutto, questo fine settimana è stato piuttosto divertente, e l'incontro con te è stato il momento più importante. Anche se mi fai il terzo grado. Non riesco a credere che abbiamo vissuto così vicine e non ci siamo mai incontrate veramente, non come si deve".

"Ci siamo incontrate al calcio, ma mi hai ignorata".

"Non ti ho ignorata!". Disse Joy, accigliandosi. "L'affare del calcio è solo difficile. *Davvero* difficile".

Aveva capito cosa significassero la squadra di calcio e lo stadio per Scarlet e gli altri quando li aveva incontrati, ma non era stata lei a decidere di approvare il progetto, che sarebbe dovuto iniziare entro tre anni. Se fosse dipeso da Joy, i progetti sarebbero stati respinti alla prima udienza, ma l'impresa edile aveva delle conoscenze nel Consiglio comunale e lei aveva capito la strada che si stava prendendo. La politica moderna era un po' come la vita: non si trattava di ciò che si conosceva, ma di *chi* si conosceva. Comunque fosse, Joy era contenta di aver avuto la possibilità di incontrare di nuovo Scarlet.

"Incontrarti è stato tutt'altro che difficile. È stato sicuramente un cambiamento rispetto alla lettura dei giornali e alla palestra". Joy appoggiò la mano sopra il tavolo. "Voglio dire, guarda qui: sono fuori la domenica sera, a bere in un pub. Inaudito!".

Il viso di Scarlet si increspò e rise.

"Dovresti farlo più spesso, sai".

"Cosa?"

"Ridere, sorridere, lasciarti andare. Quando lo fai, ti illumini". Joy sentì un brivido al cuore mentre lo diceva e accavallò le gambe per distogliere la mente. Era vero, però: Scarlet aveva trascorso il fine settimana a crogiolarsi nell'infelicità, ma, quando aveva spostato la sua attenzione, tutto il suo atteggiamento era cambiato.

"Se stai cercando di mettermi in imbarazzo, stai facendo un buon lavoro".

Joy alzò le spalle. "Sono solo sincera".

Scarlet la studiò prima di rispondere. "E ti ho detto di Dan, il ragazzo che era in sala oggi? Mi stava offrendo dei soldi per rimettermi in piedi. È lui che ha il cancro, e stava per lasciare tutto a un ente di beneficenza, ma ha deciso di venire alla sala della comunità e distribuirli. Gli ho detto che non potevo prenderli, ma lui ha insistito". Scosse di nuovo la testa. "Tutta questa gentilezza va contro tutto ciò che ho conosciuto negli ultimi anni e di cui ora non so cosa fare".

Joy lo capiva. Quando il mondo è contro di te, è facile cadere in uno schema di pensiero in cui credi che è sempre così e che sarà sempre così. Si tende a rintanarsi, proprio come aveva fatto Scarlet. Ma a volte è necessario alzare lo sguardo e rischiare. Lei lo aveva fatto quando aveva lasciato Steve e il mondo non era finito. Certo, c'era ancora un po' di strada da percorrere prima di esserne completamente fuori, ma Joy aveva la sensazione che Scarlet potesse aiutarla a trovare il coraggio di completare il viaggio.

"Il punto è che le persone sono generalmente gentili", disse Joy. "È la natura umana".

Scarlet le sorrise. "Sai cosa? Credo che il tuo nome sia azzeccato".

Joy rise. Sì, poteva essere dolce e leggera, ma poteva essere anche altre cose. "Davvero? Dillo a Steve".

"Steve se ne farà una ragione", disse Scarlet, ridendo dolcemente. "Ma tu... sei decisamente una donna da bicchiere mezzo pieno. Potrei fare un tentativo, ma non aspettarti miracoli dall'oggi al domani".

* * *

Tornarono a casa calde e sazie dopo un altro drink e una cena arrosto tardiva.

"Immagino che tu voglia un whisky, anche se in realtà io non dovrei, visto che domani mi aspetta una giornata molto impegnativa come sindaca". Joy si girò verso Scarlet.

Scarlet emise un gemito soddisfatto mentre il suo corpo stanco si accasciava sul divano. Controllò l'orologio prima di annuire. "Non so perché ho guardato l'ora, la risposta sarebbe stata comunque sì", disse.

"Lo sapevo, ero solo educata".

Un fluido caldo scorreva nelle vene di Scarlet. Le piaceva il fatto che stessero già chiacchierando tra loro, ridendo delle battute dell'altra. In effetti, amava molte cose di Joy. I suoi profondi occhi blu. I suoi lineamenti morbidi. I suoi capelli biondo miele. Joy era una persona genuina, ma soprattutto aveva *conquistato* Scarlet. E questo non accadeva da molto tempo.

Il rumore del cristallo sul vetro interruppe i suoi pensieri e Scarlet alzò lo sguardo verso gli occhi azzurri e affascinanti di Joy.

"Ricordami domani, tra una cosa e l'altra, di prendere dei dannati sottobicchieri per questo tavolo, ok?" Joy indicava il tavolino. "Me lo prometti?"

Scarlet sorrise. "Te lo prometto".

"Bene". Joy si sedette sul divano accanto a lei.

Le volte precedenti che si erano sedute insieme in salotto, avevano sempre preso un divano a testa. Ora, Scarlet non si lamentava di stare seduta quasi coscia a coscia con lei.

"Sai, l'ultima persona con cui sono stata così rilassata è stata mia moglie". Scarlet fece una pausa. "E non è andata così bene".

"Unisciti al club", disse Joy. "Non siamo una bella coppia? Entrambe divorziate e nascoste al mondo". Fece una pausa. "Quindi te ne sei andata e basta?"

Scarlet annuì, con un'immagine di Liv nella mente. Liv che piangeva, dicendo quanto fosse disperata per la sua ludopatia. Per essersi giocata i soldi che Scarlet aveva diligentemente risparmiato. Scarlet era felice di non aver trasferito il denaro dell'eredità sul loro conto comune, altrimenti sarebbe andato perso anche quello e lei sarebbe rimasta senza niente.

"Sì, ho fatto i bagagli e me ne sono andata. Una volta assicurato il mio lavoro, naturalmente, avevo bisogno di un reddito. Soprattutto dopo che Liv si era giocata tutti i nostri risparmi, lasciandomi al verde". Scosse la testa e fece un sorriso ironico. "Questa è la triste storia di come sono finita qui". Scarlet infilò una gamba sotto il corpo, poi si spinse i capelli dietro le orecchie. "Volevo andare il più lontano possibile e sfuggire al cerchio infinito della compassione. Non riuscivo a sopportarlo. Così ho ricominciato da capo trasferendomi a 200 miglia da lei".

"Com'è andata a finire?"

Scarlet sorrise. "Ci sguazzo bene".

"Ah", rispose Joy.

L'attenzione di Joy era tutta su di lei – Scarlet non era abituata, ma le piaceva. "E tu? Come sei finita a Dulshaw?", chiese. "Non sembra che tu sia di qui".

Joy si passò una mano su e giù per la coscia. "In realtà sono cresciuta qui".

"A Dulshaw?" Scarlet fu sorpresa: l'accento o l'atteggiamento di Joy non sembravano abbastanza forti. Gli abitanti del luogo erano tutti fieri settentrionali, con accenti spessi come i loro cappotti.

Joy annuì. "Sono nata e cresciuta qui. Ma poi ho frequentato l'università a Manchester e sono rimasta lì, quindi il mio accento si è addolcito. Inoltre, ho a che fare con clienti internazionali, quindi è utile che sappiano cosa sto dicendo". Scrollò le spalle. "Mio fratello dice che sono la più sofisticata della famiglia, così come mio padre. Ma faccio ancora la spesa da Aldi, quindi non credo di essere troppo fuori dal mondo".

"Significa che sei in linea con le tendenze. Aldi è il supermercato preferito del Paese. L'ho letto sul giornale, quindi deve essere vero. La mia collega di lavoro lo chiama la sua *gastronomia europea*".

Joy emise una risata gutturale. Scarlet l'aveva già sentita, ma stasera sembrava… carina. Joy era diversa da chiunque avesse già incontrato a Dulshaw. E anche se era di lì, aveva una prospettiva più ampia sulla vita, cosa che Scarlet apprezzava. Parlare con Joy era come spalancare le finestre del mondo, facendo entrare aria e luce. Sorseggiò il suo whisky e sorrise a Joy, che ricambiò il sorriso.

Una sensazione di desiderio percorse il corpo di Scarlet, facendola rabbrividire leggermente. Calmò il respiro, ma non distolse lo sguardo da Joy. Non ne era stata sicura prima, ma ora ne era certa: era attratta da Joy. Il problema era che non aveva modo di sapere cosa Joy provasse per lei senza chiederglielo, e questo era fuori discussione.

Ciononostante, l'immagine di chinarsi a baciare Joy sul divano passò nella sua mente come un'auto in corsa. La colse di sorpresa, ma represse il sussulto che le si formò in gola.

"E siete ancora in contatto? Con la tua ex, intendo?" La voce di Joy smorzò i sogni ad occhi aperti di Scarlet, che arrossì, colta sul fatto. Sbatté le palpebre, poi rimise a fuoco.

"Con Liv? Dio, no. Dopo lo shock e la devastazione iniziali, ho tagliato quasi tutti i legami con lei, tranne alcune questioni finanziarie che hanno richiesto più tempo per essere risolte. Mi ha fregata così tanto che mi è sembrata la cosa più semplice da fare, anche dopo otto anni insieme. Inoltre, ero imbarazzata. Voglio dire, come ho fatto a non rendermi conto, a non vedere quello che stava accadendo proprio sotto al mio naso? A volte il pensiero mi tiene ancora sveglia la notte". Scarlet rabbrividì.

"È terribile", disse Joy. "E ha mai chiesto scusa, si è mai scusata per quello che ha fatto?"

Scarlet si lasciò sfuggire una risata strozzata. "Non c'è speranza", disse. "No, sono stata solo l'ultima di una serie di babbei che si sono innamorati del suo fascino, e lei ne aveva di fascino". Le venne in mente l'immagine di Liv che la ricopriva di gioielli, la portava a cena in ristoranti stellati, la portava a casa per completare la serata nel loro letto.

"Ho sempre pensato che avesse un mucchio di soldi, i contanti sembravano essere sempre lì. Invece si scoprì che aveva fatto il pieno con le carte di credito e i prestiti, e io ne ero responsabile". Scarlet scosse la testa, poi si mise a sedere più dritta. "Ma ormai è fatta, i soldi sono stati restituiti e posso andare avanti con la mia vita. La vita è più noiosa da sola, ma è anche molto più prevedibile, ed è proprio quello di cui avevo bisogno negli ultimi due anni".

Joy sorrise, i suoi occhi irradiavano gentilezza. "Per quello che vale, penso che tu abbia fatto un ottimo lavoro. Fa sembrare la rottura tra me e Steve un gioco da ragazzi".

Scarlet ricambiò il sorriso. "Tutte le rotture hanno i loro punti critici, ma la cosa più difficile è imparare a stare di nuovo da soli, a prendere ogni piccola decisione da soli". Bevve un altro sorso del suo drink e lo lasciò andare giù prima di continuare. "Ma ci si abitua. Ora mi preoccupo di essere troppo fissata con le mie abitudini per avere una relazione".

Joy rise, annuendo. "Faccio questa chiacchierata con me stessa quasi tutte le settimane".

Scarlet fece decantare l'ultimo sorso di whisky nel bicchiere, amando il modo in cui ne lambiva i lati. Inclinò la testa verso Joy, scrutando il suo corpo con gli occhi. Deglutì a fatica mentre l'emozione la inondava. Non era sicura di cosa stesse provando ma, qualunque cosa fosse, era potente, troppo potente per essere ignorata. Scarlet ci aveva messo sopra il coperchio, per il momento, ma non era sicura di quanto fosse stabile.

"So che lo vedi sempre, ma ti manca? Steve, voglio dire. So che non vuoi più stare con lui, ma siete stati insieme per quanto tempo?"

"Dieci anni", rispose Joy, con uno sguardo lontano negli occhi. "Ma la risposta sincera, ora, è no. Voglio dire, mi manca la compagnia di una coppia, ma non siamo mai stati bene; non sono mai riuscita a capire perché. Non mi ha mai fatto formicolare le dita dei piedi, non l'ho mai desiderato". Fece una pausa, assicurandosi di avere la piena attenzione di Scarlet.

La aveva, assolutamente. Scarlet era tutta orecchie, occhi, naso, bocca, qualsiasi cosa Joy volesse.

"La mia prossima partner sarà tutto questo: amica, amante, la mia unica e sola. Ed è per questo che esito e rimando, perché è molto da chiedere ad una sola persona, no?"

Scarlet scosse la testa, permettendosi di chiedersi se potesse essere lei quella persona per Joy. Era troppo inverosimile che potesse finire con la sindaca della città, un pilastro della società? Era ancora più inverosimile che potesse prendere in considerazione l'idea di amare di nuovo qualcuno?

"Niente affatto", disse Scarlet. "Significa che hai raggiunto una fase della vita in cui sai cosa vuoi e non ti accontenti di niente di meno. E questo è ammirevole, secondo me".

Joy la guardò negli occhi. "Ecco", disse dolcemente. "So cosa voglio. E quando sarò sicura al cento per cento, non esiterò, credimi".

Le sue parole attraversarono il corpo di Scarlet come un fulmine.

Bang.

Capitolo 8

Il giorno dopo Scarlet incontrò Eamonn in uno dei pochi pub che non erano stati colpiti dall'alluvione. Lui la abbracciò mentre si sedeva di fronte a lei. "Come stai?", le chiese, passandosi una mano sulla barba grigia.

Scarlet gli rivolse un breve sorriso. "Sorprendentemente bene", disse. "Joy è stata fantastica ed è stato bello conoscerla. So che l'alluvione si è portata via la mia casa e la tua attività, ma almeno c'è un aspetto positivo: ho conosciuto nuove persone con cui credo che resterò amica. Guardo il lato positivo".

La cameriera apparve e i due ordinarono caffè e *teacakes*, poi Eamonn si appoggiò allo schienale, valutando Scarlet. "Guardi il lato positivo? Questa non è la Scarlet che conosco e ammiro. Non hai *mai* un lato positivo".

"Sì che ce l'ho", rispose Scarlet, contrariata.

Eamonn rise, mostrando una fossetta sulla guancia sinistra. "No", disse. "Non ce l'hai. *Mai*. Chiedi a Matt, lui confermerà. Anche quando eravamo in vantaggio cinque a zero contro in Bridgetown in coppa, quella volta, eri ancora convinta che avremmo fatto una cazzata in qualche modo".

"Questo non ha nulla a che vedere con il guardare il lato positivo. È solo calcio". Scarlet si sedette e incrociò le braccia, cercando di non irritarsi. Non funzionava.

"No, *sei tu*", disse Eamonn, ancora ridendo. "Ma devo dire che mi piace questa nuova Scarlet, questa Scarlet dal lato luminoso". Fece una pausa. "E hai tralasciato la parte in cui l'alluvione ha rovinato il mio matrimonio. Non dimenticarlo".

Scarlet alzò l'indice. "Questo è uno dei motivi per cui ho voluto incontrarti".

"E io che pensavo che fosse per il mio fascino intrinseco".

"Ah ah", disse Scarlet. "Come ho detto nel mio messaggio, potrei avere la risposta al tuo dilemma sul ricevimento di nozze".

"Sono tutto orecchi".

"Non essere così giù di morale, hai solo bisogno di un po' di fiducia".

Eamonn le rivolse lo sguardo che meritava.

"Comunque, pensavo a Grasspoint, la casa di riposo in cima a Fairbank".

Eamonn inclinò la testa. "Cosa c'entra con il mio matrimonio?"

"Hanno una sala nuova di zecca che intendono affittare per eventi, ed è disponibile. È stata terminata solo due settimane fa, quindi sareste i primi a usarla, se voleste. Dovreste prima parlarne con Celia, la direttrice, ma lei non sembra pensare che sia un problema". Scarlet sorrise a Eamonn. "Allora, ti ho rallegrato la mattinata?"

Eamonn le rivolse uno sguardo perplesso. "Sì, ed è strano. Stai guardando il lato positivo *e* proponendo una soluzione al mio enorme problema. Potrei baciarti".

Scarlet alzò una mano, ridendo. "Potresti, ma non te lo consiglio", disse. "Inoltre, Steph mi ucciderebbe e non voglio mettermi contro di lei. L'ho vista quando ti trascina fuori dal pub".

"Donna saggia", rispose Eamonn, mentre arrivavano il cibo e le bevande.

Eamonn divorò la sua torta in cinque morsi prima ancora che Scarlet avesse preso la sua, poi ne ordinò subito un'altra. "Sono *così* buone", disse, pulendosi il burro dal mento. "Sul serio, però, quella che mi proponi è un'ancora di salvezza, quindi grazie. Come hai fatto a scoprirlo? Pensavo che conoscessimo tutti i locali di questa zona e non solo".

Scarlet sorrise. "Non ringraziare me, ringrazia Joy. Sua nonna vive a Grasspoint e mi ha portata lì per conoscerla. È stata sua nonna a suggerirlo, conosce anche la nonna di Steph".

"Sono un sacco di nonne", disse Eamonn, accigliato. "Ma aspetta, riavvolgi. Sei andata a conoscere la nonna di Joy? Sei sicura che non ci sia qualcosa che non mi stai dicendo, perché sembra che ci sia qualcosa sotto". Strinse le labbra. "E tu sembri... diversa. Quasi... è 'felice' la parola che sto cercando?"

Le guance di Scarlet si colorarono di rosa alle parole di Eamonn, soprattutto perché sapeva che stava dicendo la verità. Ma non aveva intenzione di ammetterlo. "Zitto", disse, mangiando la sua *teacake*. "Hai ragione, sono buonissime".

"Smettila di cercare di cambiare argomento", disse Eamonn. "Ho ragione, c'è qualcosa – o qualcuno – che ti fa sorridere?"

"No", disse Scarlet, tornando in un attimo ad essere un'adolescente. Non era pronta ad affrontare quella conversazione, non dopo la serata passata con Joy e non dopo la notte passata a rigirarsi nella sua stanza degli ospiti, mentre pensava a lei dall'altra parte della parete della sua camera. La sera prima era stato così poco a impedire che facessero il passo successivo ma, d'altra parte, così tanto.

"Non sarà forse una certa signora sindaca?"

Scarlet rivolse a Eamonn il suo miglior cipiglio. "No!"

"Sì, beh, secondo me i fatti contano più delle parole". Eamonn mangiò la sua seconda *teacake* appena arrivata. "E ti è permesso che ti piaccia qualcuna e che tu sia felice, giusto perché tu lo sappia". Fece una pausa. "Immagino che quello che ha detto il mio amico Dean sia giusto".

Scarlet si bloccò: non voleva tradire la fiducia di Joy, ma Eamonn in un certo senso lo sapeva già.

"Sì, Dean aveva ragione, ma non sta succedendo niente. È stato bello conoscerla, tutto qui".

Eamonn sorrise a Scarlet, proprio come aveva fatto un milione di altre volte, al pub, dopo il calcio. Per molti versi, Eamonn aveva preso il posto dei suoi fratelli, riempiendo il vuoto di battute.

"Io ti credo, ma migliaia di persone non lo farebbero". Eamonn fece l'occhiolino a Scarlet, poi bevve il suo caffè. "Allora, quando posso andare a vedere questa sala?"

Scarlet prese il telefono dalla tasca e scorse l'applicazione delle note. Poi si accigliò. "Merda, pensavo di aver segnato il numero sul telefono. Accidenti". Alzò lo sguardo verso Eamonn. "Hai intenzione di andare al negozio più tardi?"

Annuì. "Sì, ci sono ancora molte cose da fare laggiù. Una lista *infinita* di cose da fare".

"Oggi cercherò di entrare nel mio appartamento, se possibile, quindi andrò lì. Joy ha il numero, quindi posso chiamarti dopo, oppure mandarti un messaggio, se non è possibile".

Eamonn annuì, con la gratitudine evidente nei lineamenti. "Cazzo, me ne ero dimenticato. Ricorda solo che ha un aspetto e un odore terribile, purtroppo. Ma è incredibile quello che si può pulire in pochi giorni. Non fraintendermi, il negozio è ancora un disastro, ma credo che lo si accetti meglio quando lo si vede un po' di volte. Ma lo shock iniziale... preparati, ecco tutto".

La paura ribolliva in Scarlet. "Lo farò", disse.

"Hai bisogno che venga con te? Perché posso farlo".

Scarlet scosse la testa. "Mi accompagna Joy, si destreggerà tra alcune delle sue riunioni".

Eamonn sollevò un sopracciglio. "Non sto dicendo nulla. Onestamente, *nulla*".

Scarlet lo colpì sul braccio. Non aveva bisogno che Eamonn le desse addosso per Joy.

Lei si occupava già del suo caso 24 ore su 24, 7 giorni su 7.

* * *

Quando arrivarono nella via di Scarlet, si riusciva a vedere l'asfalto: era un inizio. Tuttavia, la strada sembrava un campo di battaglia, con i tappeti sparsi sui marciapiedi, sbiaditi e tristi. C'erano lavatrici, scrivanie e scaffali ormai inutilizzabili, divani, sedie da pranzo rotte e vestiti che non sarebbero mai più stati indossati.

La strada aveva una strana tonalità ramata a causa di tutto il fango ammassato lasciato dopo che le acque dell'alluvione si erano ritirate, e che ora era visibile in zolle. Il sole splendeva luminoso, facendosi beffe di tutto ciò che lo aveva preceduto. Era come un palcoscenico che aspettava solo che gli attori entrassero in scena, da sinistra.

Solo che non c'era un palco.

Ed era tutto sinistro.

Accanto a lei, Joy inspirò. "Tutta questa roba è la vita

delle persone". Joy passò sopra una lampada e un paralume abbandonati, poi a una valigia. "Ci sono così tanti rifiuti, è terribile".

E lo era. Tre giorni prima la sua strada era normale, con le auto che andavano su e giù per il centro. Ma ora era stranamente silenziosa, con solo qualcuno che si affacciava per portare via altri effetti personali non recuperabili. Una donna dall'altra parte della strada aveva una scatola tra le braccia così bagnata che si sfaldava. Si appoggiò al tavolo da pranzo, ora anch'esso in strada, e il suo corpo cominciò a tremare.

I piedi di Scarlet erano bloccati a terra: voleva aiutare la donna, ma non poteva affrontare il dolore di qualcun altro in quel momento. Doveva proteggersi da ciò che stava per vedere.

Joy andò in soccorso, perché questo era il suo forte. Si avvicinò alla donna e le mormorò qualcosa, ma la donna chinò il capo e si mise a cullare la scatola. Joy la abbracciò goffamente, prima di tornare da Scarlet.

"Foto di famiglia rovinate", disse Joy scuotendo la testa. "Certe cose non si possono sostituire, vero?"

Si incamminarono lungo la strada fino a raggiungere la porta di casa di Scarlet, che era spalancata. Nel corridoio c'era un segno della marea sul muro, che Scarlet ritenne arrivasse fino alla coscia. Quando mise il piede a terra, la moquette le si strinse sotto i piedi. Si ritrasse, trattenendo il respiro. Non era sicura di farcela, ma doveva affrontare qualsiasi cosa ci fosse in fondo alle scale. In quel momento le sembrava di scendere nel seminterrato di un film dell'orrore: cosa c'era sotto? Scarlet evocò le immagini del suo appartamento prima dell'alluvione, ma questo le fece venire voglia di piangere. E non l'avrebbe fatto; l'aveva promesso a se stessa.

Erano solo cose, poteva sostituirle. Doveva continuare a ricordarselo.

"Tutto bene?" Chiese Joy.

Scarlet annuì, fece un respiro profondo, poi si pentì di averlo fatto: un misto di liquame e umidità le riempì i polmoni, togliendole il respiro. La candeggina non aveva ancora raggiunto quella parte della strada. La sua parte di strada. Il suo appartamento.

Soffocò, poi cominciò a tossire, il che significava che doveva inspirare più aria. Una mossa sbagliata.

Joy le mise una mano sul braccio. "Vuoi che vada prima io?"

Scarlet scosse la testa. Era più che grata che Joy fosse lì a sostenerla, ma questa era una cosa che doveva fare da sola. "No, tu resta qui. Credo che prima vorrò vederlo da sola, per capire quanto è grave. Va bene?"

"Di qualsiasi cosa tu abbia bisogno, io sono qui".

La loro conversazione fu interrotta da un uomo che saliva le scale, il cui passo era accompagnato dallo scroscio dell'acqua sotto i piedi. Ansimava, il suo stomaco massiccio era trattenuto da una cintura marrone dall'aspetto scadente. Indossava scarpe da ginnastica, come tutti in città, e una spessa giacca a vento rossa e grigia che non sarebbe stata bene a nessuno. La sua fronte si aggrottò quando le vide, poi abbassò lo sguardo e consultò la sua cartellina, sollevando un paio di pagine prima di schiarirsi la voce.

"Scarlet Williams?"

Scarlet aggrottò le sopracciglia. "Sì, chi è lei?"

L'uomo scarabocchiò qualcosa su un modulo, poi infilò la cartellina sotto il braccio e tese la mano.

"Paul Barker, Best Place Insurance".

Scarlet gli strinse la mano: era fredda come la pietra.

L'uomo si soffiò sulle mani. "Si congela laggiù, ed è ancora molto bagnato". Le lanciò un'occhiata ai piedi. "Ma ha le scarpe da ginnastica, è venuta preparata". Tirò su col naso, prese un fazzoletto dalla tasca e se lo soffiò. "Stavo solo valutando i danni, per vedere cosa le servirà. Un nuovo appartamento, a dire il vero, ma siamo qui per questo". Sorrise a Scarlet. "So che si sentono molte storie di paura sulle assicurazioni, ma in questo caso no. È una faccenda liscia come l'acqua". Si accigliò per la scelta delle parole. "O almeno... vabbè, si asciugherà, alla fine. Avrà bisogno di deumidificatori, calore e candeggina. Molta candeggina."

"Ci sono ancora un paio di centimetri d'acqua, ma ora che le pompe sono a pieno regime e c'è il sole, dovrebbe asciugarsi in un paio d'ore. Oggi arriveranno anche i camion per sgomberare gli oggetti più importanti. È invitata a dare un'occhiata, ma non potrà scendere per iniziare la pulizia vera e propria finché non avremo sgomberato il peggio. Domani, se tutto va bene". Fece una pausa, non volendo guardarla negli occhi. "E devo avvertirla che è un casino, come può aspettarsi". Fece un'altra pausa. "E puzza". Corrugò il naso. "Ha un posto dove stare?" Consultò di nuovo la sua cartellina. "Non mi risulta che abbia bisogno di una sistemazione d'emergenza".

Scarlet scosse la testa, cercando ancora di assimilare tutto. Erano tante cose. "No, resto con la mia amica Joy", disse Scarlet, facendo un cenno verso di lei.

"Eccellente", disse Paul, sorridendo a Joy. "Gli amici sono proprio quello che ci vuole in una situazione come questa". Fece una pausa. "Stavo andando in macchina a prendere il mio metro: quello elettronico non funziona, se ci crede. Torno tra un minuto, quindi penso che ci vedremo laggiù".

Scarlet annuì di nuovo. "Certo", disse, mentre Paul le superava entrambe e usciva in strada.

Scarlet non si era ancora mossa.

"Ma non avevi detto che non avevi l'assicurazione?" Disse Joy.

"Ho un'assicurazione sull'edificio, ma non sul contenuto". Inspirò e tossì. Non sarebbe rimasta lì a lungo, non con quell'odore. Paul non sembrava preoccupato, ma Scarlet immaginava che ci fosse abituato. Cancellò il perito assicurativo dalla lista dei possibili lavori.

"Io scendo. Ripensandoci, vieni con me?" Scarlet aveva pensato di potercela fare da sola, ma ora, dopo il verdetto schiacciante di Paul, aveva bisogno di essere rassicurata. Aveva bisogno di qualcuno che confermasse ciò che vedeva. Ma soprattutto, aveva bisogno di qualcuno che le tenesse la mano.

Come se leggesse nei suoi pensieri, Joy prese la mano di Scarlet nella sua.

Anche quel semplice gesto fece sorridere Scarlet dentro, ma non fuori. Non riusciva a muovere il viso. Era bloccata in modalità allarme.

"Certo. Ma devi andare avanti perché io possa seguirti".

Scarlet fece come aveva chiesto Joy.

In fondo alle scale c'era un pozzo freddo e marrone di miseria, come aveva avvertito Paul. L'acqua era ancora appena sopra le caviglie di Scarlet e, a giudicare dall'odore, non voleva sapere cosa avrebbe potuto calpestare o attraversare.

"Porca puttana", disse, coprendosi il naso con il braccio. Joy stava già facendo lo stesso.

Le luci del salone, il suo splendido lampadario, erano coperte di fango marrone, che lei poteva solo supporre fosse merda. Anche i divani. Le pareti, un tempo bianche, erano ora di un curioso colore grigio-marrone e gocciolavano. Inspirò e poi volle vomitare.

Joy le toccò la schiena e lei si calmò immediatamente.

Attraversò la cucina. Era desolante. C'era liquame su ogni superficie, gli armadietti un tempo bianchi ora… non erano più così. Non voleva nemmeno aprire una credenza; sapeva cosa avrebbe trovato.

Scarlet si voltò, con il volto sconvolto. Era troppo, ma era decisa a continuare.

Joy le toccò il braccio, la manica sul naso. "Sei sicura di voler continuare oggi? Possiamo tornare domani, quando gli assicuratori avranno finito di gettare la maggior parte del materiale".

Scarlet scosse la testa. "Ho solo bisogno di vedere… tutto". Si mise a guadare le acque marroni verso la camera da letto e il suo piede urtò contro qualcosa di solido. Inciampò, ma Joy la prese. Il suo cuore accelerò così tanto che le uscì quasi dalla bocca. Barcollò.

"Per favore, non cadere. Non voglio trascinare anche te fuori dal liquame", disse Joy.

Scarlet rise, suo malgrado. "Cercherò di non farlo".

Anche la camera da letto raccontava la stessa storia: sbiadita, rovinata, trasandata. Aveva speso tanto tempo per scegliere anche quella biancheria da letto, e l'aveva avuta solo per sei mesi.

Ma poteva comprarne di nuova. Quello era ciò che aveva bisogno di dire a se stessa.

La mano di Joy era ora sul suo gomito. "Sono tutte cose che puoi sostituire, lo sai".

Joy sapeva chiaramente leggere nel pensiero. Il che significava che era una fantastica life coach.

"Lo so", rispose Scarlet. E lo sapeva davvero. Ma questo non le impediva di pensare a ciò che doveva essere fatto.

Tutto. Assolutamente tutto.

Rimaneva una stanza che Scarlet temeva di più. Il suo bagno. Il suo orgoglio e la sua gioia. Quello che aveva fotografato a Milano e per il quale aveva speso un sacco di soldi perché diventasse come piaceva a lei. Piastrelle a mosaico, doccia doppia, tutto quanto. Fece un respiro profondo mentre si avvicinava, poi aprì la porta.

La doccia doppia era rialzata, quindi quasi priva di acqua. Ma c'erano rifiuti nel piatto, insieme a vestiti sporchi, articoli da toilette e un uccello morto.

Aveva visto abbastanza.

"Andiamo", disse a Joy, muovendosi ora più velocemente, con l'acqua che ancora le scrosciava intorno ai piedi. Si tolse gli stivali e salì le scale, ricordando tutte le volte che si era preoccupata di aver calpestato la cacca di cane e di poterla lasciare sul tappeto. L'intero appartamento era un enorme pozzo nero. Che ironia.

Scarlet fece le scale in fretta, poi quasi corse fuori dal corridoio verso l'aria fresca. Non aveva pensato che fosse fresca quando era arrivata in strada, ma ora aveva un sapore decisamente rinfrescante. Spalancò la bocca, si accasciò su se stessa, ansimando per respirare, cercando di liberarsi del fetore che le intasava il corpo. Vomitò, ma non uscì nulla. Sentì Joy fare dei respiri profondi dietro di lei, poi la sua mano calmante fu sulla schiena di Scarlet, a strofinarla delicatamente su e giù.

Scarlet fissò il marciapiede sotto di lei, pieno di quello che aveva creduto fosse fango agglomerato, ma che ora capiva essere probabilmente liquame. Vomitò di nuovo, questa volta un po' di acido che le risaliva su per la trachea. Si lasciò sfuggire il liquido, ebbe un altro conato e poi rimase in piedi a respirare aria, con i palmi delle mani sulle cosce, piegata. Il mondo girava sopra e sotto; nulla aveva senso.

Alla fine, le braccia di Joy la circondarono, spingendola lentamente verso l'alto. Lei la lasciò fare.

Poi Joy le passò un fazzoletto per pulirsi la bocca e la condusse via.

* * *

Camminarono per un po' senza dire nulla, concentrandosi solo a uscire dalla strada senza inciampare nelle cose della gente. Quando ebbero respirato abbastanza aria fresca da eliminare l'odore di fogna bruciata nei polmoni, Joy parlò.

"È stata dura".

"Ah-ah".

"Come ti senti? A parte la nausea".

Scarlet sorrise e smise di camminare, fissando il cielo grigio metallico. "È stata più una reazione all'odore che altro", disse. "Sinceramente? Mi sento distaccata, come se quello non fosse davvero il mio appartamento. E in fondo *non lo era*. Le mie cose non erano più le mie cose – e sono solo cose, e posso sostituirle". Riprese a camminare, infilandosi le mani in tasca. "Ci stavo pensando prima, ed è come le fasi del lutto. In questo momento sto attraversando la fase della negazione, fingendo che l'appartamento non sia davvero mio". Fece una pausa. "Alla fine è un meccanismo di gestione dei traumi, ma se funziona…".

"Ha senso", rispose Joy. "Quando qualcosa è troppo difficile, la tua mente non riesce a elaborarlo e quindi si spegne".

"Spegnersi è sicuramente l'opzione migliore. Ma non del tutto, solo temporaneamente. Solo per poter affrontare la situazione". Lanciò un'occhiata a Joy. "Prima che tu entri in modalità terapeuta con me".

Joy le diede una gomitata. "Non avevo intenzione di farlo. E comunque, mi è permesso. E per tua informazione, non lo farei come life coach, ma come amica. C'è una bella differenza".

Scarlet sorrise a Joy mentre svoltavano sulla High Street, che era simile alla strada di Scarlet, solo più larga.

"Porca puttana", disse Scarlet mentre camminavano in mezzo alla strada – la mancanza di auto significava che potevano farlo.

Nessuno degli esercizi commerciali era aperto ai clienti, ma erano tutti un alveare di attività. Proprio come nella strada di Scarlet, attrezzature e mobili erano sparsi sul marciapiede e la puzza di candeggina era opprimente mentre la gente lottava per ripulire i propri locali. Joy si fermò a chiacchierare con il proprietario della merceria, mentre rotoli e rotoli di tessuto rovinato giacevano sulla strada davanti a loro.

Scarlet si allontanò a sinistra e le si spezzò il fiato quando vide lo stato della libreria della città. Poteva vedere il segno dell'acqua all'interno del negozio, e sul marciapiede di fronte c'erano pile e pile di libri zuppi. Questo le fece venire voglia di piangere quasi più del suo appartamento. L'alluvione non riguardava solo lei: riguardava l'intera città. Le sue cose rappresentavano ricordi ed esperienze personali. Ma tutti quei libri sprecati contenevano idee, risposte e sogni, finché un torrente d'acqua non li aveva travolti. Ora quei sogni non sarebbero mai più stati letti e realizzati. Era devastante.

"Che spettacolo deprimente". Joy la raggiunse, fissando i libri. "Ma si risolverà tutto e ci riprenderemo. Ho appena parlato con Gayle della merceria, e mi ha detto che Steph ha preparato dei panini per tutti per tenere alto il morale, e che la comunità ha portato spazzoloni, cibo e bevande".

Scarlet annuì mentre riprendevano a camminare sulla strada, diretti verso il Great Bakes. "È fantastico, ma perché succedono cose del genere?"

"Per mettere alla prova la natura umana?" Joy rispose. "Chi diavolo lo sa?"

Quando arrivarono alla pasticceria, Eamonn stava pulendo tutto ciò che vedeva e Steph stava preparando il caffè. Quando vide Scarlet, lui fu sorpreso.

"Due volte in un giorno: la gente comincerà a parlare", disse lui, posando la spugna e abbracciandola. Questo era il nuovo saluto di Eamonn dopo l'alluvione, e Scarlet doveva ammettere che le piaceva.

"Questa è Joy, la nostra stimata sindaca e la mia attuale ospite", gli disse.

Joy strinse la mano di Eamonn e sorrise. "Ci siamo già visti".

"Già. Spero che tu tenga Scarlet sotto controllo. Anche se è entrata qui quasi sorridente, e immagino che siate già state nell'appartamento".

"Purtroppo sì".

"Allora, perché stai sorridendo?"

"O faccio così o crollo, e oggi ho deciso di non crollare.

È un casino, ma camminare per le strade mi fa capire che non sono sola, e questo mi aiuta un po'. Non che voglia che altre persone condividano la mia sofferenza, ma è rassicurante sapere che non sono l'unica".

Steph uscì dal retro del negozio e abbracciò Scarlet in segno di saluto, stringendo la mano a Joy quando fu presentata.

"Ho sentito che dovrei ringraziarvi per aver salvato il nostro matrimonio questo fine settimana: Eamonn ha parlato di una sala".

Joy schioccò le dita. "Adesso faccio una telefonata e parlo con Celia". Uscì in strada con il telefono in mano.

Steph la guardò andare via, poi si rivolse a Scarlet. "Allora, come va la convivenza con la sindaca?"

Scarlet scrollò le spalle. "Stranamente va bene, considerando che siamo estranee. Ma lei è sola come me, quindi è bello avere qualcuno con cui parlare, soprattutto in un momento come questo. Strano, ma bello".

"E com'era il tuo appartamento?"

Scarlet espirò. "Fottuto, ancora sotto un metro d'acqua. Posso tornare domani e iniziare la pulizia. Non vedo l'ora di farlo. E l'odore... sembra uscito dalle viscere dell'inferno".

"Alcune strade sono state più colpite di altre – per fortuna noi non abbiamo trovato molto liquame. Comunque, quando lo toglieranno, sarà utile". Steph le mise un braccio intorno alle spalle. "Possiamo aiutare Scarlet domani, no?", disse al suo fidanzato.

Eamonn annuì. "Assolutamente sì: posso indossare di nuovo le mie Marigold senza problemi".

Scarlet scosse la testa. "Davvero, non ce n'è bisogno. Avete il vostro disastro da affrontare, e anche il matrimonio...".

"Sciocchezze, possiamo dedicarti qualche ora – tutti per uno, uno per tutti. Non puoi farlo da sola, sarebbe troppo. In più, ormai siamo dei campioni con la candeggina, quindi con noi avrai l'aiuto di due esperti. Non potremmo aprire nemmeno se volessimo: l'elettricità non c'è ancora, quindi non posso cuocere nulla, e i registratori di cassa non funzionano. Ho portato giù il nostro fornello da campeggio per le bevande calde, e tutta la strada lo sta usando". Fece una pausa. "Vuoi un caffè?"

"Magari, nel mio appartamento faceva così freddo". Ma anche se aveva freddo, era riscaldata dalla loro generosità di spirito: riscaldata fino al midollo. "Ci vorranno mesi per asciugarlo e riportarlo alla normalità. E questo senza nemmeno immaginare il costo". Il suo viso si scurì mentre lo diceva, ed Eamonn saltò al suo fianco, la sua immancabile mascotte.

"Andrà tutto bene, vedrai", disse lui, mettendole un braccio intorno alle spalle. "Perché se tutto il resto fallisce, conosci la signora con il fornello da campeggio e le torte che ha preparato a casa. Quindi sei già in vantaggio".

Proprio in quel momento entrò Joy, che fece loro un pollice in su. "Ho organizzato un incontro con Celia – potete andare quando volete. Dice di passare domani mattina per vedere la stanza, ma non c'è problema, non hanno prenotato nulla. È solo questione di decidere".

"Potrei baciarla in questo momento, sindaca", disse Steph. "Davvero, grazie mille".

"Ringraziate mia nonna quando la vedete: è stata una sua idea".

"Lo faremo", disse Steph. "E siete entrambe invitate, naturalmente. Avevo preparato un'intera tabella e mi stavo stressando per i numeri, ma ora queste cose non sembrano così importanti, no? E mi piacerebbe che ci foste entrambe, se siete libere".

Joy guardò Scarlet, che le rivolse un sorriso e un'alzata di spalle.

"Avrei partecipato comunque alla serata e non ho altri impegni urgenti per sabato, a parte pulire l'appartamento", disse Scarlet. Non le sfuggiva che quello era il loro primo invito congiunto, ma non disse nulla. "E ora più che mai abbiamo tutti bisogno di un motivo per festeggiare, non è vero?"

"Allora è deciso", disse Steph, senza nemmeno aspettare la risposta di Joy. "Ora, caffè per tutti?"

Capitolo 9

A casa, Joy e Scarlet erano sedute in salotto, entrambe sui loro tablet. Erano il ritratto della felicità domestica, cosa che fece sorridere Joy. In pochi giorni avevano già sistemato gli sgabelli in cucina e i divani in salotto. Inoltre, avevano il loro primo invito a nozze congiunto. Se mai fossero diventate una coppia, avevano le basi del loro rapporto già incise nella pietra.

"A proposito, hai già chiamato tuo fratello?" Joy alzò lo sguardo dalle sue e-mail: sembrava che quella sera dovesse andare a casa di George per parlare del coordinamento delle pulizie di quella settimana.

"Quale?"

"È uguale, ma forse quello che vive a un'oretta da qui. Ma una delle due creature mitiche". Scarlet era evasiva, ma Joy non ne voleva sapere.

"Non ancora", disse Scarlet, spostando il tablet sul ginocchio.

"Non pensi che sia arrivato il momento? E se cercasse di contattarti?"

Scarlet sospirò e Joy riuscì a immaginarla da adolescente. Testarda, esasperante, ma immensamente carina. Non per la prima volta, Joy avrebbe voluto conoscerla prima.

"Probabilmente non sarebbe sorpreso se scoprisse che mi sono trasferita senza dirglielo. Sarebbe ferito, triste, ma non sorpreso".

Joy sgranò gli occhi. "Un motivo in più per chiamarlo e informarlo del fatto che sei senza casa e senza beni". Aveva chiesto a Scarlet di farlo da quando le aveva rivelato di avere una famiglia nelle vicinanze e, dopo aver visto il suo appartamento, Joy era convinta che più persone fossero venute a dare una mano, meglio sarebbe stato.

"Lo fai sembrare così affascinante".

Joy alzò un sopracciglio cinico verso Scarlet. "Se io devo vedere mio fratello, che tra l'altro è un idiota da premio, allora tu devi vedere il tuo, che sembra fantastico. Sarà contento che tu abbia chiamato, no?" Fece una pausa. Capiva le ragioni di Scarlet per non chiamare, ma quella era un'emergenza. "Perché non lo fai adesso? Porta la tua tazza di tè in camera, in cucina o dove ti senti più rilassata e chiamalo. Tanto io devo uscire tra poco, quindi potresti anche farlo qui tra dieci minuti, se non vuoi muoverti".

Scarlet sospirò. "Non è così semplice".

"Ci stai pensando troppo".

Scarlet strinse le labbra. "Questo è un fratello che ho ignorato negli ultimi due anni. Un fratello che ho visto una volta e a cui ho mandato le cartoline di Natale. Un fratello che non è mai stato altro che gentile con me e che non si meritava nulla di tutto questo".

Joy sorrise a Scarlet. "Quindi ti perdonerà – se tutto quello che dici è vero, e sono sicura che lo è. Ti perdonerà e ti vuole nella sua vita. Sei tu che lo hai bloccato. Se lo chiami, sarà al settimo cielo, credimi".

Saltò giù dal divano per dare spazio a Scarlet: non l'avrebbe ascoltata, doveva arrivare a chiamarlo alle sue condizioni.

"Ti lascio fare", disse Joy, accarezzandole il ginocchio mentre passava.

***

E così ecco Scarlet, dieci minuti dopo, con il telefono in mano e un groppo in gola. La bocca era secca, le dita le formicolavano.

Clark. Una spina nel fianco, l'adorabile Clark.

L'aveva sempre sostenuta, anche se era più giovane di lei di quattro anni. Aveva sempre voluto essere il suo protettore, anche se Scarlet non aveva mai avuto bisogno di essere protetta. Ma Clark era fatto così, proprio come era stato suo padre. E suo padre avrebbe voluto che chiamasse Clark. Quel pensiero le fece premere il dito sul pulsante verde e le fece salire il battito cardiaco alle stelle.

Lui rispose dopo tre squilli.

"Scar?" La sua voce suonava incredula, come se non credesse che fosse davvero lei.

"Ciao", rispose lei.

"Va tutto bene?" Sembrava loro padre: forte e affidabile. Il solo suono della sua voce fece vacillare Scarlet.

"Va tutto bene", disse, prima di ricordare che non era così. "Beh, non proprio, ma sto bene".

"Non sei malata o in fin di vita?"

Sorrise. "Non l'ultima volta che ho controllato. No, tutto a posto".

"Beh, allora va bene", disse, espirando. "Allora, se non sei malata o in fin di vita, posso sgridarti per non aver risposto alle mie chiamate?" Cercava di essere serio, ma lei poté sentire il sorriso nella sua voce.

"Puoi provare, ma terrò il telefono lontano dall'orecchio".

"Mi limiterò a brontolare", disse con una risata. "Allora, che succede? Tre mesi di silenzio e ora una telefonata. Non è che ti trasferisci anche tu in Australia?"

Ora era il turno di Scarlet di ridere. "No, quello lo lascio a Fred. Sai che non funziono bene nei climi caldi". Fece una pausa. "Ti chiamo solo per dirti che mi sono trasferita, ma non per scelta. Il mio appartamento è stato allagato sabato e, come sai, si trova nel seminterrato, quindi non è andata bene. È completamente sventrato e ho perso tutto. Ma stranamente mi sento bene".

"Merda, mi dispiace tanto – è per questo che ho mandato un messaggio, ma hai detto che stavi bene". Fece una pausa. "Ma tu *stai* bene – almeno, così sembra. Sembri calma, l'hai accettato, e questo è molto strano. Soprattutto per te".

"Vorrei che tutti smettessero di dirlo; mi fate sembrare il Grinch".

"Non sei stata esattamente un raggio di sole negli ultimi anni. Ma io do la colpa a Liv".

Scarlet sgranò gli occhi: ecco che cercava di fare il suo protettore. Liv non gli era mai piaciuta. A quanto pareva, Clark era in grado di giudicare le persone meglio di lei.

"Beh, comunque, vivo temporaneamente con la sindaca".

"La sindaca?"

"Sembra peggio di quello che è. Tanto per cominciare è una donna davvero simpatica, della mia età. Inoltre, ha una stanza libera e andiamo molto d'accordo".

"Se hai bisogno di un posto dove stare, puoi sempre

venire a stare da me. Non mi piace l'idea che tu viva con degli estranei".

"E lo farei, certo che lo farei, ma il tragitto di un'ora e mezza per andare al lavoro potrebbe essere una mazzata. E onestamente, sta funzionando bene. Lei è stata molto accogliente e anche la comunità si è mobilitata. Sto bene, il che è più di quanto possa dire del mio appartamento".

"Verrò ad aiutarti quando tornerai a casa – quando sarà?"

"Domani credo, o forse mercoledì".

"Chiamami e verrò in macchina".

"Non è necessario, Clark".

"So che non è necessario, ma voglio farlo. Mi hai tagliato fuori dalla tua vita per troppo tempo, ma è questo che fanno le famiglie: si aiutano a vicenda nei momenti di bisogno. Quindi chiamami e verrò ad aiutarti. Hai bisogno di qualcos'altro?"

"Un letto, un divano, un tavolino, dei libri…".

"Sai cosa voglio dire: hai bisogno di qualcosa *in questo momento?*"

"In realtà, se potessi portare dei soldi, sarebbe fantastico. Te li restituisco, ma il bancomat funzionante più vicino è a mezz'ora di macchina, e la mia macchina è guasta".

"Posso portarti dei contanti, non c'è problema. Promettimi solo che questa volta manderai un messaggio o chiamerai, e non te ne dimenticherai come tutte le altre volte".

Scarlet arrossì pensando a tutte le volte che lo aveva deluso. Eppure lui era lì, pronto a mollare tutto per correre in suo aiuto quando ne aveva bisogno. Avrebbe dovuto chiamarlo prima.

"Prometto che ti manderò un messaggio, hai la mia parola. In più, porti dei soldi, quindi un incentivo in più".

"Sei sempre stata la più mercenaria tra noi".

Capitolo 10

Martedì Joy aveva un'intera serie di clienti e fu contenta quando finalmente arrivò la fine della giornata. Chiuse il suo Skype, spense il microfono e scese al piano di sotto per bere un po' d'acqua. La chitarra di Scarlet era appoggiata su una delle sedie dove l'aveva lasciata la sera prima, dopo la telefonata con il fratello, che le aveva dato una spinta positiva.

A Joy piaceva che Scarlet lasciasse le cose in giro per la casa; le sue lacrime erano cessate e cominciava a sentirsi a suo agio. E anche Joy, finalmente, dopo quasi due anni di permanenza nella casa. La sua amica Wendy le diceva spesso che aveva bisogno di un life coach, ma Joy aveva resistito con fermezza fino a quel momento. Eppure, guardando la sua vita ora, forse Wendy aveva ragione.

L'apertura della porta d'ingresso indicava che Scarlet era tornata a casa dal lavoro: Joy le aveva dato la chiave, con suo grande imbarazzo. Scarlet aveva cercato di negoziare anche il pagamento dell'affitto, ma Joy le aveva detto che avrebbe potuto aspettare finché non avessero saputo quanto tempo Scarlet sarebbe rimasta. Per il momento, Scarlet stava dando a Joy gradita compagnia e amicizia, e questo era un pagamento più che sufficiente per lei.

"Com'è andato il tuo primo giorno di ritorno al lavoro?" Chiese Joy, mentre Scarlet entrava e metteva su il bollitore. Se Scarlet aveva un bell'aspetto nel suo abbigliamento casual, anche il suo abbigliamento professionale aveva un certo fascino. Il suo tailleur con il pantalone scuro era scelto bene, inoltre aveva aggiunto un po' di trucco e i mocassini lucidi per un maggiore impatto. Un impatto che non sfuggiva a Joy. Amava la compagnia che Scarlet le offriva, ma stare con lei diventava ogni giorno più difficile.

"Stranamente bene. Non sono stata l'unica colpita dall'alluvione, ma probabilmente sono tra quelli messi peggio. Comunque, dopo la giornata di oggi al lavoro ho già ricevuto un'offerta per un letto e un tavolino, e il mio capo mi ha dato il resto della settimana libera per sistemare tutto. Ho mandato un messaggio a mio fratello e domani verrà ad aiutarmi con l'appartamento". Scarlet si girò, si appoggiò sul bancone della cucina ed espirò. "Quindi ora non mi sento più così spaventata da tutto questo, il che è strano". Fece una pausa. "È bello sapere che le persone ti sostengono".

Joy le rivolse un sorriso. "Bene, questo è un vero progresso: l'ottimismo. È contagioso e si respira nell'aria. Soprattutto dopo che il servizio di accoglienza del Comune ha fatto un ottimo lavoro oggi, ripulendo le strade. È come il disordine in casa: ci si sente sempre meglio quando si fa ordine, non è vero? Ripulire le strade ha liberato la mente delle persone, facendogli vedere le cose in modo nuovo".

"È così", disse Scarlet. "E *sento* l'ottimismo. Vorrei solo che gli sciacalli lo condividessero: stanno rovinando tutto".

Joy scosse la testa. "Ce ne sono sempre". Vari saccheggiatori erano entrati nelle case e nelle aziende la notte prima, rubando ciò che era rimasto da prendere, ma a Joy non piaceva soffermarsi su quelle parti dell'umanità. "Ma visto che sei di buon umore, ho una proposta da farti".

Un sorrisetto increspò la bocca di Scarlet, che incrociò le braccia sul petto. "Davvero?"

"Non intendevo esattamente quello", aggiunse Joy, con il calore che si insinuava sulle guance.

Stava mentendo solo a metà.

"Quando ho visto George, il capo del Consiglio, ieri sera, mi ha chiesto un favore. Il telegiornale locale vuole fare una storia personale con una delle vittime dell'alluvione e mi ha chiesto dei suggerimenti, visto che sono stata più a contatto con la gente. Ho detto che gli avrei fatto sapere, ma pensavo a te, Steph ed Eamonn, per avere un'idea dei proprietari di case e delle aziende. Cosa ne pensi?"

Scarlet trasalì e scosse la testa. "Non è proprio da me stare davanti alla telecamera, sai?"

Joy si alzò dallo sgabello. "Ma quella era la vecchia Scarlet, quella che si nascondeva. Quella nuova è forte, capace, e farebbe una splendida intervista televisiva. Basta guardarti", disse Joy agitando una mano davanti a lei, non preoccupata di come suonava. "Coraggio! Dai loro una bella donna da guardare sullo schermo. Altrimenti sarà di nuovo Sue Janus a sproloquiare". Joy fissò Scarlet con lo sguardo. "Puoi farlo per me?"

"Se dico di sì, ti spetta un bonus da sindaca?"

"Se lo fai, Maureen Armitage mi darà il doppio delle torte", disse Joy con un sorriso. "Quindi è un sì?" Non voleva fermarsi ad analizzare quello che aveva appena detto a Scarlet, perché sarebbe stato troppo spaventoso. Le aveva appena detto che era bella, aveva appena flirtato spudoratamente. No, Joy voleva solo affrontare questa conversazione e vedere se riusciva a concluderla senza cadere di faccia. O meglio, senza cadere sulla faccia di Scarlet con la propria.

Scarlet sostenne il suo sguardo per un attimo, poi annuì. "Ok, perché no? Si inserisce bene in quella che finora è stata la settimana più bizzarra della mia vita".

"Fantastico, mi metto in contatto con George. E puoi chiedere anche a Eamonn e Steph?"

"Lo farò, ma loro saranno all'altezza. Sono molto meno timorosi di me nei confronti delle telecamere".

"Lo immaginavo", disse Joy, prendendo le tazze. "Una tazza di tè?"

"C'è bisogno di chiederlo?"

Capitolo 11

Clark andò a prendere Scarlet a casa di Joy alle 11 del giorno successivo con la sua Audi bianca e Scarlet fece tutti gli apprezzamenti.

"Bella macchina, fratellino", disse. "Devi essere bravo al lavoro".

Le sorrise. "Questa? Beh, potrei essere stato promosso dall'ultima volta che ci siamo sentiti, e potrei essermi regalato questa quattro ruote".

"Hai la mia benedizione, è molto elegante".

"Mi fa piacere che approvi". Fece una pausa, guardandosi alle spalle per fare retromarcia. "Riusciremo ad avvicinarci al tuo appartamento o devo parcheggiare altrove?"

"Non ne sono sicura", disse Scarlet. "Il Comune ha fatto una grande pulizia questa settimana, ma la mia strada potrebbe essere di nuovo piena se la gente è appena rientrata nelle proprie case. Forse è meglio parcheggiare a un paio di strade di distanza e poi farsela a piedi".

"Capito." Si fermò a un semaforo e lanciò un'occhiata a Scarlet. "È davvero bello vederti, anche se le circostanze non sono delle migliori. E hai un aspetto più sano di quello che ti ho visto per anni, non sembri una persona che ha appena perso tutto".

"Comincio a pensare che forse non è così", rispose lei. "Voglio dire, in superficie, sì, ho perso tutto. Non avevo l'assicurazione, non mi è rimasto nulla. Quindi sì, sono fottuta. Ma ho incontrato persone fantastiche, il mio capo è stato così gentile ieri, e anche i miei amici del calcio sono stati fantastici. È stato tremendo, ma se non fossi stata alluvionata non avrei mai saputo che poteva succedere". Scrollò le spalle. "Tutto accade per una ragione".

"Mi piace questa nuova Scarlet", disse Clark, raggiante. "E so che hai detto che non vuoi trasferirti da me, e capisco perché, ma almeno vieni per un fine settimana – non hai ancora visto la mia nuova casa. Dai a Joy un po' di tempo da sola". Fece una pausa, lanciando un'occhiata laterale. "O portala con te, se vuoi: ci sono dei pub e dei ristoranti fantastici in cui potremmo andare".

"Va bene", rispose Scarlet, evitando di sottolineare il fatto che aveva appena invitato Joy a stare da lui, quando Scarlet non aveva idea se lei volesse o meno venire. Forse voleva stare un po' da sola, e Scarlet non poteva biasimarla: la sua casa era stata occupata. Tuttavia, il pensiero di andarsene e di lasciare Joy la riempiva di tristezza.

Si erano appena fermati a due strade di distanza dall'appartamento: Scarlet stava per scendere quando sentì la mano di Clark sul suo braccio.

Lei si voltò e lui le porse una busta marrone.

"Prima che mi dimentichi, questo è per te. E non è un prestito, è un regalo".

Sbirciò all'interno: la busta era piena di contanti. Scarlet scosse la testa. "Lo apprezzo, ma non posso prendere i tuoi soldi…".

"Sì, invece".

"Non posso, Clark".

"Sì. Ascolta, questi sono i soldi della mia eredità – non li ho ancora spesi, sono stato troppo occupato a lavorare. Ma questi sono i *nostri* soldi, i soldi della famiglia. E se mamma e papà fossero qui, li darebbero a te. Loro non ci sono, ma io sì. Quindi, per favore, prendili e basta. Non voglio discussioni. Ne hai più bisogno tu di me, è semplice".

Le lacrime le punsero il fondo degli occhi. Scarlet era sopraffatta dal suo amore e dalla sua generosità. "Non so cosa dire".

"Non devi dire nulla", rispose lui, abbracciandola.

Rimasero così per qualche secondo, finché Scarlet non parlò. "Clark?"

"Sì?"

"La leva del cambio è incastrata nelle mie costole e mi fa molto male".

Lui rise, lasciandola andare.

Scarlet si pulì gli occhi con la manica, poi tirò fuori dalla tasca un fazzoletto per soffiarsi il naso. "Posso mettere la busta nel vano portaoggetti per ora? Non voglio portarlo nell'appartamento, nel caso si bagnasse".

"Puoi fare quello che vuoi, sono i tuoi soldi".

"Sei una manna dal cielo, lo sai?"

Lui gettò lo sguardo verso il basso, poi tornò su. "Qualsiasi cosa per te", rispose.

Scosse la testa. "Non ti merito, fratellino", disse. Scesero dall'auto. "Pronto ad affrontare il fango?" Scarlet alzò il colletto contro il vento mentre camminava sul marciapiede.

"A proposito, non ho detto niente di male prima, vero?"

Aggrottò la fronte e si mise al passo con Clark. "No, perché?"

"Sei diventata un po' silenziosa quando ho proposto di ospitare Joy. Ho percepito una strana energia quando parlavi di lei: sta succedendo qualcosa?" Fece una pausa. "Presumo che a te faccia piacere ".

Scarlet si leccò le labbra. Stava succedendo qualcosa? Era la domanda da un milione di dollari. Ma la risposta sincera era che non ne era sicura. In quel momento riponeva gran parte dei suoi pensieri nella speranza. In quella, e nella sensazione che provava quando era con Joy, sensazione che sapeva essere reale al cento per cento da parte sua.

"Non stiamo insieme... ancora, anche se tutti gli altri pensano il contrario", disse. "Penso che siamo sulla stessa lunghezza d'onda, ma abbiamo evitato la questione. Abbiamo troppe cose da fare. Speriamo di poterlo fare in futuro".

Clark le rivolse un sorriso smielato. "Era ora", disse. "Con Liv è finita da troppo tempo, devi ricominciare a vivere".

Scarlet sgranò gli occhi: tutti nella sua vita erano un po' troppo *carpe diem* per i suoi gusti.

"Vorrei che tutti smettessero di dirlo. Sta diventando noioso".

"Come te, nonna", rispose Clark.

Gli diede uno schiaffo sul braccio, ma lui rise lo stesso. Era bello ridere con suo fratello, qualcuno che la capiva perfettamente.

"Sono così felice che tu sia qui", disse, mentre svoltavano nella sua strada. Si fermò quando vide i cumuli di detriti ormai diminuiti, con i volti familiari dei suoi vicini che li trasportavano. Si aggrappò al braccio di Clark per tenersi in equilibrio. Lui le prese la mano e la guidò intorno al pianoforte del vicino, sommerso dall'acqua e inutilizzabile.

"Lo facciamo insieme, ok?"

Scarlet annuì.

"E non solo noi: anche mamma e papà vegliano su di noi", disse Clark. "Lo sento".

Capitolo 12

Il giorno seguente, dopo aver presieduto altre riunioni e aver parlato con i responsabili di tutte le agenzie per avere un aggiornamento sulle risposte, Joy incontrò Steve in uno di quei centri commerciali fuori città, quelli per cui bisogna guidare almeno mezz'ora e tutti sembrano sempre tristi. Quel giorno non faceva eccezione.

Steve era stato vago al telefono sul motivo per cui voleva incontrarla, ma Joy voleva parlargli comunque ed era felice di uscire da Dulshaw per andare in un posto che non fosse colpito dall'alluvione. Era un piacevole cambiamento guidare su strade sgombre come se non fosse successo nulla, ed era contenta che il sole avesse fatto di nuovo la sua comparsa: Scarlet aveva bisogno di tutto l'aiuto possibile per tornare al suo appartamento. Quella mattina era sembrata apprensiva ma determinata, il che era quanto di meglio si potesse sperare.

Joy riconobbe il furgone di Steve quando entrò nel parcheggio: era difficile non notarlo, visto che era di colore rosso vivo e con il logo della sua azienda lungo la fiancata. Steve aveva fondato l'impresa edile subito dopo che si erano messi insieme e ora impiegava una squadra di operai, da solo che aveva iniziato. Joy tirò il freno a mano della sua Mini

Cooper – il suo orgoglio e la sua gioia, ma non un'auto utile per trasportare molto, a parte lei e la spesa – e scese, trasalendo quando il sole la colse di sorpresa. Si rituffò in macchina e prese gli occhiali da sole: il tempo di quella settimana era così diverso da quello di cinque giorni precedenti che la colse di sorpresa.

Steve saltò fuori dal suo furgone e abbracciò Joy, prima che iniziassero a camminare verso i negozi. Era vestito con jeans e felpa con cappuccio, insieme a dei nuovi stivali neri che lei non aveva mai visto. Anche oggi non si era ancora lavato i capelli chiari, come lei poté notare dal modo in cui erano opachi su un lato. Steve riservava la doccia alla fine della sua giornata lavorativa, quando era più necessaria.

"Allora, perché siamo qui? E se mi dici per comprare delle piastrelle, conosci la mia risposta". Joy aveva una fobia per le piastrelle di cui non riusciva a spiegare le origini.

Steve rise. "So bene che pensi che le piastrelle siano il diavolo, sono stato sposato con te per un bel po' di tempo, ricordi?" Steve le fece un sorriso. "No, devo comprare delle lampade da comodino e volevo il tuo parere".

Joy smise di camminare, togliendosi gli occhiali da sole. "Lampade da comodino? Con la tua ex moglie? Davvero, Steve?"

Lui alzò entrambe le sopracciglia e fece un'esagerata scrollata di spalle. "Cosa? Voglio il parere di una donna, visto che Sharon mi ha detto che ne ho bisogno. E tu sei sempre stata brava nell'arredamento d'interni, mentre io sono più un costruttore di case che un arredatore".

"È vero", rispose Joy. "Ma non dirlo a Sharon, ok? Ci sono cose che una donna non vuole mai sentire, e il suo fidanzato che chiama la sua ex per avere consigli di stile è una di queste".

"Le donne sono strane. Ma lo scoprirai presto, vero?"

Joy lo guardò mentre lui spingeva la porta del negozio di casalinghi e si faceva da parte per farla passare. "Con un po' di fortuna, sì", rispose lei.

"A proposito, come vanno le cose con la tua nuova inquilina?"

"Non sta succedendo nulla. Sto solo facendo il buon samaritano nel momento del bisogno, tutto qui". Non era sicura che lui se la bevesse, ma mantenne la sua faccia da poker. Inoltre, a onor del vero, non era *successo* nulla. Non avevano ancora fatto sesso e non si erano nemmeno *baciate*. Ma Joy sentiva quella tensione ogni volta che guardava Scarlet, e continuava a chiedersi quando sarebbe successo. Credeva che fosse una questione di *quando* e non di *se*, ma era disposta ad aspettare che la vita di Scarlet cominciasse ad avere una parvenza di normalità.

"Certo, sì", disse Steve, aggirando alcuni divani vicino alla porta e facendo strada, seguendo le indicazioni per il reparto camere da letto.

"Come vanno le cose con Sharon?" Chiese Joy, cambiando argomento.

Steve si ficcò le mani in tasca – il suo gesto difensivo. "Vanno bene", disse, senza sembrare troppo sicuro. "Lei è fantastica e andiamo molto d'accordo, quindi sai…". Fece una pausa, lanciando un'occhiata laterale a Joy mentre arrivavano al reparto camere da letto. "Sono un uomo fortunato. Non quanto lo ero prima, comunque". Si mise a consultare il prezzo di una lampada con il paralume rosa.

"Non comprerai un paralume rosa, per tua informazione".

Steve si voltò. "No?"

"No". Joy fece una pausa. "E tu stai meglio con Sharon, credimi".

Steve non disse nulla e si avvicinò al lato di uno dei letti per guardare un'altra lampada.

"Sai, dovremmo davvero provare il reparto illuminazione: questo è più per i mobili della camera da letto". Joy iniziò a piegare il collo per guardare le insegne appese al soffitto. Nel frattempo, Steve si sdraiò sul letto, accarezzando lo spazio accanto a sé.

"Prova questo. Ho bisogno del parere di una donna anche su un nuovo letto".

Lei gli lanciò un'occhiata di sfida.

"Andiamo!", disse sorridendo. "Ho davvero bisogno di un nuovo letto, lo sai. Il nostro vecchio è... beh, vecchio".

"Hai ancora il nostro letto?", chiese lei, facendo una smorfia. "Pensavo che ne avresti comprato uno nuovo". Era la prima cosa di cui Joy si sarebbe sbarazzata: troppi ricordi, e non tutti belli, per quanto la riguardava.

Steve sembrava imbarazzato. "Non sono mai riuscito a farlo, ma non c'è momento migliore del presente". Accarezzò di nuovo il letto. "Dai, dimmi cosa ne pensi. Non ti salterò addosso in pubblico, promesso".

Joy rimase ferma per qualche istante, prima di scuotere la testa e sdraiarsi accanto a Steve. "Se adesso arriva qualcuno con una telecamera e improvvisamente ci ritroviamo su Facebook su un letto insieme, sei morto, ok?"

"Credo che i paparazzi siano troppo impegnati a dare la caccia ad altre celebrità, per nostra fortuna. La sindaca di Dulshaw non è in cima alla loro lista".

Entrambi si misero a ridere. Poi ci fu una pausa.

"Mi manca tutto questo, mi manca il nostro lavoro", disse Steve. "E sì, lo so, prima che tu lo dica, so che è finita. Ma mi è ancora permesso di sentire la tua mancanza. Non puoi impedirlo".

Aveva un'aria così triste che Joy si abbassò e gli strinse la mano, prima di volgere il viso verso di lui, facendo scricchiolare la plastica sotto la testa. "Anche tu mi manchi. Ma dobbiamo andare avanti. E siamo ancora amici, no?"

Annuì. "Sì, siamo così moderni", disse. "Ma Scarlet ti piace, vero?"

Joy fece una pausa, rivolgendo il viso verso il soffitto, riflettendo se mentire o meno a Steve e dirgli di no. Ma a che scopo? Il motivo per cui aveva rotto il loro matrimonio era per essere chi era veramente, quindi perché cercare di nasconderlo ora? Annuì lentamente con la testa.

"Sì", disse lei, girando la testa verso di lui. "Davvero, ma non so se io le piaccio. *Penso* di sì, ma finché non lo dico o non agisco, come faccio a saperlo con certezza?" Sospirò. "Per questo motivo, per ora voglio tenere tutto nascosto, finché non ci conosciamo un po' meglio. Ma se pensasse che siamo solo amiche? Allora farei una figuraccia e perderei l'amicizia. E sarebbe terribile". Girò la testa. "Forse hai ragione: forse uscire con le donne è stato un errore, se poi è così complicato".

Se Scarlet avesse *rifiutato* le sue avance, Joy si sarebbe probabilmente nascosta in casa per il resto dell'anno.

Steve sorrise. "Benvenuta nel mio mondo", disse. "Ma non credo che tu abbia nulla di cui preoccuparti. Ho visto il modo in cui ti ha guardata quando sono arrivato domenica e, credimi, non c'era nulla di platonico. Anche lei ti vuole, ma probabilmente è preoccupata e non vuole oltrepassare i limiti. È a casa tua, dopotutto, non vuole rovinare la sua vita domestica quando non ha nessun altro a cui rivolgersi". Fece una pausa, stringendo di nuovo la mano di Joy. "Ma direi che una di voi due dovrà oltrepassare il limite a un certo punto, perché anche se tu non hai sentito la tensione sessuale in quella stanza, io l'ho sentita".

"Oh, l'ho sentita benissimo. E il tuo arrivo è stato nel momento completamente sbagliato, ma forse, in un certo senso, una buona cosa". Joy lo sentì di nuovo, in tutto il corpo, al solo pensiero. "È solo… spaventoso, il pensiero di entrare in una relazione reale. In 3D, invece che in 2D".

Il volto di Steve si intristì. "Io ero in 2D?"

Joy scosse la testa. "Non tu, ma le altre donne con cui sono stata. Noi eravamo veri, Steve. Solo che non era *giusto*".

Il volto di Steve non si era rasserenato. "Ci sono state altre donne?" La sua voce era strozzata.

"Sì, ma solo dopo la separazione, mai prima. Ma non sarebbero mai state a lungo termine. Mentre Scarlet…" Non finì la frase.

"Scarlet potrebbe?"

Joy deglutì a fatica, poi annuì. "Potrebbe."

Si sdraiarono sul letto insieme, tenendosi per mano, persi nel momento.

"Avresti mai pensato che saremmo finiti qui, sdraiati su un letto in pubblico, a tenerci per mano e a discutere di donne in questo modo?"

Joy si lasciò sfuggire una risata strozzata. "No, mai".

"È buffo come va la vita, vero?" Disse Steve, stringendo di nuovo la mano di lei.

Lei lo strinse a sé. "Molto."

Joy ricordava il giorno in cui si erano sposati, ricordava la speranza, ma anche la netta mancanza di *slancio* che pensava di dover provare. E ora sapeva perché.

Poi Steve le lasciò la mano e iniziò a rotolarsi sul letto, provandolo. "Allora, cosa ne pensi?", chiese. "È il tipo di letto adatto a un uomo di mondo?"

"Potrebbe essere – se lo incontri, digli che è perfetto".

Capitolo 13

Scarlet aveva deciso di indossare un completo e una camicia neri per l'intervista al telegiornale, e Steph aveva approvato. Secondo lei, conferiva a Scarlet un'autorevolezza che non si aveva quando le troupe dei telegiornali si limitavano a intervistare qualcuno per strada, ancora sconvolto da ciò che era successo. Scarlet tornò con la mente a poco tempo prima, quando aveva vomitato sul marciapiede di fronte al suo appartamento. Già, era contenta che la troupe non fosse stata lì a cogliere quel particolare momento.

Aveva passato l'ultima ora da Steph a farsi truccare; Steph aveva insistito.

"Verremo trasmessi in tutta la contea, dobbiamo apparire al meglio".

A Scarlet non andava di obiettare. Solo che ora, guardandosi allo specchio che Steph le aveva appena dato, era abbastanza sicura di poter dare del filo da torcere a un clown del circo. Scarlet di solito prediligeva un trucco più sobrio, mentre Steph lo preferiva più pesante.

"Non pensi che il fard sia eccessivo?" Chiese Scarlet, girando il viso verso sinistra.

Steph scosse la testa. "Hai bisogno di più trucco per

la telecamera, quindi esagerare va bene: vedila come una performance".

Scarlet si irrigidì in volto. "Sto solo raccontando quello che è successo".

"È uno spettacolo! Ricorda, sei stata la protagonista della tua personalissima *spannung*: Scarlet riuscirà a uscire in tempo o annegherà con l'innalzamento delle acque dell'alluvione?" Steph dipinse la scena con la mano sopra la testa.

"Le ho sempre detto che dovrebbe fare cinema", disse Eamonn, sollevando la testa dal telefono. Le reti mobili erano di nuovo attive e lui era rimasto incollato al suo dispositivo da quando era arrivata Scarlet. "È sprecata in una pasticceria", aggiunse Eamonn.

"Panificio artigianale", lo corresse Steph, sbavando un po' di ombretto sopra l'occhio destro di Scarlet.

Scarlet trasalì mentre lo faceva.

"Anche se al momento è più una triste e umida dichiarazione di arte industriale. Dio solo sa quando saremo di nuovo operativi. Almeno le assicurazioni sembrano non essere un problema, incrociamo le dita". Le spalle di Steph si abbassarono mentre parlava.

Scarlet controllò l'orologio, poi alzò un sopracciglio verso Steph. "Risparmia i tuoi sguardi tristi per la telecamera, ricorda: sono molto più efficaci se non hai appena avuto lo stesso pensiero cinque minuti prima".

"Giusta osservazione".

"È una performance", aggiunse Scarlet.

Steph le rivolse un sorriso. "Sono felice di sapere che mi stavi ascoltando".

"A proposito, dovremmo andare?" Chiese Eamonn, sporgendosi per prendere un biscotto dalla scatola sul bancone.

"Sì", rispose Steph. "Pronti?"

Scarlet annuì. "Iniziamo. Sono pronta". E lo era davvero.

* * *

La strada era stranamente silenziosa mentre la troupe si preparava, con Scarlet in piedi dietro la telecamera, il cuore che batteva forte. La conduttrice del telegiornale, Kay, stava chiacchierando con una delle sue colleghe e aveva appena finito di istruire Scarlet sulle domande che le avrebbe fatto, consigliandole di rilassarsi. Era facile per lei dirlo. Se non altro, Scarlet si sarebbe concentrata sui favolosi capelli di Kay e sul trucco perfetto. Anche i suoi capelli non erano affatto male, una scossa di lucentezza scura tenuta a posto con un litro di lacca: se ne era occupata Steph.

Steph ed Eamonn erano in piedi dietro di lei, avevano già fatto la loro intervista. Joy stava arrivando e Scarlet avrebbe voluto che fosse già lì per stringerle la mano e rassicurarla. In qualche modo, in una sola settimana, Scarlet era arrivata a contare sul sostegno di Joy nella vita di tutti i giorni, persino ad apprezzarlo.

Qualcuno le batté sul braccio: era Kay. "Pronta?"

Scarlet annuì. Era abituata a fare presentazioni al lavoro, poteva farlo. Un gioco da ragazzi.

"Salve e benvenuti a Valley News, sono Kay Wright e vi parlo da Dulshaw, che è stata duramente colpita dalle devastanti inondazioni della scorsa settimana. Con me c'è Scarlet Williams, una delle persone più colpite. A Scarlet è stata concessa mezz'ora per evacuare il suo appartamento seminterrato prima che fosse completamente allagato a causa del cedimento della barriera antialluvione". La telecamera si spostò da Kay a Scarlet, che strizzò gli occhi mentre le luci intense la accecavano.

"Scarlet, raccontaci, com'è stato quando hanno bussato alla tua porta?"

Scarlet si leccò le labbra: il battito cardiaco era stranamente normale, il respiro regolare. Non si sentiva affatto come si aspettava. "Surreale, come se non mi stesse accadendo davvero".

"Ci scommetto. E cosa hai preso in quei brevi momenti che ti hanno concesso?"

"Computer, telefono, chitarra, vestiti. Ma non c'era molto tempo per decidere".

Kay annuì, con una finta comprensione sul volto. "E poi hai chiuso la porta e te ne sei andata?"

"Più o meno, sì".

"Che sensazione deve essere stata…", aggiunse Kay, con tono grave.

Scarlet annuì. "Fu l'inizio di quella che pensavo sarebbe stata la peggiore settimana della mia vita. E, credimi, ne ho avute di settimane difficili nella mia vita". Sorrise, rievocandole nella sua mente: papà, mamma, Liv. "Ma in realtà si è rivelata una delle settimane migliori".

Sul volto di Kay si leggeva la sorpresa. "Davvero?" Lanciò un'occhiata alla troupe e indicò Scarlet.

Scarlet intuì che stavano per fare un primo piano. Cercò di non pensarci.

"Il mio appartamento è stato allagato e ho perso tutto quello che avevo, più o meno. Oggi sono stata lì a cercare di tirare fuori qualcosa, ma è ancora un casino totale. E non ero assicurata per il contenuto dell'appartamento, quindi è una cosa piuttosto grave, no?"

"Direi di sì".

"Ma non è stato così. Un appunto: io non sono stata la più colpita. Il Dulshaw FC ha perso la sua palestra nuova di zecca, le sue strutture e il suo stadio, il che si ripercuote su molti posti di lavoro e su molte vite. Varie aziende sono state affondate, come Great Bakes, e accanto a loro la libreria stava spalando mucchi di libri rovinati: è una tragedia. Anche il cinema è stato chiuso, con conseguenze per i lavoratori. La mia è una piccola storia, una delle tante".

"È un ottimo modo di vedere la cosa, se posso permettermi di dirlo".

Scarlet alzò le spalle. "È l'unico modo per vederla. Mi ci vorrà un po' di tempo per rimettermi in piedi e rimpiazzare tutto ciò che ho perso, ma ce la farò. Ho un lavoro, ho degli amici, ho una famiglia". Fece una pausa, poi sorrise. Sì, aveva davvero una famiglia. Era così bello dire quella frase e pensarla davvero. Significava tutto.

"E ho il sostegno del mio lavoro e della mia comunità, che si è mobilitata per aiutarmi. I servizi di emergenza sono stati fantastici, il Comune è stato all'altezza della situazione e grazie alla nostra meravigliosa sindaca, Joy Hudson, ho un tetto sopra la testa. Mi ha gentilmente accolta la mattina dell'alluvione e ora mi ha accompagnata". Scarlet si guardò intorno e vide Joy in piedi dietro la telecamera: non l'aveva vista arrivare. Le rivolse un sorriso di gratitudine, ricevendone uno in cambio.

"E com'è il tuo appartamento?" Chiese Kay.

Scarlet sorrise. "Fottuto", disse, prima di mettersi una mano sulla bocca. "Scusa, mi è permesso dirlo?"

Kay rise, scuotendo la testa. "Va bene, ricominciamo". Si rivolse alla troupe. "Avete registrato tutto?" La sua voce tradiva una certa urgenza.

La troupe annuì.

Kay contò alla rovescia e fece di nuovo la domanda.

"Ci vorranno settimane, forse mesi prima che si asciughi: gli appartamenti seminterrati fanno più fatica a tornare come prima. Tutte le mie cose sono state buttate via dopo essere state sommerse per alcuni giorni e le pareti sono di nuovo nude, senza intonaco. È un guscio umido e deve essere asciugato prima di poter iniziare qualsiasi lavoro di ricostruzione".

"Ma sembri quasi *ottimista* a riguardo". Kay sembrava non credere alle parole che le stavano uscendo di bocca, per non parlare di quelle di Scarlet.

Scarlet annuì. "Lo sono. L'alluvione mi ha restituito la fiducia nelle persone e mi ha riportata alla vita. In un modo strano, sono grata. Senza questa disavventura non avrei mai incontrato le persone meravigliose di questa città e conosciuto la loro generosità".

"Il tuo atteggiamento è lodevole".

"Se me lo avessi chiesto all'inizio della settimana, forse sarebbe stata una storia diversa, ora invece…". Scarlet fece una pausa, poi guardò direttamente nella telecamera. "Ma ci sono ancora molte persone e aziende che hanno bisogno del vostro aiuto, quindi vi prego di dare tutto quello che potete: tempo, cibo, denaro, qualsiasi cosa. Tutto serve per ricostruire insieme la nostra città".

Kay aspettò di vedere se Scarlet avesse finito, poi

riportò su di sé la telecamera. "Ecco, non avrei potuto dirlo meglio: fammi sapere se hai bisogno di un lavoro", disse a Scarlet, sorridendo. "La ricostruzione ha bisogno delle vostre donazioni: il numero e il sito web sono sullo schermo ora, oppure andate sul sito per maggiori informazioni. Grazie a Scarlet per averci parlato".

"Non c'è di che", rispose Scarlet.

Le telecamere smisero di girare e Kay diede un colpetto sul braccio a Scarlet, proprio mentre lei faceva qualche passo verso Joy. "Possiamo fare delle riprese anche nel tuo appartamento, in modo che la gente possa vedere i danni?" Chiese Kay.

"Certo". Scarlet era gasata, saltellava da un piede all'altro: era così contenta di aver accettato di farlo. Il piano era quello di rendere nota la situazione di Dulshaw a quante più persone possibile, e se Scarlet poteva partecipare a questo progetto, era entusiasta.

Si girò verso Joy mentre Kay e la sua troupe si preparavano. "Sono andata bene?"

Non riuscì a leggere bene l'espressione di Joy, ma stava sorridendo.

"Sei stata straordinaria".

Scarlet le sorrise. "Mi dai dieci minuti per mostrare a Kay l'appartamento?"

"Ti aspetto", rispose Joy.

*   *   *

"Sei stata bravissima, un talento naturale per la macchina da presa". Joy era seduta accanto a Scarlet nel pub, con uno sguardo che Scarlet non riusciva ancora a definire. "E mi è piaciuto molto lo sguardo che hai rivolto a quella donna quando ti ha chiesto come ti sentivi a dover evacuare la tua casa alle quattro del mattino".

"Fanno domande stupide, per questo tendo a evitare i notiziari locali. Come pensa che mi sia sentita? Volevo dire emozionata, ma ho pensato che questo mi avrebbe resa la nemica pubblica numero uno".

"Probabilmente è stata una buona mossa".

"Sei stata semplicemente… incredibile", disse Steph. "Non posso dirlo in altro modo. Pensavo che avresti raccontato una storia strappalacrime!". L'intervista sarebbe stata trasmessa da un momento all'altro dal notiziario locale della BBC. Il pub aveva già il televisore acceso, pronto a partire.

"Lo stavo per fare", disse Scarlet, facendo scorrere un dito su e giù per la sua fresca pinta di Peroni. "E poi mi sono uscite tutte quelle cose dalla bocca. Sono sembrata un'idiota?" Era abbastanza sicura di sì, e il crepitio del dubbio ancora le scricchiolava nelle vene. Odiava guardare le sue foto, figuriamoci guardarsi alla televisione.

Joy scosse la testa. "Tutt'altro: sembravi una persona comprensiva e premurosa".

"Che è quello che mi ha spiazzato, a dire il vero", aggiunse Eamonn, sorridendo. "L'invasione degli ultracorpi. Sei stata sicuramente rapita. Ehi tu, riporta indietro la lunatica Scarlet. Mi manca".

"È ancora qui, è solo nascosta", disse Scarlet, appoggiando i gomiti sul tavolo, cullando la mascella con i palmi delle mani. "Quindi non ho fatto la figura dell'imbecille?"

"Se Madre Teresa è un'idiota, allora sì", rispose Eamonn. "Diventerai una celebrità locale e una santa dopo questo, ricordati le mie parole. La gente verrà da te per strada a ringraziarti". Lanciò un'occhiata a Joy. "Potresti avere una fila di persone fuori dalla porta, in attesa di consigli su come essere generosi come Santa Scarlet". Fece una pausa. "E francamente, la colpa è tua".

"Mia?" Disse Joy. "Perché sarebbe colpa mia?"

"Perché tu sei l'unica cosa che è cambiata. Scarlet era sempre infelice e pessimista, poi è venuta a vivere con te per una settimana e *boom!* Si mette a declamare cazzate di auto-aiuto e di auto-guarigione su uno schermo televisivo".

Scarlet sgranò gli occhi. "Ok, abbiamo capito il tuo punto di vista, irlandese".

Eamonn sorrise, puntando un dito. "Vedi: xenofobia casuale! Questa è la Scarlet che conosco e amo. Non questa modella ritoccata da poster dell'alluvione".

"Penso che tu sia andata benissimo", disse Joy, ignorando Eamonn. "Hai parlato con il cuore, ed è a questo che la gente risponderà – su questo punto, Eamonn ha ragione. Stai dicendo quello che molti di noi pensano: sì, avremmo preferito non avere un'alluvione, ma guarda cosa ha fatto per lo spirito comunitario e l'orgoglio della nostra città".

"Non ho fatto la predica?" Scarlet mise il broncio. Era ancora preoccupata, ma l'avrebbe scoperto presto.

"Mi hai fatta sembrare una vera e propria pazza, se non altro, visto che continuavo a parlare della mia situazione", disse Steph. "Ci siamo noi due, che parliamo dei nostri affari e del nostro matrimonio, e poi ci sei tu, che allontani i riflettori e li rivolgi a chi ne ha bisogno. Potrei davvero iniziare a chiamarti Santa Scarlet".

Dieci minuti dopo, sembrava che Steph avesse ragione. L'intervista era stata trasmessa e tutti ne erano usciti bene, ma Scarlet in particolare. Il pub scoppiò in un applauso quando finì, e Scarlet si trovava ora in un cerchio di gente del posto, tutti desiderosi di abbracciarla, offrirle mobili o almeno da bere. Come tutta la settimana precedente, era tutto surreale.

Il telefono di Scarlet si illuminò con un messaggio di Clark. *'Sono orgoglioso di te, sorellina, sei stata fantastica.'*

Aveva solo detto quello che le era venuto spontaneo, non capiva il motivo di tanto clamore. Come disse Joy, aveva solo detto la verità.

"Che ti avevo detto?" Disse Eamonn, quando alla fine si sedettero, circa un'ora dopo.

"Non ho mai avuto in vita mia così tante persone che mi hanno dato il loro indirizzo e-mail e il numero di telefono. Credo di avere un letto, due armadi, una poltrona e un cappotto che non andava bene ad Amy, ma che secondo lei mi starebbe benissimo. Incredibile".

"Questo è il potere della TV".

Scarlet scosse la testa mentre il telefono squillava di nuovo. Cliccò, lesse il messaggio e rimase a bocca aperta.

"Era Kay", disse. "A quanto pare, da quando è andato in onda il servizio, sono stati presi d'assalto da chiamate di aiuto e sostegno. Il fondo per le alluvioni ha ricevuto donazioni e chiamate da persone che vogliono aiutare *noi* in modo specifico", disse a Steph ed Eamonn. "Il vostro negozio e me". Scarlet scosse la testa. "È pazzesco".

"Puoi dirlo forte", disse Steph. "Ma davvero, davvero forte – è fantastico!". Diede a Eamonn un bacio sulle labbra e lui sorrise di rimando alla sua fidanzata.

"*Tu* sei fantastica", disse Eamonn a Steph.

"Forse la tua profezia era giusta", disse Joy, coprendo la mano di Scarlet con la propria.

Scarlet lo sentì fino alle dita dei piedi. Eamonn aveva appena baciato Steph e lei voleva davvero baciare Joy in quel momento. *Proprio in quel momento.* Improvvisamente, Scarlet non riuscì a ricordare il motivo per cui non l'aveva fatto prima. Perché era stata così stupida? Cosa stava aspettando esattamente? Quello era un momento di vittoria, da celebrare. E non riusciva a pensare a un modo migliore per farlo.

"La mia profezia?", chiese, ignorando il resto del pub. In quel momento, c'erano solo lei e Joy.

"Quella in cui dicevamo che non è la settimana peggiore della tua vita, ma piuttosto una delle migliori".

Una nebbia confusa la percorse e all'improvviso fu inondata di desiderio. Non era *ancora* la settimana più bella della sua vita, ma sapeva come fare.

Scarlet si avvicinò e prese la mano di Joy sotto il tavolo, sostenendo lo sguardo di Joy con il proprio. La presa di Scarlet era salda, a dispetto della debolezza delle sue ginocchia e del tonfo al cuore nel suo petto. Era questa la spinta di cui avevano bisogno. Non si poteva più tornare indietro. Scarlet aveva aperto la porta ed entrambe stavano per attraversarla.

"Vuoi andare a casa?" Sperava che quella frase comunicasse tutto ciò che conteneva: la sua voce era scesa di un'ottava, il che la diceva lunga. Lasciò cadere lo sguardo sulle labbra di Joy, risalì fino agli occhi di Joy e poi tornò alle sue labbra.

Lo sguardo di Joy non lasciava mai il suo, gli occhi si erano riempiti di un desiderio inconfondibile.

"Mi piacerebbe molto", rispose lei.

Capitolo 14

Presero un taxi per tornare a casa, su insistenza di Scarlet, e si tennero per mano per tutto il tragitto, senza parlare. Il cuore di Joy batteva forte e anche i palmi delle mani cominciavano a sudare, ma cercava di non pensarci. *Mantenere la calma*, questo era il suo motto. Ma era difficile mantenere la calma quando la sua mente si proiettava in avanti e quasi appassiva per il desiderio. Aveva visualizzato quel momento così tante volte nella sua mente, e ora eccolo qui, Scarlet che le sorrideva nervosamente mentre tornavano a casa.

Scarlet pagò il tassista e aprì la porta d'ingresso, spostandosi per permettere a Joy di entrare per prima. Chiuse delicatamente la porta e si voltò a guardarla.

Joy non si era mossa. Stava in piedi, a fissarla, con il respiro affannoso. Non riusciva a distogliere lo sguardo da Scarlet, che improvvisamente le sembrava più grande, quasi pulsante. La bocca di Joy sembrava incollata e, quando Scarlet parlò, le parole sembravano provenire da un altoparlante nel muro e non da lei.

"Vogliamo andare in salone?"

Joy annuì, senza parole, scrollandosi di dosso il cappotto. Quando Scarlet le prese la mano per condurla di là, questa tremò di desiderio. Joy doveva darsi una calmata, o sarebbe svenuta prima che succedesse qualcosa. E lei non voleva assolutamente svenire. Non dopo una vita di attesa.

Non ora.

Joy si sedette sul divano, al suo solito posto, fissando la rivista sul tavolino. Era la rivista di Scarlet, una sulle chitarre. Le piaceva che Scarlet si sentisse abbastanza a suo agio da lasciare le sue riviste in giro per casa. Le viscere di Joy si sciolsero al pensiero che lì Scarlet stesse iniziando a rilassarsi.

Il suo sguardo si posò su Scarlet, che era in ginocchio a riempire la stufa di legna e accendifuoco. Quando ebbe finito, chiuse la porticina e lanciò un'occhiata al suo divano.

Il posto di Scarlet.

Scarlet esitò ad alzarsi, ma poi deviò a sinistra e si sedette accanto a Joy.

Joy trattenne il respiro. I tronchi cominciarono a fumare e a brillare, un po' come lei. Joy era la brace e Scarlet era l'accendifuoco.

Scarlet prese la mano di Joy. "Non so proprio da dove cominciare", disse. Stava tremando. "Sei stata straordinaria con me da quando sono arrivata e sei stata al mio fianco in questa settimana estenuante". Sospirò. "E dopo l'intervista, dopo aver visto Eamonn baciare Steph, tutto quello che volevo fare era baciare te". Scarlet si leccò le labbra, lo sguardo che accarezzava il viso di Joy. "È l'unica cosa che voglio fare. Ma non voglio fare nulla che tu non voglia. Possiamo farlo come vuoi, con la lentezza che vuoi; sei tu che hai il controllo".

Scarlet passò il pollice sulle nocche di Joy.

Il corpo di Joy tremò dalla testa ai piedi: Scarlet stava provocando mini-terremoti con un tocco minimo.

"È questo il punto", rispose Joy, sporgendosi in modo

che i loro volti fossero a distanza di sicurezza. Da vicino, Scarlet era ancora più bella e Joy le accarezzò la guancia con il dorso della mano.

Scarlet chiuse gli occhi al contatto.

Joy continuò: "Non credo di aver avuto molto controllo dal momento in cui sei entrata dalla mia porta. Ho tenuto a bada la situazione, ma niente di più. Voglio baciarti da quando sei entrata nella mia vita, quasi una settimana fa, ed è un'attesa lunga. Quindi oggi non avevo in mente di andarci piano". Joy fece una pausa. Sembrava essersi trasformata nel personaggio di un film, grintosa e sfrontata. "Questo è ciò che ho in mente oggi".

Joy si sporse in avanti e premette le sue labbra su quelle di Scarlet, spingendosi in avanti come se la sua vita dipendesse da quello. Quando finalmente entrarono in contatto, l'impatto fu istantaneo, le loro labbra si scontrarono con una fame che stava crescendo da giorni. Le labbra di Scarlet erano calde e umide e sapevano delle cose meravigliose che potevano accadere. Joy rimase incantata: ora che le aveva finalmente baciate, voleva solo di più. Finalmente, dopo giorni di flirt e notti di desiderio, stava baciando Scarlet Williams ed era divino. Era come se Joy fosse nata per quello e, in realtà, perché diavolo ci aveva messo così tanto?

Si avvicinò proprio mentre Scarlet si muoveva verso di lei, i loro seni si sfiorarono mentre le loro labbra si univano. Joy tirò un respiro e il suo clitoride si mise sull'attenti. Si aggrappò a Scarlet mentre il bisogno represso la travolgeva. Il desiderio non era solo per Scarlet; era per i 38 anni che aveva sprecato. *Tanto tempo.* Non poteva soffermarsi su quello: era il momento di guardare al futuro. Ma soprattutto di conoscere meglio Scarlet.

Molto meglio.

Joy fece scorrere una mano sulla schiena di Scarlet e Scarlet la baciò più forte. Energia cruda e passione si scontrarono mentre correvano dentro di lei e, quando la lingua di Scarlet scivolò nella sua bocca, Joy si gonfiò di passione. Scarlet era tutto ciò che aveva sognato e anche di più. E il modo in cui era stata ripresa dalla TV? Joy non credeva di essere mai stata così attratta da qualcuno. *Mai.*

Finché Scarlet non iniziò a mordicchiarle il collo. A quel punto Joy ebbe la sensazione che l'attrazione sarebbe andata in una sola direzione: verso il cielo, verso la luna.

Il respiro di Scarlet era pesante mentre la sua lingua passava sul collo di Joy, prima di posarsi vicino al suo orecchio. "È tutta la settimana che voglio farlo anch'io", sussurrò, posando una mano sul seno di Joy. "Ed è incredibile".

Le parole rotolarono lungo il corpo di Joy come un tuono, mandando scintille di elettricità che la facevano rabbrividire.

Anche Scarlet lo aveva sentito: un piccolo coro di giubilo si levò nella mente di Joy. Sorrise, prima di inclinare il collo, abbandonandosi a lei.

Scarlet non ebbe bisogno di un secondo invito e si mise al lavoro, la sua lingua e la sua mente lavoravano in perfetta armonia.

Nel giro di pochi minuti, la donna strattonava la maglietta di Joy e le sue dita agili la tiravano sopra la testa di Joy. E poi Scarlet si fermò ad ammirarla.

"Sei ancora più bella di quanto immaginassi", disse Scarlet, prima di avvolgere Joy tra le sue braccia, facendo scorrere le mani su e giù per la sua schiena.

Un sorriso increspò il volto di Joy mentre respirava il dolce profumo di Scarlet. "Sono felice che ti piaccia", disse.

Gli occhi di Scarlet erano pozzi scuri di desiderio mentre la fissava. "Al cento per cento".

E poi Scarlet spinse il tessuto del reggiseno di Joy da un lato, avvolgendo la bocca intorno a uno dei suoi capezzoli scuri.

La sensazione quasi annullò Joy. Guardare Scarlet in questo modo, la bocca sul suo seno, era troppo da gestire. Non riusciva a distogliere lo sguardo da Scarlet, che si avvicinò e slacciò il reggiseno, liberando i seni. Li prese entrambi, mordicchiando a destra e a sinistra, con una concentrazione chirurgica.

Joy, dal canto suo, pulsava dentro e fuori. Le sue mutandine erano già inzuppate; non vedeva l'ora che arrivasse altro.

Eppure, anche lei voleva fare qualcosa. Voleva vivere quel momento, goderselo, assaporarlo. Perché anche se non c'era nulla che desiderasse di più del tocco di Scarlet in quel momento, c'era anche una sola prima volta, e voleva che fosse la più perfetta possibile. Perché non aveva mai desiderato così tanto qualcosa in vita sua.

Scarlet tirò su Joy e la condusse sul tappeto davanti al fuoco, facendola sdraiare sulla schiena. Poi la sua bocca si posò sul ventre di Joy, sui suoi seni, sul suo collo.

Joy non sapeva su cosa concentrarsi o a cosa pensare: il bacio di Scarlet le aveva fatto così tanto effetto che era quasi rimasta a bocca aperta. Tutto ciò che aveva conosciuto prima era stato spazzato via, Scarlet se ne era assicurata. La stanza divenne confusa intorno a lei mentre la lingua di Scarlet faceva la sua magia.

Poi si mise a cavalcioni di Joy e si slacciò lentamente la camicia nera sopra di lei, con un leggero sorriso sulle labbra.

Il sangue di Joy pompava così velocemente da essere quasi assordante.

Quando Scarlet si sfilò la maglietta, Joy non ce la fece più: era troppo lontana da lei, voleva essere più vicina all'azione. Voleva toccarla, così si mise in ginocchio, di fronte a lei, poi posò la lingua sui suoi seni, tirando indietro la stoffa del reggiseno bianco e reclamandoli per sé.

Scarlet gemeva mentre Joy la succhiava, la leccava e la stuzzicava, si perdeva nel suo tocco proprio come Joy si era persa nel suo. Vedere l'effetto era ipnotico e faceva venire a Joy il desiderio di fare di più. Di andare oltre. Di portare Scarlet in posti in cui non erano mai state prima, insieme come una sola persona.

Ci vollero solo un paio di minuti perché Scarlet si togliesse il reggiseno, poi si ritrovarono in ginocchio insieme, seno contro seno, labbra chiuse, mani sulle spalle.

Baciare Scarlet, carne nuda contro carne nuda, era molto più erotico che con i vestiti addosso. Squisiti formicolii increspavano il corpo di Joy mentre Scarlet faceva scorrere la lingua lungo il labbro inferiore di Joy, prima di farla scivolare nella sua bocca, al tempo stesso ruvida ma anche delicata. I baci di Scarlet stavano sconvolgendo i sensi di Joy, che non riusciva a pensare ad altro che al qui ed ora. A fare l'amore con Scarlet. La sua mente era una pagina bianca e la lingua di Scarlet scriveva una nuova storia a ogni secondo che passava. Joy si trovava in un territorio emotivamente molto elevato, in un luogo in cui non era mai stata prima. Ma non aveva paura, nemmeno un po'.

Voleva aprire le braccia, poi il cuore, poi le gambe. Non pensava di riuscire ad aprirle abbastanza. Voleva aprirsi e offrire a Scarlet tutto ciò che voleva. Joy era pronta, *prontissima*.

Scarlet tolse i pantaloni a Joy, poi i suoi, mentre il suo sguardo acceso non lasciava mai il suo viso.

Il sangue scorreva ancora a fiumi in tutto il suo corpo e la sua testa era in piena attività. Quando Scarlet le mise una mano sul sedere e strinse, Joy zampillò. Quando poi la abbassò sul pavimento e riversò il suo corpo nudo su di lei, Joy si afflosciò per il desiderio. Le mani di Scarlet erano dappertutto, marchiavano il suo corpo come nessun altro aveva mai fatto prima.

Nessun altro in tutto il mondo.

"Se non mi tocchi subito, potrei morire", disse Joy, con parole che suonavano strane, come se fossero in un'altra lingua.

Scarlet sorrise sopra di lei, mordicchiando il lobo dell'orecchio di Joy e sistemando una coscia tra le sue gambe. "Non sia mai", disse, premendo tra le gambe.

Joy chiuse gli occhi mentre il suo clitoride pulsava.

E poi Scarlet si diresse verso sud, leccando e baciando il suo corpo mentre andava avanti, prima di arrivare tra le gambe di Joy, con il suo respiro caldo sul suo ombelico. Quando Scarlet passò la sua lingua umida sotto i bordi delle mutandine di Joy, lei tremò. Allungò la mano per aggrapparsi a qualcosa, ma non c'era nulla a portata di mano, solo il tappeto bianco, così si aggrappò a quello. Dubitava però che sarebbe stato sufficiente. Non quando Scarlet raggiunse la sua destinazione.

La bocca di Scarlet premeva attraverso la stoffa delle mutandine, la sua bocca calda su lei. Joy era stordita dal desiderio, aveva aspettato così a lungo, ma con la lingua di Scarlet sul suo corpo non aveva bisogno di nient'altro. Scarlet era su Joy senza soluzione di continuità, come se fossero già plasmate in una cosa sola.

Quando Scarlet si tolse le mutandine e abbassò delicatamente quelle di Joy, quest'ultima finalmente si aprì completamente, spalancandosi a nuove possibilità, a nuove esperienze. Ma voleva farlo *con* Scarlet, non solo farlo fare *a lei*. Voleva sentire Scarlet, assaggiarla, amarla allo stesso tempo. Così glielo disse.

Sul volto di Scarlet si leggeva la sorpresa, ma anche un evidente piacere.

"Sei tu che comandi, possiamo fare tutto quello che vuoi", sussurrò, infilando la lingua nella bocca di Joy e premendo le labbra sulle sue, reclamandola urgentemente.

Joy mugolò, poi annuì. "Voglio che noi siamo così: *insieme*". E poi zampillò di nuovo. Joy era così bagnata. Così pronta.

Con ciò, Scarlet piegò il corpo in modo che Joy potesse raggiungerla, con le ginocchia piantate ai lati delle spalle di Joy, prima di separarle le gambe e abbassare la testa.

Joy si tese quando il respiro di Scarlet giunse caldo e pesante sulla sua figa. Pochi secondi dopo, Scarlet guidò la sua lingua dentro Joy, facendola scorrere tra le sue pieghe umide. Poi mosse la lingua lentamente, deliberatamente, dall'alto verso il basso, roteando intorno al clitoride. Il cervello di Joy andò quasi in cortocircuito, tanta era l'intensità del piacere. Non c'era un posto dove nascondersi, ma lei non voleva farlo. Joy emise un gemito penetrante che grondava di desiderio, proprio come lei stessa.

"Oh, sì!", disse ansimando, spingendo in alto i fianchi per far capire a Scarlet esattamente cosa voleva, nel caso ci fosse stato qualche dubbio. Joy la voleva: tutta. Quando Scarlet rispose all'incoraggiamento infilando due dita dentro Joy e succhiandole delicatamente il clitoride in bocca, Joy venne quasi subito.

Porca puttana.

Ma poi si ricordò: questa era una strada a doppio senso.

Così, mentre Scarlet faceva scivolare la lingua su Joy e si muoveva dentro di lei, Joy fece un respiro profondo e fece lo stesso con Scarlet: la risucchiò delicatamente nella sua bocca e la tirò vicino a sé, godendo del suo profumo e della sua femminilità.

Scarlet smise di fare quello che stava facendo e gemette contro Joy, mentre delle squisite vibrazioni esplodevano in lei. Era una follia fuori scala, ma Joy era determinata a concentrarsi: lo doveva a entrambe. Scarlet aveva un sapore delizioso: sapeva dei sogni di Joy.

Mentre si tuffava su Scarlet e la risucchiava avidamente, sapeva che quello era un momento che le avrebbe cambiato la vita. Non sarebbe mai più stata la stessa. Voleva dire a Scarlet che aveva sognato quel momento, ma non aveva mai osato pensare che potesse essere così bello.

Era dentro Scarlet e Scarlet era dentro di lei. Stava facendo l'amore con Scarlet, e le donne che erano venute prima furono immediatamente cancellate. Era questo. *Questo* era ciò che Joy aveva aspettato.

Il mondo di Joy non sarebbe più stato lo stesso.

* * *

Essere dentro Joy era più che meraviglioso: le sembrava di star tornando a casa. Scarlet l'aveva immaginato per tutta la settimana, ma ora era lì, piena di Joy.

Letteralmente, piena di gioia.

Perché se essere dentro Joy era davvero meraviglioso, avere Joy dentro di lei allo stesso tempo era troppo da esprimere a parole. Con ogni colpo di lingua, Joy attirava Scarlet nella sua rete; con ogni spinta del dito, Scarlet scendeva sempre più in profondità. E Joy non si stava trattenendo né era timida. Tutt'altro, il che non faceva che scaldare Scarlet ancora di più. Chi poteva resistere, quando Joy la teneva esattamente dove voleva?

E fare di nuovo sesso con una donna? Scarlet temeva di essere un po' arrugginita ma, anche se non lo faceva da tempo, era come andare in bicicletta: ricordava ancora come pedalare e cambiare le marce. Poteva quasi sentirsi tornare in vita a ogni mossa, a ogni bacio. Era come se, negli ultimi due anni, fosse stata in coma amoroso, rifiutando tutti gli sforzi per riportarsi in vita. Ma Joy aveva fatto breccia: si era presa il tempo di ascoltarla e aveva svelato la vera Scarlet. E ora era giunto il momento di dimostrare a Joy quanto l'avesse apprezzata.

"Oh mio Dio, Scarlet", disse Joy, mentre Scarlet faceva scorrere la sua lingua dentro di lei, poi sopra, esplorando ogni piega e cresta. Scarlet si adattava perfettamente a Joy, come due metà di una calamita che vengono attirate insieme. E mentre affondava in lei, scopandola e succhiandola lentamente, Joy le restituiva il favore, fino al punto in cui Scarlet non sapeva su cosa concentrarsi e, francamente, non le importava molto. Viveva il momento, dondolando e muovendosi al ritmo di Joy, riflettendolo a sua volta. Erano perfettamente in orbita l'una intorno all'altra, in una rotta di collisione stellare.

Se l'intenzione di Scarlet era quella di sopraffare Joy, ebbe l'effetto desiderato. Era stata assente dalla vita e dall'amore per troppo tempo, ma ora stava ricominciando a colorare fuori dai bordi. L'emozione ribolliva dentro di lei mentre Joy aumentava la velocità, muovendosi dentro di lei, avvolgendola completamente.

"Sei così buona", sussurrò Joy a Scarlet, la sua lingua

scriveva le parole su Scarlet, le sue dita spingevano le parole dentro di lei. L'effetto fece sì che Scarlet si stringesse attorno alle lunghe dita di Joy.

Era al limite.

Joy fece scorrere la sua lingua affamata su Scarlet prima di girare intorno al suo clitoride in modo esperto. Poi, con le dita che spingevano in profondità, dando a Scarlet tutto quello che aveva, Joy risucchiò Scarlet nella sua bocca ancora una volta. Ed era tutto quello che ci voleva per mandare Scarlet oltre il limite, il suo corpo rabbrividì mentre veniva, lei la scopava con forza e velocità senza mai smettere. Scarlet stava volando e la sensazione che provava non si poteva imbottigliare, ma se avesse potuto farlo sarebbe stata una donna ricca. Era un momento a cinque stelle, fuori dal menu, un momento unico che non avrebbe mai potuto essere ricreato.

E mentre Scarlet veniva, mentre si librava nelle nuvole dell'estasi, il cervello strapazzato di Scarlet si ricordava ancora di Joy: così diede anche a Joy ciò di cui aveva bisogno. Mentre l'orgasmo di Scarlet si affievoliva, quello di Joy erompeva attraverso il suo corpo, scuotendola fino al midollo, incoraggiando Scarlet a continuare. E lei era pronta e in attesa, con le braccia spalancate, pronta a prendere Joy con sé, ad amarla pienamente.

Nessuna delle due voleva smettere, entrambe volevano soddisfare l'altra. Pochi secondi dopo vennero di nuovo, in un turbinio di lingue e dita che scivolavano e scorrevano, teste che si lanciavano all'indietro, gemiti gloriosi che riempivano l'aria. Ancora una volta, con sentimento, e poi si accasciarono l'una sull'altra, ancora l'una dentro l'altra, contorcendosi, con sorrisi pigri e volti arrossati. Alla fine, si ritirarono entrambe e Scarlet si mise gattoni, in modo da avere il viso all'altezza di quello di Joy. Le baciò le labbra, il viso, le palpebre.

Quando gli occhi di Joy si aprirono, Scarlet le rivolse il sorriso più ampio possibile.

A volte, durante la settimana, Scarlet si era chiesta se ce l'avrebbe fatta, ma Joy era sempre stata dalla sua parte, era stata lì per lei. Era stata Joy a fare la differenza, a dirle di tirarsi su quando era stata al limite. E ora era sdraiata tra le braccia di Joy. Non ci aveva sperato spesso negli ultimi anni, ma forse la vita aveva qualcosa da offrirle, dopo tutto. Scarlet stava tornando alla vita e Joy la stava rimettendo insieme, pezzo per pezzo.

* * *

Nessuno aveva mai fatto venire Joy in quel modo, né l'aveva fatta *sentire* così. Come faceva a sapere cosa fare? Era sulla sua stessa lunghezza d'onda, le faceva venire voglia di piangere calde e salate lacrime di euforia. Nessuno aveva mai decifrato il suo codice con tale facilità. Era come se Scarlet si fosse presentata con una chiave con su scritto "Joy" e avesse avviato il motore. E ora il corpo di Joy era ipersensibile, andava così veloce che tutto vibrava. Il suo cuore, la sua anima, tutto. Joy lasciò che il momento la avvolgesse ancora e ancora, non volendo che finisse mai.

Scarlet la copriva ora, accarezzandola, sussurrandole all'orecchio. Le baciava il collo, il viso, le spalle, e Joy ne era solo vagamente consapevole. Stava galleggiando su una nuvola di beatitudine, l'unica cosa che la teneva ferma era Scarlet, la donna responsabile di quella sensazione, quindi non le importava. Se fosse fluttuata via, avrebbe potuto non tornare mai più, e lei voleva farlo.

Oh, quanto lo desiderava.

Perché la storia che si stava svolgendo era appena iniziata sotto molti aspetti e Joy non voleva perdersi nulla. E non voleva mai separarsi da Scarlet, non se questo era ciò che accadeva ogni volta. Aveva così tanto tempo perso da recuperare, e aveva voglia di farlo.

Joy era famelica.

Si aggrappò a Scarlet, sperando che il suo bacio dicesse a Scarlet quanto questo avesse significato, quanto Joy avesse desiderato il suo tocco per tutta la vita. *Per tutta la sua dannata vita.*

Quando Joy aprì finalmente gli occhi, facendo rientrare il mondo, gli occhi di Scarlet erano puntati su di lei, con un sorriso che le sfiorava gli angoli della bocca. Joy non aveva mai visto nulla di così raffinato, così sexy, così delizioso.

"Ciao", disse Scarlet.

"Ciao".

"Devo dirtelo, sei magnifica". Scarlet premette ancora una volta le sue labbra su quelle di Joy.

Un'altra vampata di desiderio attraversò Joy.

Lei sorrise debolmente. "Penso che dovrei dirtelo io, dopo quello che è appena successo".

Scarlet scosse la testa. "È ancora fresco nella mia mente, e sei davvero pazzesca". Fece una pausa, gli occhi scesero lungo il corpo di Joy e poi risalirono verso il suo viso. "Non posso credere che sia finalmente successo".

"In senso positivo?" Joy ne era abbastanza sicura, ma voleva solo ricontrollare.

Scarlet sorrise deliziosamente.

"Certo", disse Scarlet, inclinando la testa da un lato e

baciando di nuovo Joy. "Pensi davvero che sia così che va quando le cose non funzionano?"

Joy sorrise. "Spero proprio di no".

"Smettila di cercare di sviare i complimenti. Perché te lo assicuro: sei stata davvero fantastica".

"Grazie", rispose Joy, invertendo le posizioni, rotolando sopra Scarlet e baciandola con forza.

Non poteva farne a meno. Scarlet aveva acceso un fuoco dentro di lei e sarebbe andata in autocombustione se non avesse agito subito. Era sicura che Scarlet avrebbe capito. Joy le morse il labbro, fece scorrere la lingua lungo le labbra gonfie, leccò il collo per tutta la lunghezza.

Quando si ritrasse, un'espressione sorpresa era dipinta sul volto di Scarlet, insieme a desiderio puro.

"Vediamo se riesco ad alzare ulteriormente il mio livello di bravura, che ne dici?" Disse Joy, infilando due dita dentro Scarlet.

"Mi piacerebbe molto", rispose Scarlet, prendendo una brusca boccata d'aria.

Capitolo 15

Scarlet stava friggendo la pancetta nel tegamino – aveva le uova in attesa, ma non riusciva a decidere tra fritte, in camicia o strapazzate. Dopo averci pensato un po', scelse quelle fritte. Non era preoccupata per l'apporto calorico: era stata sveglia per metà della notte a fare sesso con Joy, ed era dannatamente sicura che qualsiasi caloria avesse immesso nel suo corpo ora avrebbe comunque dovuto recuperarne altre. La loro prima notte insieme era stata un tripudio di sesso ed emozioni e sperava di poterla ripetere.

Davvero molto presto.

Mosse la pancetta intorno alla padella e un po' di grasso schizzò dalla padella e le colpì la mano. "Porca puttana", disse, proprio mentre sentiva lo sciabattare di Joy sulle piastrelle dietro di lei.

"Buongiorno anche a te", disse Joy, avvicinandosi a Scarlet, mettendole le braccia intorno alla vita e baciandole il collo.

Il corpo di Scarlet fremeva dappertutto, il suo clitoride si risvegliò ancora una volta, o forse non si era mai addormentato.

"Mmm", rispose lei, ora un po' instabile sui piedi. "Potrei abituarmi a mattinate come questa".

"E io potrei abituarmi al fatto che tu mi prepari la colazione in questo modo, così siamo entrambe felici". Joy le baciò il collo un'ultima volta, poi la lasciò andare, riempiendo il bollitore e riannodando la vestaglia che si era aperta.

Gli occhi di Scarlet si posarono ora sui seni di Joy. "Stavi cercando di rifare una scena alla *Carol*, con la tua vestaglia?"

Joy aggrottò le sopracciglia. "Una scena alla *Carol*?"

"Sai, la parte del film in cui lei sta dietro a Rooney Mara con la vestaglia aperta in modo invitante. Poco prima che facciano sesso per la prima volta".

Joy sorrise. "La prima volta è andata, ma sono felice di fare giochi di ruolo se vuoi".

Scarlet arrossì. "Giochi di ruolo al secondo giorno? Non abbiamo ancora avuto un appuntamento".

Joy si lasciò sfuggire una risata mentre il bollitore fischiava e lei prendeva due tazze per preparare il tè. "Cosa posso dire? E, se ti fa sentire meglio, non mi sono mai offerta di fare un gioco di ruolo con nessun altro in vita mia. Tu sei la prima".

"Sono lusingata", disse Scarlet con un sorriso.

Joy pose un tè accanto a Scarlet sul bancone, poi si sedette sul suo sgabello, dondolandosi da una parte e dall'altra.

Scarlet sentì il suo sguardo penetrante addosso. Si voltò e sorrise. "È un po' diverso da ieri mattina".

"Molto", rispose Joy. "Tanto per cominciare, mi fanno male punti che avevo dimenticato *potessero* dolere". Fece una pausa. "In effetti, credo di soffrire in posti in cui non ho mai sofferto prima, *mai e poi mai*. E la colpa è tua". Sospirò soddisfatta. "E spero di poterti incolpare anche per altri dolori più avanti".

"Sono sicura che si può organizzare qualcosa". Scarlet tolse la pancetta dalla padella, poi vi ruppe con cura le uova. "Le uova fritte vanno bene?"

"Qualunque cosa tu stia cucinando, sono affamata".

"Il sesso fa venire fame".

"A quanto pare, quando è fatto bene, sì".

Scarlet mise un coperchio sulla padella per far rapprendere le uova. "Allora, tutto bene stamattina? Nessun rimpianto?"

Joy scosse la testa. "Nessun rimpianto". Si grattò il naso. "In realtà, rimpiango di non averti incontrata prima e di non averlo fatto prima. Ma lo so, *tutto* accade per una ragione. Sono solo felice che sia successo". Bevve un sorso di tè.

Scarlet studiò Joy per un momento. "A proposito, quanti anni hai? Mi sono appena resa conto di non saperlo con certezza. Sai che io ho 39 anni, ma tu potresti avere qualsiasi età".

Joy le sorrise. "Quanti anni pensi che abbia?"

"Oh no, non rischierò, finisce sempre male ".

"Guastafeste". Joy si fermò spingendo una ciocca di capelli dietro l'orecchio. "Ho 38 anni, il che fa di te quella più vecchia".

"Eccellente, ho sempre voluto esserlo. Una cosa da spuntare dalla lista delle cose da fare".

Il telefono di Joy suonò in tasca e lei lo tirò fuori. "È la nonna, mi chiede se andrò a trovarla sabato e mi dice di portarti". Alzò lo sguardo verso Scarlet. "Pensi che abbia un sesto senso? Come se sapesse che è successo qualcosa?"

"Non mi sorprenderebbe ".

"Sarà felicissima: non c'è niente che mia nonna ami di più delle persone che si mettono insieme. È un'inguaribile romantica, oltre a essere una gran libertina".

Scarlet scoppiò a ridere. "La tua dolce e tenera nonna è una gran libertina?"

"Scherzo. Ma non lasciarti ingannare dall'aspetto: ha fatto una scorpacciata di uomini in da non credere, anche a Grasspoint".

Scarlet rise mentre spegneva le uova. "Non sarà l'unica a essere soddisfatta. Dopo aver inizialmente messo in dubbio la mia decisione di trasferirmi qui, Eamonn ora sostiene con tutto il cuore la campagna 'Scarlet & Joy'. Ha lanciato così tante allusioni e ammiccamenti poco discreti che pensavo che avrebbe fatto stampare delle magliette e avrebbe iniziato a manifestare in giro per la città. Penso che avrebbe anche potuto farlo, ma la tipografia era allagata".

Scarlet si avvicinò a Joy. Aveva bisogno di baciarla, non lo faceva da almeno cinque minuti. "A proposito, penso che staresti benissimo su una maglietta", disse, prima di posare le labbra al loro giusto posto.

Prima che se ne rendesse conto, il bacio si era intensificato e ora le mani di Scarlet erano dentro la vestaglia di Joy, a impastare i suoi seni, a scendere tra le sue gambe. I loro baci erano disordinati, frettolosi, intensi: Scarlet sapeva dove si andava a parare. Tirò giù Joy dallo sgabello e le sfilò le mutandine, poi la guidò di nuovo sullo sgabello, sostenendo il suo sguardo, dicendole cosa sarebbe successo.

Il desiderio offuscò gli occhi di Joy. "Scopami", ansimò.

Scarlet sorrise, baciò Joy e la tirò a sé. La stanza intorno a lei si sciolse mentre apriva le gambe di Joy il più possibile, poi fece scivolare due dita dentro di lei. Joy era già *così* bagnata.

Joy morse il labbro di Scarlet e si aggrappò alla sua spalla mentre Scarlet iniziava a scoparla, spingendo a fondo dentro di lei, arricciando le dita e facendola gemere.

Se la notte precedente era stata all'insegna della connessione e dell'emozione, quella mattina era all'insegna della riconnessione e della pura lussuria, selvaggia e scatenata. Scarlet sostenne Joy sullo sgabello mentre i loro movimenti lo facevano oscillare a destra e a sinistra, facendo ridere entrambe. Poi spinse le gambe di Joy per aprirle di più, scopandola con tutto quello che aveva. Se Joy era stata al comando la sera prima, quella mattina al volante c'era sicuramente Scarlet.

Joy si spingeva in avanti per assecondare il ritmo di Scarlet, con la testa inclinata all'indietro, e ne afferrava le braccia. Quando il pollice di Scarlet entrò in contatto con il clitoride di Joy, lei si irrigidì; quando Scarlet aumentò la pressione e la velocità, Joy gemette di nuovo forte.

Ma non era nulla in confronto al ruggito gutturale di Joy che, pochi secondi dopo, venne sulle dita di Scarlet, con la bocca spalancata e la testa all'indietro, desiderando tutto ciò che Scarlet poteva dare.

Scarlet la guardò negli occhi e vide un'emozione così cruda, così aperta, che le lacrime minacciarono di nuovo, ma non aveva intenzione di cedere quella mattina. In quel momento, la sua unica intenzione era quella di scopare Joy fino a non poterne più. E così fece.

Pochi istanti dopo, Joy ribaltò la situazione, dimostrando a Scarlet che tutto ciò che poteva fare lei, Joy poteva farlo meglio. Scendendo dallo sgabello come un'ubriaca, tirò giù i pantaloncini di Scarlet, poi la spinse su una sedia da pranzo, prima di inginocchiarsi.

"Visto che non riesco a stare in piedi, inginocchiarmi è l'opzione più sensata", disse Joy, con un sorriso languido.

E poi la sua testa si trovò tra le gambe di Scarlet, spingendole in avanti.

Mentre Scarlet infilava le mani nei capelli dorati di Joy, quest'ultima risucchiava Scarlet nella sua bocca, stuzzicandola con i denti e roteando la lingua con brio.

La mente di Scarlet si svuotò, mentre lasciava cadere la testa all'indietro e si concedeva di rilassarsi nel momento. La testa di Joy tra le sue gambe era immensamente bella e la sua lingua era squisitamente sapiente. Quando entrò in lei, il tempo si fermò, Scarlet si spinse in avanti per dare a Joy l'angolazione migliore. La lingua di Joy era curiosa e persistente, tutto ciò che Scarlet voleva che fosse.

Con una tale implacabile persistenza, non ci volle molto perché Scarlet superasse il limite, cosa che fece pochi secondi dopo, aggrappandosi a Joy con i piedi e con le mani, con i fuochi d'artificio che le esplodevano in corpo. Mentre Joy la succhiava e la scopava contemporaneamente, Scarlet era stordita dalla lussuria.

Poteva abituarsi a mattine del genere.

Quando venne di nuovo, con Joy che esercitava una pressione micidiale con la lingua, Scarlet fu colpita a tradimento e si sentì avvampare. Non aveva idea di dove fosse o di chi fosse. Tutto ciò che riusciva a sentire era Joy, che le riverberava nella testa e nel cuore.

Quando Joy si fermò, la stanza rimase in silenzio per un momento, nessuno si muoveva, solo l'odore della colazione cucinata le avvolgeva.

Joy sospirò, appoggiando il mento umido sulla coscia di Scarlet, prima di alzare lo sguardo verso Scarlet.

"Cazzo", disse Scarlet.

"Non ce l'ho, ma ho di meglio".

Capitolo 16

Era venerdì pomeriggio e la pioggia scendeva in rivoli così spessi che avrebbero potuto essere fatti di acciaio. Non era il meteo che tutti volevano per il giorno del matrimonio di Eamonn e Steph, ma Joy sperava solo che per il giorno dopo la situazione migliorasse e che non dovessero remare fino alla cerimonia.

Stava controllando l'applicazione meteo sul telefono quando entrò Scarlet.

Vedendola, Scarlet le rivolse un ampio sorriso, seguito da un bacio prolungato, prima di prendere posto sullo sgabello.

Joy ne sentì gli effetti *ovunque*.

"Ti rendi conto di quanto piove?" Chiese Scarlet, alzando lo sguardo verso il lucernario.

"Pensano che si schiarirà entro stasera. Spero che abbiano ragione: altra pioggia è l'ultima cosa di cui abbiamo bisogno".

"Amen". Scarlet fece una pausa. "Vieni con me a Grasspoint per aiutare Eamonn e Steph a sistemare?"

Scarlet aveva accettato quando Eamonn le aveva mandato un messaggio.

"Ci proverò, ma te l'ho detto, ho una riunione più tardi, quindi vedo a che ora finisce. Inoltre, ho promesso a George che sarei andata a prendere un caffè con lui, quindi devo vedere".

"George del Consiglio?"

Joy annuì. "Sono contenta di non essere io a dovermi occupare del disastro: sarebbe stata una vera sfida. Inoltre, non avrei avuto il tempo di conoscerti".

"Allora sono contenta anch'io", rispose Scarlet. "Inoltre, George non mi piace neanche la metà di quanto mi piaci tu".

Joy si lasciò sfuggire una risata. "Mi fa piacere sentirlo".

Scarlet si alzò dallo sgabello e si avvicinò a Joy. Con una mano le accarezzò il sedere, prima di abbassare le labbra sulla clavicola esposta di Joy e baciarla.

Joy sospirò di piacere.

"Hai un profumo così buono". Scarlet fece una pausa, alzando la testa verso Joy. "Allora, per quanto riguarda noi, lo diremo a tutti domani al matrimonio? Lo renderemo pubblico come coppia?" Mentre parlava, Scarlet prese la mano di Joy e la baciò. "A proposito, non vedo l'ora di dirlo a tutti".

Joy si ritrasse.

Questo significava fare un enorme passo avanti in un istante. Si era appena abituata a essere baciata da Scarlet; non era sicura di essere pronta a farlo vedere al mondo intero.

"Non ci ho ancora pensato", rispose. "Inoltre, non voglio spostare l'attenzione da Eamonn e Steph: è il giorno del loro matrimonio". Non aveva avuto il tempo di elaborare tutto nella sua testa. Certo, le sembrava la cosa più naturale e giusta da fare, ma era ancora nervosa all'idea di dirlo al resto del mondo. Per loro lei era la sindaca: la sindaca etero e divorziata.

Scarlet si irrigidì, con il volto segnato dalla preoccupazione. "Non intendevo annunciarlo a metà cerimonia. Voglio solo sapere se posso tenerti la mano, e magari ballare con te più tardi".

Joy fece un respiro profondo, evitando lo sguardo di

Scarlet. Le sue viscere si agitavano; non era ancora sicura di essere pronta per il passo successivo, ma come poteva dire a Scarlet che era solo quello? Che voleva *assolutamente* stare con lei, ma che rendere pubblica la cosa era un problema a parte?

Un suo problema.

Una cosa che lei stessa non aveva avuto il coraggio di fare in due anni, eppure Scarlet voleva che lo facesse *da un giorno all'altro?*

"Non lo so", disse Joy alla fine. Non era la risposta migliore, doveva ammetterlo. Perché non poteva semplicemente dire quello che le passava per la testa?

Il volto di Scarlet si indurì. I suoi occhi si restrinsero e lasciò cadere la mano di Joy.

Per Joy, la perdita di contatto fu come un calcio nelle viscere. Scarlet aveva le braccia conserte sul petto e la guardava con la confusione dipinta sui lineamenti. Confusione e dolore. "Come sarebbe a dire che non lo sai?"

Joy voleva disperatamente cancellare il dolore. Non avrebbe mai voluto far soffrire Scarlet.

"Voglio solo dire che non ci ho ancora pensato". Fece una pausa. "E forse ho bisogno di un po' più di tempo per abituarmi, sai? È solo che... sono un personaggio pubblico, non è così facile per me presentarmi a un matrimonio con un'altra donna quando prima ero sposata con un uomo".

Scarlet sbatté le palpebre, poi fece un passo indietro, poi due. Aprì la bocca per parlare, poi la chiuse rapidamente. "Non riesco a credere a quello che sento", disse. "Non abbiamo forse condiviso la stessa esperienza ieri sera? Questa mattina? Ma ti preoccupi ancora di quello che la gente potrebbe pensare? Te l'ho già detto, il tuo coming out non cambierà l'opinione della gente su di te. Viviamo nel ventunesimo secolo". Scarlet scosse la testa. "Hai davvero intenzione di nasconderlo? Perché io non posso nasconderlo: sono lesbica, è la mia identità. È come il fatto che sostengo il Dulshaw, e che odio il Marmite. Non posso cambiarlo, fa parte di me. E pensavo che anche tu fossi pronta a vivere la tua vita. Ma forse mi sbagliavo".

Il panico salì quando Joy vide Scarlet ricalcolare la loro relazione, come un puzzle che improvvisamente non aveva più senso. Scarlet non riusciva a trovare gli angoli, non aveva idea di dove avrebbe dovuto mettere tutti i pezzi, eppure la sera prima tutto aveva avuto una collocazione. Joy sfogliò i ricordi di quella sera e di quella mattina, ma le immagini erano sfocate, uno dei fili non era del tutto collegato. Si accigliò e accarezzò il braccio di Scarlet.

Scarlet trasalì come se Joy l'avesse appena schiaffeggiata.

"Sono pronta… o almeno *lo sarò*. Ma domani potrebbe essere troppo presto per dirlo a tutti quelli che conosciamo. Potrei aver bisogno di un po' di tempo per assorbire la cosa, per abituarmi. Riesci a capirlo?"

Scarlet non batté ciglio. "Il problema è che ci sono già passata. Mi sono ritrovata con persone che dicevano di essere una cosa, ma in realtà non avevano il coraggio di essere se stesse. E francamente, sono troppo vecchia per queste stronzate". Fissò Joy, come se stesse facendo un'istantanea mentale. Come se fosse l'ultima volta che la vedeva.

Le guance di Joy si arrossarono mentre l'allarme cresceva in lei. Scarlet stava per andarsene. Non voleva perderla. Perché non riusciva a spiegarsi meglio? Perché Scarlet non capiva? Voleva stare con lei, ma tutto questo era nuovo. Era ancora agli inizi.

"Credo sia meglio che me ne vada", disse Scarlet, lanciando a Joy un'occhiata sofferente. "Vado ad aiutare Eamonn e Steph, non aspettarmi alzata. Ci vediamo domani al matrimonio, se vieni ancora". Scarlet fece una pausa. "E non preoccuparti, manterrò le distanze".

Joy fece per dire qualcosa mentre Scarlet le passava accanto, ma non le uscì nulla. Il suo corpo e la sua voce si erano bloccati e, anche se voleva disperatamente cambiare quello che era appena successo, non poteva farlo. Non in quel momento. Non era ancora pronta. Si aggrappò al bancone della cucina e fissò il giardino. La pioggia continuava a scrosciare, rispecchiando perfettamente il suo stato d'animo.

Dieci minuti dopo, la porta d'ingresso si chiuse con un colpo secco.

Solo allora Joy si sciolse in lacrime, il suo corpo scivolò lungo gli armadietti della cucina, ansimando con grandi singhiozzi gutturali. Che cosa aveva fatto? Aveva appena rovinato la cosa più bella che le fosse mai capitata quasi prima che iniziasse?

Capitolo 17

Quando arrivò a Grasspoint, Scarlet era già fradicia, ma non come lo era stata la sera prima o quella mattina. Quello era stato un mondo a parte. Non riusciva ancora a credere che fosse successo, ma era successo. Qual era la prima regola del lesbismo? Non farsi coinvolgere da quelle solo curiose. E se devi avere a che fare con loro, certamente non innamorarti di loro.

Non ci cascare assolutamente.

Corso per lesbiche principianti.

Ma Scarlet si era innamorata di Joy, e ora Joy non era sicura di essere pronta a dichiararsi, mentre per tutto il tempo aveva detto a Scarlet di esserne certa. Aveva *lasciato suo marito*, per l'amor del cielo, e Scarlet si era fidata ciecamente che questo fosse sufficiente. Abbastanza per sostenere l'ipotesi di Joy che fosse pronta a essere veramente se stessa. E dopo quello che era successo tra loro? Il sesso? Il legame? Joy stava davvero negando tutto quello che era accaduto prima?

Scarlet scosse la testa mentre entrava nella sala delle funzioni della casa di riposo. Aveva bisogno di un asciugamano, era bagnata fradicia. La sala era allestita con tavoli rotondi e un tavolo in testa, ma niente di più. Quella sera era per le decorazioni e l'allestimento dei tavoli, ma Scarlet non era proprio dell'umore giusto. Controllò l'orologio: le 16.00. Il suo corpo si sentiva ancora vivo e crudo per il sesso, ma il suo spirito non era all'altezza. Il suo spirito era stato preso a pugni e a calci e Scarlet voleva solo andare a casa e ritirarsi nel suo rifugio. Ma non ce l'aveva più. Non aveva una casa. Per un po' aveva pensato che avrebbe potuto trovare una nuova casa con Joy. Ma ora non ne era più così sicura.

Prese il telefono dalla borsa e mandò un messaggio a Eamonn, sedendosi su una delle sedie e sospirando pesantemente. Lui rispose immediatamente, dicendo a Scarlet che era impegnato al lavoro e che avrebbe fatto tardi, non sarebbe arrivato prima di un'ora.

Ottimo. Se fosse stato per lei, sarebbe andata a casa, ma dato che non ne aveva una, avrebbe dovuto aspettare. La realtà di non avere un posto dove andare non l'aveva colpita fino ad ora, quando aveva bisogno del suo spazio. Fino ad allora era stata felice di condividere la casa di Joy. Ma oggi si rendeva conto di quanto la sua vita fosse di nuovo senza speranza. Senza Joy a sorreggerla, rischiava di affondare di nuovo. Forse avrebbe dovuto accettare la proposta del fratello e vivere con lui per un po'. Scarlet si mise la testa tra le mani, proprio quando la porta della sala riunioni si aprì. Quando alzò lo sguardo, vide Celia, la direttrice della casa. Aveva probabilmente l'età di Scarlet, ma evidentemente era stata chiamata così in onore di una parente molto più anziana. Scarlet non conosceva nessun'altra coetanea che si chiamasse Celia: era un nome che doveva tornare in auge, come Ethel e Mabel.

"Sei tu", disse Celia, avvicinandosi a lei. "Ho visto entrare qualcuno e mi chiedevo se Eamonn o Steph fossero già qui e avessero bisogno di qualcosa". Fece una pausa, guardando bene Scarlet. "Stai bene?"

Scarlet le fece un finto sorriso e annuì con la testa. Doveva tenere duro, non voleva che venisse tutto fuori.

"Bene, solo un po' stanca, vista la settimana che abbiamo avuto".

Celia le posò una mano sul braccio, preoccupata. "È del tutto comprensibile, non hai avuto una settimana facile". Fece una pausa. "Ho appena preparato il tè e servito un po' di torta: vuoi passare a prenderne un po'? La nonna di Joy e alcune altre persone che conosci sono lì dentro".

Scarlet si morse il labbro. Non aveva molta voglia di vedere Clementine in quel momento, ma sarebbe sembrato scortese se avesse detto di no. Dopotutto, cosa avrebbe fatto da sola in una sala vuota?

"Va bene", disse, mettendosi in posizione eretta.

"E una volta lì posso procurarti anche un asciugamano, così potrai asciugarti un po'".

"Grazie", disse Scarlet, seguendo Celia fuori dalla porta e attraversando il prato fino all'edificio principale.

Una volta entrata, Clementine le fece cenno di avvicinarsi e Scarlet si accomodò su una sedia, ricevendo sorrisi da tutti i residenti. Celia le portò una tazza di tè e un po' di torta, insieme all'asciugamano promesso, poi scomparve nel corridoio.

Clementine sorrise a Scarlet mentre si asciugava. "Sei qui da sola? Cosa sta combinando oggi mia nipote?"

Scarlet spostò gli occhi a terra e poi guardò la stanza. "Aveva affari del Consiglio, cose da fare", mormorò.

Cose da fare che non fossero Scarlet. Cose da fare che non fossero stare insieme. Cose che erano il *dovere*, mentre per

Joy era chiaramente molto meno facile gestire le emozioni, perché non si trattava di cose nette. Anche se era una life coach. Ma non dovevano essere i peggiori a seguire i propri consigli? Scarlet lo aveva sentito dire da qualche parte.

Scarlet fu improvvisamente sopraffatta. Cosa diavolo stava facendo lì, e nella sua vita in generale? Era lì, a quasi quarant'anni, e stava seduta in un ospizio perché la sua ragazza – o aveva osato *sognare* che potesse essere la sua ragazza – non voleva fare coming out del tutto. Questo tipo di dramma non doveva essere un ricordo a quasi 40 anni?

E poi, eccole di nuovo: le lacrime. Scendevano lentamente lungo le guance di Scarlet, ormai impossibili da trattenere.

Clementine sembrò allarmata, ma si prese un momento per alzarsi dalla poltrona, prima di guidare Scarlet verso due sedie vuote dall'altra parte della stanza, lontano dalla televisione, con vista sul parco. Chiunque si occupasse del parco aveva fatto un ottimo lavoro, pensò Scarlet.

Una volta che Scarlet fu seduta, Clementine le accarezzò il braccio.

"Qual è il problema?", chiese, guardando Scarlet negli occhi con preoccupazione. Ma Scarlet vide solo Joy che la guardava; non aveva mai notato che lei e sua nonna avevano gli stessi occhi blu profondo. Guardando Clementine ora, si accorse che stava guardando Joy tra quarant'anni. Non che fosse importante. Probabilmente allora non l'avrebbe nemmeno ricordata. Sarebbe stata solo una conoscente di passaggio di un'epoca passata, un'epoca in cui Scarlet aveva quasi osato amare di nuovo.

Ma come poteva succedere, dopo la notte che avevano passato? La settimana che avevano trascorso? Il legame che si era creato? Scarlet si rifiutava di crederci, ma i fatti erano inconfutabili. Scosse la testa per cercare di non far scendere altre lacrime. Non funzionò.

"Non ha a che fare con l'alluvione, vero?"

Scarlet scosse la testa, evitando ancora lo sguardo di Clementine.

"Ha a che fare con mia nipote?"

Scarlet annuì lentamente con la testa.

"Ho pensato che potesse essere così". Clementine fece una pausa. "Che cosa è successo?"

Scarlet fece un respiro profondo e finalmente guardò Clementine. "Siamo… siamo state insieme ieri sera… dopo la trasmissione".

Clementine strinse il braccio di Scarlet.

"E tutto andava bene… anzi benissimo. Fino a oggi pomeriggio, quando ho parlato di stare insieme al matrimonio di domani. Joy non era contenta, dice che non è ancora pronta a dichiararsi a tutti, ma io non posso vivere così. Sono quello che sono, e non posso stare con qualcuna che vuole nascondersi".

Clementine annuì. "Capisco. Capisco davvero, ma Joy lo farà. Ha solo bisogno di un po' di tempo per adattarsi, tutto qui. Sa chi è, ma farlo sapere al mondo intero è un'altra cosa".

Scarlet esalò un lungo respiro. "Te l'ha detto".

Clementine sorrise. "Sa che nulla di ciò che ha detto potrebbe cambiare ciò che provo per lei: è la mia ragazza speciale. Ma per tutti gli altri in città è difficile. Dirlo ai suoi genitori, a suo fratello. Solo io e Steve sappiamo il vero motivo della loro separazione. Joy non l'ha detto a nessun altro. Quindi è ancora un grande passo: se vuoi stare con lei, devi essere paziente".

Scarlet annuì. Aveva forse esagerato? D'altra parte, non

voleva stare con qualcuna che non fosse sincera e felice con se stessa. Semplicemente non poteva: la sua vita era così lontana che non riusciva nemmeno a contemplarlo.

"Lo capisco, ma non posso ignorarla domani. Voglio che sia felice, e io sono più felice con lei. E pensavo che anche lei lo fosse con me. Ma evidentemente mi sbagliavo". Scarlet abbassò la testa.

Clementine le diede una pacca sul ginocchio. "Non credo che tu ti sbagli, e scommetto un milione di sterline che Joy è molto più preoccupata di te in questo momento. È una persona seria e vuole fare la cosa giusta per te. E se la cosa giusta comporta prendersi un po' più di tempo, allora così sia. Tu hai avuto molto più tempo per affrontare la situazione. Joy ha avuto a che fare con una nozione astratta della sua identità da quando si è separata da Steve. Ora che potrebbe essere reale, è confusa, tutto qui". Clementine fece una pausa. "Mi prometti che le permetterai di chiarirsi le idee prima di perdere le speranze?"

Scarlet soppesò le parole di Clementine prima di annuire. "Sì, ma pensavo che ci fosse qualcosa tra noi. E se Joy non è disposta a riconoscere almeno questo, allora potremmo avere un problema".

Era l'eufemismo dell'anno.

* * *

Joy arrivò quella sera verso le 21.00, esausta dopo riunioni interminabili che non avevano bisogno del suo contributo. Tuttavia, in quanto arbitro imparziale delle riunioni del Consiglio, doveva essere presente, faceva parte del lavoro. Ma non credeva che la sua mente potesse essere mai assente durante una riunione come quella sera. Non quando tutto ciò che aveva sempre sperato e sognato le era caduto in grembo, salvo poi gettare via tutto. Era bloccata e non sapeva come cambiare la situazione.

Si stava togliendo il cappotto quando bussarono alla porta. Sospirò: non aveva davvero voglia di parlare di niente con nessuno quella sera. Voleva solo infilarsi a letto e far finta che quel giorno non fosse successo nulla. Beh, non tutta la giornata. Tutto quello che era successo dopo le 14:00. Tutto quello successo prima lo ricordava ancora vividamente, così come il suo corpo. Il suo corpo era ancora eccitato e ultra-consapevole. Pensò di non rispondere alla porta, ma se fosse stata Scarlet?

Quel pensiero la spinse ad afferrare la maniglia e ad aprire la porta con uno strattone. Quando vide Steve sulla soglia, le cadde il sorriso. I suoi capelli corti e chiari sembravano più scuri a causa della pioggia che lo aveva bagnato poco prima.

"Oh, sei tu".

Il volto di Steve si spense al suo saluto. "Anche per me è un piacere vederti", disse. "Posso entrare?"

Joy si fece da parte, con il pilota automatico, mentre Steve le passava accanto, asciugandosi i piedi sul tappeto. La pioggia aveva smesso di cadere e le previsioni per il giorno dopo davano variabile, ma non erano ancora fuori pericolo.

Joy seguì Steve in cucina, dove stava già mettendo su il bollitore.

"A cosa devo questo piacere?" La voce di Joy era impassibile e diceva a Steve che non pensava affatto che fosse un piacere.

"Ho delle novità". Fece una pausa, sembrando nervoso.

Joy aspettò, incrociando le braccia sul petto. Non era dell'umore giusto per fare congetture.

Steve si schiarì la gola. "Volevo che lo sentissi da me e non da qualcun altro", disse, inspirando. "Io e Sharon ci sposiamo", disse alla fine. E poi si appoggiò al bancone, in attesa di una risposta.

"Vi sposate?" Joy non se lo aspettava. "Non hai detto nulla l'altro giorno, quando eravamo fuori a comprare le lampade".

Steve scrollò le spalle. "Non era previsto". Fece una pausa. "In realtà è stata lei a chiedermelo. Le ho detto che avrebbe potuto aspettare un bel po', ma a quanto pare sono sempre le donne a chiederlo agli uomini, di questi tempi".

Joy si leccò le labbra. Anche se era ormai frequente, era abbastanza sicura che non fosse la regola: il matrimonio tra un uomo e una donna era ancora molto radicato nella tradizione. Si chiese brevemente chi facesse la proposta di matrimonio nelle relazioni lesbiche, ma poi accantonò il pensiero: non era una cosa di cui si sarebbe dovuta preoccupare a breve, no?

Joy si occupò di preparare il tè, mentre Steve si sedette su uno sgabello, con l'aria stralunata.

"Beh, congratulazioni, credo". Joy si rivolse a Steve. "Ne sei felice, immagino".

Lui abbassò lo sguardo, prima di annuire quasi impercettibilmente.

Joy non era una detective, ma conosceva Steve abbastanza bene da sapere che quello non contava come entusiasmo.

"Sì, certo. Voglio dire, Sharon è fantastica. Solo che non avrei mai pensato di risposarmi. Mi sembra quasi di esserti infedele, e so che è una cosa stupida. Ma è così che mi sento".

Joy scosse la testa e spense il bollitore. Poi andò al frigorifero e tirò fuori due bottiglie di Heineken.

"Vuoi una birra invece del tè?"

Steve annuì e prese la bottiglia offerta da Joy.

Joy sospirò. "Siamo una bella coppia, lo sai? Tu esiti a sposare un'altra a causa mia, e io esito a portare avanti le cose con Scarlet a causa mia. Sono io il comune denominatore. Forse dovrei lasciare la città e lasciare che tutti gli altri vadano avanti con le loro vite. Le cose sarebbero molto più semplici, no?"

Steve si accigliò. "Non lo penso affatto. E cosa sta succedendo con Scarlet?"

Joy sospirò di nuovo. "Non dovrei proprio parlarne con te, sei il mio ex. Questo non rende infedele anche me?"

Steve rise. "E io non dovrei proprio venire qui a raccontarti quello che ti ho appena raccontato, ma eccomi qui". Fece una pausa. "Siamo sempre stati prima di tutto amici, non dimenticarlo".

"Lo so". Joy bevve un lungo sorso, come se usasse la birra per alimentare la frase successiva. "Io e Scarlet siamo state insieme ieri sera". Non guardò Steve, nel caso stesse trasalendo. Se voleva davvero esserle amico, doveva accettare le cose più brutte insieme a quelle più belle.

"Allora, qual è il problema?"

Tuttavia, quando Joy alzò lo sguardo, negli occhi del suo ex vide solo preoccupazione, quindi forse lo aveva sottovalutato. Dopotutto, doveva esserci un motivo per cui era stato così facile essere sposati con lui per tutti quegli anni.

"Siamo stati invitati al matrimonio dell'amico di Scarlet domani e lei vuole andarci come coppia. Ma non so se sono pronta a dichiararmi al mondo intero: ho appena conosciuto una donna a cui tengo. È troppo voler tenere tutto per me per un po'?"

Steve rise. "Sei andata a letto con lei ieri sera, vero?"

Joy arrossì, ma annuì. Certo, era andata a letto con Scarlet. Anche se in realtà non avevano dormito molto.

"Anche stamattina?"

Arrossì ancora.

"Poi lei ti chiede di portarti al matrimonio del suo amico come accompagnatrice e tu le dici che non vuoi andare con lei? L'hai usata solo per fare sesso?"

"No! Certo che no! È solo che… non mi sono dichiarata a tutti gli altri. L'ho detto a malapena a me stessa. Lo sapete solo tu e la nonna".

"Non ti sei dichiarata? Come no; hai messo fine al nostro matrimonio per questo motivo". Steve scosse la testa, sospirando. "E comunque, credo che potresti rimanere sorpresa".

"Che cosa significa?"

"Significa che non hai avuto un partner per due anni. Significa che alla gente non importa con chi stai, basta che tu sia felice. Mi hanno già chiesto di te".

Joy rimase lì, con la bocca aperta. "Chi ha chiesto di me?" La gente sapeva già che era lesbica? *Questa era una notizia.*

Steve fece un cenno con la mano, allontanando la domanda. "Questo non ha importanza. Quello che conta qui sei tu. E l'altro giorno mi hai detto che Scarlet potrebbe essere importante. Potrebbe essere quella giusta. Ho ragione?"

Joy guardò a terra mentre annuiva questa volta.

"Allora, perché la stai tirando per le lunghe? Non capisco. Sei l'unica che ostacola la tua felicità". Steve scosse la testa. "Voi life coach siete tutti uguali: sapete dare consigli, ma non vi piace ascoltarli".

Un sorriso ironico attraversò il volto di Joy: era una discussione che avevano avuto molte volte nella loro vita matrimoniale. "Sono forse testarda?"

"Un po'. Guardala dal punto di vista di Scarlet. Siete andate a letto insieme, va tutto bene, ma poi l'hai respinta. Posso capire che ti faccia male, ma è come se ti vergognassi di stare con lei".

"Non mi vergogno! Dio, tutt'altro. Lei è assolutamente fantastica, è di me che dubito". Ed era vero. Non era mai stata una vera lesbica prima d'ora: non una lesbica a tempo pieno, in una vera relazione. Era stata solo una lesbica teorica. E se non fosse stata brava? Che cosa sarebbe successo?

Steve sorrise. "Ma a lei non sembra così. Per Scarlet, siete andate a letto insieme e poi l'hai allontanata. Forse l'hai fatto per i tuoi motivi, ma l'hai fatto ". Steve bevve un sorso della sua birra e Joy fece lo stesso.

"Ho fatto una cazzata, vero?" Non avrebbe biasimato Scarlet se l'avesse odiata. Era un disastro.

Sorrise. "Più o meno". Bevve un altro sorso di birra. "Cosa ne pensi di me e Sharon?"

Joy vide la preoccupazione dipinta sul volto di Steve. Non era il viso di un uomo entusiasta di sposarsi. "È quello che vuoi?"

Fece una pausa. "Non lo so".

"Se non sei sicuro al 100%, non puoi andare avanti. Non è giusto nei suoi confronti".

Steve annuì. "Immaginavo che l'avresti detto". Si scolò il resto della birra in una sola volta. "E Scarlet?"

Joy si acciglò. "Cosa, Scarlet?"

"È lei che vuoi?"

Joy annuì. "Al mille per cento". Ed ecco che era così, proprio così. Non l'aveva capito finché non aveva avuto il tempo di elaborare, di pensare. E poi le era scivolata via dalla bocca la scintillante verità.

Al mille per cento. Joy avrebbe addirittura infranto le regole della matematica per Scarlet.

"Allora credo che anche tu sappia cosa devi fare".

Joy sospirò, sorridendo a Steve. In ogni caso, lui l'avrebbe sostenuta, ne era certa.

"E tu starai bene quando lo dirò a tutti? So che è dura per te".

Steve scrollò le spalle. "Perdere te è stata la parte più difficile, non il motivo, e so badare a me stesso. Se qualcuno parla male di te, ci penso io".

Joy si avvicinò a lui e gli mise le braccia intorno ai fianchi, appoggiando la testa contro il suo petto. Con Steve si era sempre sentita al sicuro, sempre amata. Questo non era cambiato. Certo, avevano avuto la loro parte di lacrime e di dolore quando lei glielo aveva detto per la prima volta, ma ora erano tornati al punto di partenza. Amici. Dove sarebbero sempre dovuti rimanere.

Lei alzò lo sguardo su di lui. "E starai bene con Sharon?"

Annuì. "Credo che, nel profondo, sapevo che tra me e Sharon non andava bene. E quando l'altra sera mi ha chiesto di sposarla, non sapevo cosa dire. È stato spaventoso. Me ne ricorderò per la prossima volta, se mai succederà di nuovo. Io e Sharon ci siamo messi insieme un po' troppo presto. Dovrei prendermi un po' di tempo per conto mio".

"Mi sembra una buona idea", disse Joy, baciando Steve sulla guancia e staccandosi da lui.

Il suono di qualcuno che si schiariva la gola fece trasalire Joy e, quando si voltò, Scarlet era in piedi sulla porta, con un'espressione perplessa.

"Scarlet", disse Joy, allontanandosi da Steve. Joy non aveva sentito la sua chiave nella porta e il suo cuore cominciò a balzare di nuovo nel petto. Scarlet che entrava in una stanza rendeva la vita emozionante. Imprevedibile ed emozionante.

Steve guardò Scarlet e Joy, poi si tirò su. "Comunque, dovrei andare – grazie per il discorso di incoraggiamento".

Uscì dalla cucina, rivolgendo a Scarlet un sorriso tagliente. "Ci vediamo in giro".

Quando la porta si chiuse, Scarlet ripiegò le braccia sul petto.

"Non ti ho sentita entrare", disse Joy, giocherellando con i capelli. Scarlet era ancora arrabbiata con lei, lo sentiva. Joy cercò di concentrarsi sul sentimento al 1000% di cui aveva appena parlato con Steve, ma sembrava essere svanito.

Non voleva che Scarlet fosse arrabbiata con lei. Voleva che Scarlet la amasse.

"Evidentemente".

Joy sospirò. "Non essere arrabbiata con lui, non è colpa sua. In realtà mi stava solo dicendo che dovrei venire al matrimonio con te. E io lo voglio davvero, sinceramente. È solo che… è difficile, ecco tutto".

Scarlet scosse la testa. "È difficile solo se lo *rendi* difficile. Ti sto solo chiedendo di venire come mia accompagnatrice. Ci saranno molte altre persone che faranno esattamente la stessa cosa. Ridere, ballare, bere, sorridere. È tutto quello che devi fare. Non è un problema".

Il respiro le si bloccò in gola. Sapeva che Scarlet aveva

ragione. Sapeva che Steve aveva ragione. Ma si era di nuovo ammutolita. E il breve momento di positività che aveva vissuto era appena uscito dalla porta insieme a Steve.

Joy voleva dire a Scarlet che sarebbe andata, che non c'era niente che avrebbe preferito fare, che essere la sua accompagnatrice al matrimonio di Eamonn e Steph era tutto ciò che aveva sempre desiderato. Essere felice, avere una relazione che la facesse sentire *a posto*.

Ma quando Joy aprì la bocca, non uscì alcun suono. Niente di niente. E proprio così, quel momento svanì come una lenta marea.

"Ma vedo che non vuoi venire con me, quindi devo pensare che sia per qualche altro motivo. Forse è Steve, forse sono io; non ne ho idea del perché non me lo dici". Scarlet si studiò le scarpe e, quando rialzò lo sguardo, gli occhi le brillavano di lacrime. "Non posso credere che stia accadendo, non quando ieri sera a quest'ora era così diverso".

Joy annuì, ancora in silenzio.

Il volto di Scarlet esprimeva delusione. "Comunque, vado a letto, domani è una giornata importante".

E con ciò si voltò e se ne andò.

Joy la guardò andare via. Voleva correrle dietro e dirle che sarebbe venuta, ma le sue gambe non si muovevano.

In qualche modo, Joy si trovava in una prigione creata da lei stessa.

Capitolo 18

Scarlet non aveva dormito affatto bene, e la cosa non la sorprendeva. Aveva preso in considerazione l'idea di fare le valigie e andare a casa di Eamonn, ma la notte prima del suo matrimonio non le sembrava la cosa da fare. Aveva pensato di chiamare Clark perché venisse a prenderla e, anche se non aveva dubbi che l'avrebbe fatto, era un po' troppo vecchia per chiamare suo fratello a salvarla a tarda notte.

Così, alla fine, Scarlet si era messa a letto, aveva aspettato che Joy bussasse alla sua porta, ma non era mai venuta, e alla fine era caduta in un sonno agitato, chiedendosi dove sarebbe andata a vivere una volta passato il fine weekend.

Perché una cosa era certa: non poteva rimanere lì. E questo pensiero la rendeva più triste di quanto avesse mai pensato di poter provare. Quella settimana aveva riportato l'emozione e la vita nel suo mondo, ma sapeva per esperienza che quelle potevano essere fugaci. Le stavano già scivolando di mano.

E poiché non aveva dormito bene, si era alzata tardi, grata che Joy stesse ancora dormendo o fosse fuori casa: in quel momento non aveva bisogno di istrionismi. Il suo piano era di arrivare a Grasspoint per vedere cos'altro potesse servire a Eamonn, poi andare al municipio. Poteva anche significare rimanere a Grasspoint per un po', o forse sarebbe dovuta andare alla sala comunale per avere un posto dove stare fino al momento del matrimonio. Ma non poteva restare lì troppo a lungo, era troppo rischioso.

La sua situazione a casa era diventata insostenibile.

Due volte in poco più di una settimana: un bel risultato.

* * *

Quando Scarlet arrivò, Grasspoint era un alveare di attività e, sorprendentemente, il sole splendeva.

Quando Eamonn la vide, la squadrò da capo a piedi, poi fischiò.

"Ma come ti sei elegante!", le disse, dandole un'occhiata, e Scarlet dovette ammettere che aveva ragione. Indossava un completo dorato e una giacca nera, abbinati a scarpe nere col tacco basso. Aveva aggiunto una collana e degli orecchini d'oro e aveva usato tecniche di trucco imparate direttamente da Steph. Tutto ciò significava che Scarlet aveva ammesso a malincuore di avere un bell'aspetto quella mattina, nonostante il suo umore.

"Grazie", rispose lei. "Posso fare qualcosa per aiutarvi?"

Eamonn, ancora in jeans e maglietta, le fece una smorfia. "Vestita così? Avrei paura di farti sporcare".

"Posso fare il lavoro non sporco".

Le puntò un dito contro. "Puoi sistemare i fiori? Non è proprio il mio forte".

Scarlet rise. "E pensi che sia il mio?"

"Hai i tacchi, non fa parte del personaggio?"

Lei sgranò gli occhi. "Non farò sapere a Steph che l'hai detto fino a *dopo* la cerimonia".

"Penso che da qui in poi ce la possiamo fare: è tutto quasi finito e la mia famiglia è tutta lì ad aiutare. Devo andare a casa a cambiarmi, il tempo stringe!".

"Vero." Scarlet gli sorrise. "Ci vediamo in municipio, allora, quasi-sposo".

Eamonn si fece avanti e la abbracciò brevemente. "Ci vediamo lì".

Eamonn si voltò per tornare nella sala delle funzioni e, con la coda dell'occhio, Scarlet vide Clementine che la salutava dal salone dell'edificio principale.

Lei ricambiò il saluto, poi l'anziana signora cominciò a farle cenno di avvicinarsi.

Scarlet esitò. Clementine le piaceva, ma non aveva voglia di parlare di lei e Joy. Non dopo la notte precedente, quando Joy aveva chiarito che non voleva stare con lei. Era proprio l'ultima cosa a cui voleva pensare. D'altra parte non poteva essere scortese. Inoltre, le piaceva Clementine, ammirava il suo spirito. Era solo un peccato che sua nipote non l'avesse ereditato. Un vero e proprio peccato.

Così, nonostante le sue valutazioni, Scarlet si avvicinò e aprì la porta, entrando e abbracciando Clementine. Tenne gli occhi puntati sull'anziana signora, non volendo guardare nella stanza. Un saluto veloce e poi se ne sarebbe andata.

"Accipicchia, come sei bella", disse Clementine, scrutando Scarlet. "Spero che mia nipote sappia cosa sta facendo. Tu credi che lo sappia?"

Scarlet sorrise. Quello era il problema degli anziani: non si scherzava. Andavano subito al sodo.

"Credo che stia facendo ciò che è giusto per lei". Le spalle di Scarlet si abbassarono mentre parlava. "Ma non è giusto per me e, per quanto possa valere, non è giusto nemmeno per lei. Ha bisogno di difendersi, di essere chi è veramente, altrimenti non può vivere davvero. Mi dispiace che non voglia essere la persona che è, ma cosa posso farci?"

Clementine annuì. "Capisco", disse. "E le ho detto anche questo".

Le orecchie di Scarlet si drizzarono. "È stata qui?" Stava perlustrando la stanza, cercando segni di Joy, l'odore di Joy. Le mancava già. Non riusciva a concepire di non essere con lei, ed erano passate solo 24 ore. Ma che 24 ore erano state. Avevano racchiuso ogni emozione conosciuta, tutte impacchettate e pronte a partire.

Clementine annuì di nuovo.

"Voglio essere la persona che sono".

Gli occhi di Scarlet si spalancarono e raddrizzò le spalle. Non era la voce di Clementine. Era la voce di Joy, che proveniva da dietro la nonna.

L'avevano fregata, ma non le dispiaceva affatto.

In pochi secondi Joy fece il giro per mettersi accanto alla nonna e gli stessi occhi blu vellutati fissarono Scarlet.

"Mi dispiace", disse Joy, mordendosi il labbro, riuscendo a malapena a guardare Scarlet. "So che tutto quello che ho detto ti ha ferita, ma possiamo ricominciare? Lo voglio davvero. E se mi vorrai ancora, mi piacerebbe essere la tua accompagnatrice al matrimonio". Joy fece una pausa. "Essere la tua *compagna* per il matrimonio". Gli occhi di Joy scrutarono il viso di Scarlet. "Mi ci è voluto tanto tempo per trovarti e non voglio perderti. Spero che tu riesca a trovare il coraggio di perdonarmi".

Lo stomaco di Scarlet ebbe un sussulto e la sua vista si

annebbiò. Era l'ultima cosa che si aspettava accadesse quella mattina. Ma stava accadendo, proprio davanti ai suoi occhi. Guardò l'orologio, poi Joy e Clementine.

"Sei sicura?"

Joy sorrise. "Non sono mai stata più sicura di niente in vita mia, e puoi ringraziare Steve per questo. Steve e questa vecchia signora saggia". Joy posò un bacio sulla guancia di Clementine.

"Steve? Stavo pensando di dargli uno schiaffo quando ti ho visto tra le sue braccia, ieri sera".

Clementine si voltò verso Joy, allarmata.

Joy scosse la testa. "Non era niente, solo due amici che si abbracciano. Si sta separando da Sharon perché non è sicuro di voler stare con lei. E mi ha chiesto se ero sicura di stare con te – e in quel momento ho capito che non sono mai stata più sicura di niente in vita mia".

Scarlet spostò lo sguardo da una Joy in lacrime a una Clementine raggiante, poi tornò su Joy.

Joy aveva cambiato idea. Voleva venire al matrimonio con lei, come sua fidanzata. Scarlet non riuscì a trattenere il sorriso che le spuntò sul viso. Poi guardò ancora una volta l'orologio.

"Beh, se non sei mai stata più sicura di qualcosa in vita tua, non posso certo dire di no, giusto? Solo che sono le 12.15 e non sei ancora vestita, quindi è meglio che ci diamo una mossa se vogliamo portarti a casa, cambiarti e poi andare al municipio in tempo per il matrimonio".

Joy fece un passo avanti e prese la mano di Scarlet nella sua, poi le posò un bacio delicato sulle labbra.

Per Scarlet fu un bacio di ricongiungimento. Un bacio

con la promessa di molto di più, unito a una scarica di sollievo. Non voleva affrontare la vita senza Joy, non voleva nemmeno prenderla in considerazione, e ora non avrebbe più dovuto farlo.

Ora Joy era di nuovo tra le sue braccia, al suo posto.

"Grazie per avermi dato un'altra possibilità", disse Joy, scrutando gli occhi di Scarlet.

"Come potrei non farlo?" Rispose Scarlet, le sue labbra tornarono a bruciare su quelle di Joy.

"E sei assolutamente incantevole", le sussurrò Joy all'orecchio.

"Non farmi piangere di nuovo", rispose Scarlet, stringendola il più possibile.

Scarlet avrebbe voluto non mollare mai la presa, mai.

Capitolo 19

Scarlet non si sarebbe mai definita un tipo romantico ma, dopo tutto quello che era successo quella settimana, le sue emozioni erano come un rubinetto che perdeva e la travolgevano a ogni passo. Vedendo Steph entrare splendente nel suo delicato abito bianco ed Eamonn tutto elegante nel suo completo blu, non si vergognò di ammettere di aver versato una lacrima, e lanciò anche un'occhiata a Joy, chiedendosi se anche lei stesse prendendo in considerazione l'idea che un giorno all'altare ci sarebbero potute essere loro.

Scarlet non voleva chiederlo: visto che si erano appena riconciliate, sembrava un po' prematuro parlare di matrimonio. Ma quel matrimonio non avrebbe potuto esserci in un momento migliore per farle venire voglia di dichiarare quello che provava anche lei. Perché dal giovedì, e nonostante tutti gli ostacoli, Scarlet era sicura come non mai: si stava innamorando di Joy, con le unghie e con i denti. Il che rendeva ancora più meraviglioso il fatto che Joy aveva deciso di tornare da lei.

E ora erano di nuovo a Grasspoint, a salutare la nonna di Joy prima di entrare al ricevimento. Clementine stava chiacchierando con la sua amica Carol quando si avvicinarono e, quando le vide, le si illuminarono gli occhi.

"Come state voi due?"

Scarlet sorrise timidamente a Joy. "Finora tutto bene", rispose.

"La mia nipote preferita e Scarlet, l'eroina della città: siete una bella coppia". Clementine le abbracciò entrambe. Lasciò andare Scarlet, ma la tenne vicina. "Sei stata splendida al telegiornale, sai, prima ho dimenticato di dirtelo. Mi hai commosso". Si rivolse a Joy. "E tu", disse. "Sei splendida con un vestito, anche se non è il tuo abbigliamento preferito".

"Ho detto lo stesso", disse Scarlet a Clementine, sorridendo a Joy. "È bellissima, vero?" Il vestito di Joy era a fiori e lo aveva accompagnato con delle scarpe color bronzo, borsa e giacca abbinate.

Clementine guardò Scarlet, sorridendo. "È vero, e anche tu". Fece una pausa. "E com'è andata la cerimonia?"

"È andata molto bene, Steph era radiosa", disse Joy. "Verrai più tardi, vero?"

Eamonn e Steph avevano invitato alla serata una buona parte degli ospiti della casa di riposo come ringraziamento.

"Provate a fermarci: è tutta la settimana che pianifichiamo come vestirci, non è vero?"

Carol annuì. "Non mi capita più spesso di vestirmi elegante, e non devo nemmeno camminare per tornare a casa, no?"

Scarlet rise. "È perfetto", disse, prendendo la mano di Joy. Ma una volta fatto, si bloccò: Joy aveva detto di essere a suo agio con tutto, ma lo era davvero? Scarlet non ne aveva idea ed era ancora presto.

Tuttavia, come se le leggesse nel pensiero, Joy portò la mano di Scarlet alla bocca e la baciò.

Scarlet era così commossa che dovette trattenere un

sussulto. Se aveva avuto qualche dubbio, ora non ne aveva più: Joy era pienamente sincera, proprio come aveva detto.

"Ci vediamo più tardi, abbiamo pensato di fare un salto per salutarvi prima della cena", disse Joy.

"Ci vediamo alle sette", rispose Clementine, prendendo la mano di Joy. "Vi auguro un pomeriggio pieno d'amore", aggiunse, guardando da Joy a Scarlet.

Salutarono Clementine con un abbraccio, poi si affrettarono verso la porta accanto, fermandosi per un breve bacio nel corridoio vuoto che collegava le sedi. Il peso di Joy tra le braccia di Scarlet era divino.

"Va bene se ti tengo per mano?" Chiese Scarlet. Non voleva spingere Joy più di quanto fosse pronta a fare, nonostante quello che aveva detto.

Ma Joy si limitò ad annuire. "Puoi tenermi la mano tutta la notte, se vuoi". Fece una pausa. "Anche se potrebbe essere un po' eccessivo".

Scarlet sorrise, dando un bacio a Joy. "Posso farlo, se lo vuoi".

"Non ho mai tenuto molto la mano a Steve, se vuoi saperlo. Non sono una che tiene la mano". Fece una pausa, tirandosi leggermente indietro. "O forse *in passato* non ero una che teneva la mano. D'altra parte, non ero nemmeno una da baci in corridoio, e guardami adesso, quindi chi lo sa?" Joy la baciò di nuovo. "Il fatto è che ogni volta che mi tieni la mano mi cedono le ginocchia, e questo rende tutto più dolce".

"Ti faccio cedere le ginocchia?" Un sorriso da cento watt squarciò il volto di Scarlet. Un indebolimento delle ginocchia in una fase così iniziale di una relazione era un buon segno. *Un ottimo segno.*

"A quanto pare, sì".

"Sono felice di sentirlo", disse Scarlet, facendo indietreggiare Joy. "E so che abbiamo parlato un po', prima, ma siamo a posto, io e te? Sei sicura che per te vada bene?"

Joy fece un respiro profondo e annuì con decisione. "Sai una cosa, siamo più che a posto: è tutto fantastico. Non c'era niente di giusto ieri, quando non c'eri tu, e non c'è stato niente di giusto in nessun momento in cui non sono stata con te. Quest'ultima settimana è stata confusa, ma ha raddrizzato la mia vita. *Tu* raddrizzi la mia vita, le dai un senso". Joy espirò. "Sono così felice che tu mi abbia voluta di nuovo dopo che mi sono comportata in modo così stupido".

Scarlet scosse la testa. "Non avevo scelta. Il mio cuore aveva già scelto te". Scarlet era scioccata dal fatto che quelle parole le erano uscite di bocca, ma non ne era spaventata e, dal modo in cui il volto di Joy si addolcì, sembrava che non lo fosse nemmeno lei. Scarlet aveva smesso di pensare troppo e non voleva altri malintesi quando si trattava di lei e Joy: voleva essere chiara, concisa e compresa.

"È troppo presto per dire cose del genere?" Chiese Scarlet. Sperava davvero che non lo fosse.

Joy scosse la testa. "Niente tra noi è troppo presto. Per me non verrà mai abbastanza presto".

"Ti prometto che dopo verrai presto", rispose Scarlet con un occhiolino. "Ma niente più discorsi sdolcinati in questo corridoio perché non ho il mascara waterproof. Credo che dovremmo presentarci al matrimonio, visto che siamo qui per questo. Sei pronta a bere gratis e a mangiare cibo di bassa qualità?"

Joy rise. "Se la metti così...".

* * *

Il ricevimento si svolse senza problemi, ed era tutto quello che si poteva chiedere dopo la settimana che la città aveva passato. Il sole fece sì che gli sposi potessero scattare alcune foto all›aperto e il dessert fu il momento clou della cena: Joy non aveva mai saputo resistere ai profiteroles.

Sia Eamonn che Steph avevano tenuto dei discorsi, ringraziando tutti per essersi mobilitati per salvare la loro giornata, compresa Celia per aver messo a disposizione gratuitamente la sala e Maureen Armitage per essere intervenuta all'ultimo minuto per preparare la deliziosa torta nuziale Victoria Sponge.

Ora i tavoli erano stati spostati indietro per trasformare la sala in una pista da ballo, una band locale stava suonando cover classiche e i residenti della casa si stavano riversando in sala per congratularsi con la coppia del momento.

Scarlet e Joy erano in piedi al bar e chiacchieravano con Matt, l'altro compagno di calcio di Scarlet, e sua moglie Viv. E dopo tutte le sue esitazioni, Joy aveva seguito il suo cuore: lei e Scarlet stavano ufficialmente insieme, mano nella mano.

"Allora, è una novità o ce lo hai tenuto nascosto per tutto questo tempo?" Chiese Matt, indicando le loro mani giunte.

Il calore si insinuò sulle guance di Joy: sì, si era dichiarata, ma ci sarebbe voluto un po' di tempo per abituarsi. Tuttavia, lungi dal sentirsi nervosa, ogni parte di Joy finalmente si era rilassata: e dopo 38 anni di costrizioni, era liberatorio ed esaltante. Nonostante quello che aveva pensato, il mondo non aveva smesso di girare, anche se la gente l'aveva scoperto, e Joy non era così spaventata come pensava di essere. Anzi, era orgogliosa di stare con Scarlet. Chi non lo sarebbe stato? Era una bellezza da capogiro.

Scarlet annuì. "È una novità: oggi è il nostro debutto come coppia".

"Congratulazioni", disse Matt alzando il bicchiere. "È stata una settimana intensa: prima ti si è allagata casa, poi sei diventata il manifesto dell'ottimismo da alluvione, e ora ti sei accaparrata la sindaca come fidanzata".

Scarlet rise. "Se la metti così, credo che sia stata una settimana piuttosto buona". Fece tintinnare il suo bicchiere contro quello di Matt. "Ma il manifesto dell'ottimismo da alluvione? Non sono sicura di esserne felice".

"Credimi, è esattamente quello che sei. Da pessimista stagionata a superstar dell'alluvione, tutto in un batter d'occhio. Dovresti smetterla di dire tante parolacce sul campo di calcio, visto che sei un personaggio pubblico e ti scopi la sindaca".

Scarlet scoppiò a ridere. "Mi scopo la sindaca? Sono sicura che possiamo trovare un modo più elegante per dirlo, no?"

"È vero, però", rispose Joy, con un sorriso da far sciogliere il cuore.

Matt sorrise. "Eamonn si è sposato, voi siete innamorate: ora abbiamo solo bisogno che il Dulshaw vinca il campionato e sarà l'anno migliore di sempre".

"Prima devono trovare un posto dove giocare che non sia sommerso dall'acqua".

"Dettagli", rispose Matt.

La loro conversazione fu interrotta da Clementine e Robert che si avvicinavano a loro, Clementine che guardava Joy e Scarlet con un ampio sorriso sul volto.

"Salve, belle signore", disse, dando ancora una volta un bacio a entrambe, raggiante.

"Ciao", disse Joy, ricambiando il saluto e abbracciando anche Robert.

"Avete passato un buon pomeriggio?" Chiese Clementine.

"È stato favoloso, vero?" Disse Joy, lanciando un'occhiata accesa a Scarlet. E lo era stato davvero. Avere Scarlet al suo fianco e stare *con* Scarlet era stata la migliore ricompensa di tutte.

"Oggi è stata una giornata in cui l'amore ha vinto", aggiunse Matt.

"L'amore dovrebbe vincere sempre", rispose Clementine con un'alzata di spalle. "Sono stata su questa terra abbastanza a lungo da sapere che è davvero tutto ciò di cui si ha bisogno". Fece una pausa. "Beh, quello e i soldi", aggiunse con un sorriso.

"L'amore non ha vinto prima, quando la cantante del matrimonio cantava *Up Where We Belong*", disse Scarlet. "Sono quasi morta dal ridere, era così stonata".

"Anch'io", disse Matt, ridendo di nuovo. "Ma non si poteva dire nulla, visto che la cantante era la zia di Eamonn. Quindi, se qualcuno lo chiede, è stata grandiosa. Spero solo che non mi abbiano ripreso mentre ridevo".

Matt e Viv videro qualcuno che conoscevano e si congedarono, lasciando Scarlet e Joy, Clementine e Robert.

"A proposito di amore che vince, ho anche io una notizia". Clementine prese la mano di Robert nella sua e improvvisamente sembrò timida. "Visto che oggi annunciate la vostra relazione, noi annunciamo la nostra. Robert e io stiamo ufficialmente insieme".

Robert gonfiò il petto e si accarezzò la testa lucida. "E sono entusiasta di stare con lei", disse.

"Sei piena di risorse", disse Joy, abbracciando Clementine. "E tu sei un uomo coraggioso", disse a Robert.

"Oh, lo so", rispose. "Ma anche fortunato".

"E come pensi che prenderà Michael tutto questo?" Clementine chiese a Joy. "O Christopher?"

Joy sgranò gli occhi pensando a suo fratello e a suo padre. "Sono sicura che Michael avrà un sacco di cose da dire, magari sulla falsariga di 'Robert vuole i tuoi soldi' e 'ci hai davvero pensato a questa idea di essere lesbica, Joy'? Ma può anche stare tranquillo: dopotutto è la nostra vita, no? Quanto a papà, non gliene importerà nulla, purché non interferisca con il suo stile di vita al sole".

"È vero. Comunque, *carpe diem*. Non è vero?" Clementine disse a Robert.

Lui le fece un cenno. "Ogni giorno, Clem. Ogni giorno".

Clementine guardò la band con un sorriso sulle labbra. "È così bello avere la musica dal vivo. Mi piaceva andare a ballare e vedere i gruppi musicali quando ero più giovane, ed è una cosa che mi manca molto. Dopo un po' ci si dimentica di quello che ci piace fare, quando si perde l'abitudine".

Joy poteva sicuramente capirlo. Aveva dimenticato che le piaceva essere corteggiata, baciata, amata come non era mai stata amata prima. E aveva anche dimenticato il lusso e il comfort della compagnia, soprattutto con la persona giusta.

"Hai proprio ragione", disse Joy. "Scarlet è una chitarrista eccezionale, ha fatto dei concerti speciali per me a casa".

Il viso di Clementine si rallegrò. "Avevamo una persona che veniva a suonare il piano per noi, ma ha dovuto smettere. È stato un vero peccato". Fece una pausa. "Ti andrebbe di venire a suonare per noi qualche volta, cara? So che i residenti ne sarebbero entusiasti. E non dovresti suonare solo canzoni antiche, ci piace anche la musica moderna".

La sorpresa attraversò il volto di Scarlet, ma dopo pochi secondi annuì. "Se me lo avessi chiesto la settimana scorsa, avrei detto di no. Ma questa settimana, avendo perso tutto, comincio a essere d'accordo sul *carpe diem*. Quindi, perché no? Io ho bisogno di suonare di più e voi di divertirvi. Sono sicura che potremmo coniugare le due esigenze".

"Splendido!" Disse Clementine, stringendo il braccio di Scarlet. "Mi piaci sempre di più ogni volta che ti vedo".

"Il sentimento è reciproco", rispose Scarlet.

La band iniziò a suonare una versione di *Can't Take My Eyes Off Of You* di Andy Williams e Clementine si girò verso Robert, tendendogli la mano. "Questa è una delle mie preferite", disse. "Andiamo?"

"Sì", disse Robert, conducendola lentamente sulla pista da ballo.

"E vi voglio qui tra un minuto", gridò Clementine al di sopra delle sue spalle.

Joy rise, prima di rivolgersi a Scarlet, alzando gli occhi al cielo. "Mi dispiace", disse. "Sa essere un po' autoritaria quando vuole".

Scarlet scosse la testa. "È fantastica, mi piace. Spero di poter essere proprio come lei quando avrò la sua età".

"Non sono sicura del 'proprio come lei'", disse Joy. "Non possiamo permetterci di essere entrambe così esuberanti, no?"

Joy seguì il suo commento con una risata, che però le si bloccò in gola quando si rese conto che si era appena impegnata a far stare insieme lei e Scarlet per i prossimi 40 anni. Erano già una coppia? Joy non ne aveva idea; non usciva con nessuno da 15 anni.

Azzardò un'occhiata a Scarlet, chiedendosi cosa avrebbe trovato sul suo viso. Ma c'era solo una Scarlet contenta, con un sorriso raggiante.

"Quindi ti aspetti che stiamo insieme in questa casa di riposo, o ci immaginavi altrove?" Chiese Scarlet, mettendo una mano sulla schiena di Joy.

Il desiderio si diffuse nel suo corpo al suo tocco.

"Non lo so. Non stavo facendo davvero previsioni così remote. Era solo un modo di dire". Joy dubitava che il trucco che aveva applicato con tanta cura facesse molto per proteggere le sue guance arrossate.

Scarlet si avvicinò e baciò leggermente Joy sulle labbra. "Non mi dispiace. È piuttosto carino immaginarci all'età di tua nonna, ancora insieme. Mi fa sentire tutta calda dentro. A patto che facciamo ancora sesso come l'altra sera".

Joy si lasciò sfuggire una risata. "Certo che lo faremo, non c'è bisogno di dirlo". Il suo sguardo si spostò sulla pista da ballo. "Ma se fai un solo accenno a *mia nonna* che fa sesso, ti prendo a schiaffi".

Scarlet rise. "Prometto che non dirò una parola". Tese la mano. "Ora, posso avere questo ballo?"

Joy esitò per un attimo, ma fu un solo attimo. Quella mattina non era stata sicura di come si sarebbe sentita ad uscire con Scarlet, ad essere una coppia sotto gli occhi di tutti, ma ora aveva la sua risposta.

Sembrava naturale. Sembrava giusto. Sembrava che tutti i momenti prima di quello fossero stati sbilanciati, fuori centro. Ma camminare sulla pista da ballo con Scarlet e lasciarsi abbracciare da lei... a Joy non importava cosa pensassero gli altri.

Era finalmente a suo agio nella propria pelle; era come se avesse smesso di correre. Scarlet era la sua bandiera a scacchi, la sua medaglia d'oro. Ballare con Steve non era mai stato così: lui le aveva sempre pestato i piedi e le aveva fatto battute all'orecchio. Baciare Steve non era mai stato come baciare Scarlet. E fare l'amore con Steve: beh, non c'era paragone.

In piedi tra le braccia di Scarlet, respirando il suo profumo, toccando le sue morbide spalle, Joy era se stessa al cento per cento, cosa che non era mai stata con nessun partner prima.

"Tutto bene?" Chiese Scarlet, con una comprensibile preoccupazione sul volto.

Joy annuì con la testa. "Più che bene". E finalmente era vero: Joy lo vedeva ora più chiaramente di quanto avesse mai fatto in tutta la sua vita. Era lì che avrebbe sempre dovuto essere, e c'era voluta Scarlet per dimostrarglielo. Dopo l'alluvione, Joy pensava di aver salvato Scarlet dandole un posto dove stare, ma in realtà era stata Scarlet a salvarla da una vita bloccata nella routine. Una vita non vissuta. Tra le braccia di Scarlet, Joy era finalmente chi era destinata a essere.

Quando Scarlet fissò gli occhi di Joy, prima di premere le labbra sulle sue, Joy temette che il pavimento intorno a lei crollasse, tanta era la portata emotiva. La band si spense, la stanza divenne sfocata e Joy rispose con gusto, aggrappandosi a Scarlet e baciandola come se le avessero appena detto che le restavano pochi istanti di vita. Se Scarlet era sorpresa, non lo dava a vedere. Se qualcun altro era sorpreso, non disse nulla.

In quel momento, c'erano solo Joy e Scarlet, sulla pista da ballo, perse nella gloria del loro bacio ardente.

Capitolo 20

Non tornarono a casa prima dell'una di notte dal matrimonio, e poi Scarlet e Joy rimasero ancora sveglie, mantenendo la promessa suggellata dal bacio sulla pista da ballo. Quindi, la domenica mattina non fu frettolosa. Anzi, fu decisamente sonnolenta, fino a quando qualcuno non iniziò a bussare alla porta di Joy.

Aprì gli occhi, mentre Scarlet si metteva a sedere dritta nel letto con un'espressione preoccupata.

Joy allungò una mano e le accarezzò la schiena.

"C'è qualcuno alla porta", disse Scarlet scuotendo la testa. "L'ultima volta che qualcuno mi ha svegliata bussando alla porta, ho perso tutto". Fece una pausa, rivolgendosi a Joy. "Non pensi che ci stiano facendo evacuare di nuovo, vero?"

Joy sbadigliò, sedendosi e baciando la guancia arrossata di Scarlet. "No. Questa casa non verrà allagata, credimi sulla parola". Guardò l'orologio. "Inoltre, è domenica mattina, quindi ho un'idea di chi potrebbe essere".

Joy saltò giù dal letto, prese la vestaglia e uscì dalla stanza.

Scarlet si buttò di nuovo a letto, con il battito accelerato. Si concentrò sull'inspirare dal naso e sull'espirare dalla bocca e incrociò le dita perché tutto andasse bene. Qualunque cosa fosse, non poteva essere per lei: il peggio era già accaduto. Ma poi saltò giù dal letto: e se fossero state cattive notizie per Joy?

Scarlet si alzò, raccogliendo l'abito da cerimonia che era stato gettato a terra in preda alla passione della sera prima. Sorrise ricordando che non avrebbe più guardato Joy sotto la stessa luce. Joy era capace di cose che Scarlet non aveva nemmeno immaginato, soprattutto considerando che si trattava di una donna a cui non piaceva dire parolacce, ma Scarlet non si lamentava. Tutt'altro. Andò nella stanza degli ospiti di Joy, dove si trovava ancora la sua valigia, e prese dei jeans e una maglietta prima di salire le scale due alla volta.

Quando arrivò in cucina, si mise quasi a ridere di gusto. Non doveva preoccuparsi.

Era Steve. *Certo che era Steve.*

Scarlet viveva in quella casa solo da nove giorni, ma conosceva già la routine di Steve e questa era la sua chiamata della domenica mattina, regolare come un orologio. Forse avrebbero dovuto parlare con lui per modificarla, ora che Scarlet era spesso in casa. Tuttavia, Steve non sarebbe andato da nessuna parte e Scarlet immaginava che sarebbe sempre stato nella vita di Joy, quindi avrebbe fatto meglio a fare uno sforzo.

Quando Scarlet entrò, Steve alzò lo sguardo, sorridendo.

"Ciao", disse, mentre Joy si girava.

Scarlet percepì il panico sul suo volto, seguito da qualcos'altro che non riusciva a collocare. Si trattenne dal suo istinto naturale, che era quello di baciare Joy prima di sedersi. Joy doveva prendere il controllo della situazione, lei non poteva fare nulla per aiutarla. La palla era nel suo campo.

"Ciao", disse Scarlet a Steve, che era seduto sul suo sgabello della colazione. Lasciò correre: quella mattina era per risolvere cose più importanti. Dovevano indirizzare la loro vita futura.

"Non corri stamattina?"

Steve si guardò i jeans e la camicia. "Non oggi", disse. "Ma ero nei paraggi, così ho pensato di fare un salto. Come va con il tuo appartamento? Ti ho vista al telegiornale, sei una vera eroina".

Scarlet alzò le spalle, arrossendo. L'aveva sentito dire un paio di volte negli ultimi giorni, ma ancora non se la beveva. Aveva solo detto quello che aveva nel cuore, la verità. "È ancora malandato, ma ho ricevuto così tante offerte di mobili che probabilmente potrei fare una fortuna su eBay". Sorrise. "Ci andremo tra un po': mai in vita mia avrei pensato di consumare così tanta candeggina in un colpo solo".

"Tu e mezza città", rispose Steve.

Joy aveva osservato questo scambio con interesse, notò Scarlet. Non si impegnava ancora a decidere dove sedersi o cosa fare dopo. Era come se la situazione fosse troppo surreale: il suo ex e la sua amante appollaiati nella sua cucina in un quadro di domenica domestica.

"Allora, Steve", disse alla fine Joy.

Steve girò la testa verso di lei.

"So che abbiamo parlato, l'altra sera, ma volevo solo farti sapere che io e Scarlet abbiamo risolto le cose e stiamo insieme". Joy spostò lo sguardo dal suo ex a Scarlet, in cerca di rassicurazioni.

Visto che non avevano ancora avuto modo di discutere di nulla, Scarlet fece un cenno di assenso.

"Pubblicamente, tanto per avvertirti". Joy sospirò, come se quel discorsetto le avesse tolto il fiato. Armeggiò con lo strofinaccio che teneva in mano, poi si voltò verso il lavandino.

Visto che Joy era scappata mentalmente in quel momento, Steve sorrise a Scarlet. "È una notizia fantastica", disse. "Congratulazioni".

"Non ci sposeremo", rispose Scarlet, sorridendo incerta.

"Lo so", disse Steve alzando le spalle. "Mi sembra solo la cosa giusta da dire".

Se Steve provava risentimento, Scarlet non riusciva a percepirlo. Anzi, sembrava che volesse allungare la mano e stringere quella di Scarlet, come per ammettere la sconfitta. Scarlet era felice che non lo facesse.

Joy si voltò verso di loro, con un sorriso fragile sul volto.

Steve si spostò sullo sgabello. "Dico sul serio, però, per entrambe". Fece una pausa, guardando dall'una all'altra. "Qualunque cosa accada, voglio che tu sia felice, Joy. E sembri felice, davvero". Sospirò. "Quindi sono contento per te – e spero che potremo ancora essere amici".

"Certo che possiamo", disse Joy. "Anzi, quando ci saremo sistemate un po' e saremo più calme, dovresti venire a cena da noi, così anche Scarlet potrà conoscerti meglio".

Scarlet tossì. No, di questo non avevano discusso affatto.

Joy alzò lo sguardo. "Vero?"

Scarlet annuì. "Assolutamente sì, e così potrò spuntare la casella nella mia testa che dice: 'cenare con l'ex marito della mia ragazza'. È una casella che volevo spuntare da anni".

Steve strinse gli occhi. "Stai scherzando, vero?"

Scarlet rise. "Sì. Ma non la parte in cui sono d'accordo per la cena".

Steve sorrise. "Bene".

"Allora, ora che questo aspetto è stato tolto di mezzo e che la tensione imbarazzante si è un po' dissipata… una tazza di caffè?" Chiese Joy, versando il liquido nero e caldo.

"Non direi di no nemmeno a un po' di cibo, se ne hai", rispose Steve.

Già, Scarlet poteva dire che si sentiva più rilassato ogni minuto che passava.

"Posso preparare qualcosa", disse Joy, portando da bere e posando un breve bacio sulle labbra di Scarlet.

Quel gesto non sfuggì a Scarlet, che posò una mano sulla vita di Joy, tirandola a sé. Era un gesto naturale, ma lo faceva anche per marcare il suo territorio. Non poteva farne a meno.

Steve lo notò, ma non disse nulla.

"Toast e la pancetta vanno bene?" Joy chiese, baciando la testa di Scarlet prima di dirigersi verso il frigorifero.

"Perfetto", risposero all'unisono Steve e Scarlet.

Poi entrambi alzarono un sopracciglio l'una verso l'altro, prima di scoppiare a ridere.

* * *

Dopo che Steve se ne andò, Scarlet e Joy avevano in programma una giornata piena. Per prima cosa, dovevano recarsi all'appartamento di Scarlet per fare un'altra pulizia con la candeggina e poi prendere in consegna alcuni deumidificatori che erano stati forniti all'ingrosso dalla compagnia di assicurazioni. Poi, quella sera, sarebbero andate a casa del fratello di Scarlet a cena.

Quella era la seconda pulizia completa con la candeggina che avevano fatto quella settimana, dopo aver liberato l'appartamento dai detriti con l'aiuto di Clark, Eammon e

Steph. Non era stato divertente, ma almeno Scarlet era rimasta stupita dalla velocità dell'operazione. Era vero quello che si diceva: molte mani rendono davvero il lavoro leggero.

E ora, quando Scarlet svoltò nella sua strada, sembrava come sempre: come se non fosse mai successo nulla. Gli ultimi rifiuti erano stati ripuliti dal comune e dai vigili del fuoco e tutti gli appartamenti erano stati svuotati dall'acqua. Ora si trattava solo di continuare a pulire e di aspettare che il suo appartamento si asciugasse.

Entrando di nuovo, Scarlet fu colpita dal freddo e dall'umidità, che si insinuavano nelle ossa in pochi minuti. Non riusciva a immaginare un momento in cui non sarebbe stato così, in cui il suo appartamento sarebbe stato di nuovo asciutto e abitabile.

"Ci vorranno davvero mesi, non è vero?" Disse Scarlet.

Joy le strofinò la schiena. "Sì, temo. Ma puoi stare da me. Anche se il tuo appartamento fosse abitabile, vorrei comunque che tu restassi qui".

"Lo so", disse Scarlet. "Vorrei solo che tu l'avessi visto prima. Prima che diventasse così squallido e morto. È così che sembra, vero? Sembra che l'edificio sia morto".

Joy scosse la testa. "È stato messo fuori combattimento. Commozione cerebrale. Ma lo spirito è ancora lì e si può riportare in vita con il tempo. Ma non ora". Joy sorrise. "Però ci arriverai. *Ci arriveremo*".

Scarlet rispose con un debole sorriso. Apprezzava l'ottimismo di Joy: la bilanciava quando il suo era scarico.

"Lo spero. Ma se dovesse succedere di nuovo? Riuscirò ad avere un'assicurazione dopo tutto questo?" Le spalle di Scarlet si afflosciarono mentre guardava il guscio vuoto dell'appartamento, con le sue pareti di mattoni nudi e i pavimenti freddi come la pietra. "Anche se so che è il mio appartamento, non lo *sento* più come casa mia. È solo un mucchio di mattoni e ho paura di riporre di nuovo qui le mie speranze".

Joy si avvicinò e prese Scarlet tra le braccia.

Scarlet la lasciò fare: era sempre bello essere abbracciati da Joy, allontanava le sue paure per il momento. Era bello sapere che, qualunque cosa accadesse, aveva sempre lei da cui tornare.

"Sai, è la stessa affermazione che avresti potuto usare per tutta la vita, e mi sembra di ricordare che l'hai fatto, per un bel po' di tempo. Hai dimenticato che sei un'ottimista appena riformata?" Disse Joy, allontanandosi da Scarlet.

Scarlet rise. "A volte, scivolo di nuovo nelle mie vecchie abitudini". E visto tutto quello che era successo, riteneva di essere autorizzata.

"Riporre tutte le proprie speranze e i propri sogni in qualcosa fa paura, ma lo facciamo ogni giorno: quale altra scelta abbiamo? E sì, le cose vanno male, ma bisogna continuare a provarci, altrimenti ci si arrende davvero". Joy fece una pausa. "Io ho riposto tutte le mie speranze in te, per esempio", aggiunse, prendendo la mano di Scarlet. "Beh, in te e nella lotteria".

Scarlet ridacchiò. "Bisogna partecipare per vincere".

"Sto ancora aspettando di vincere la lotteria. Ma ho vinto te?" Chiese Joy, con un sopracciglio alzato.

"Per ora sì".

"Mi fa piacere sentirlo". Joy premette le labbra su quelle di Scarlet prima di continuare. "E le stesse regole valgono anche per questo. Sì, il fiume potrebbe esondare di nuovo, c'è *sempre* questa possibilità. Ma stanno sistemando la barriera antialluvione, quindi è probabile che non succederà. E se dovesse succedere? Allora si pulisce, si asciuga e si ricomincia da capo. Sarebbe meglio se non accadesse, ovviamente, ma non sarà la fine, no?"

Scarlet scosse la testa. Joy aveva ragione, come al solito. Aveva la fastidiosa abitudine di avere ragione.

"Credo di no".

Joy sorrise. "Bene. Ora andiamo: prima finiamo e mettiamo in funzione i deumidificatori, prima potremo andare a cena da tuo fratello. A che ora ci aspetta?"

"A qualsiasi ora dopo le sei".

"Diamoci una mossa, allora".

Capitolo 21

Il sabato successivo, Scarlet accompagnò Joy a salutare Clementine a Grasspoint, portando la custodia della chitarra sulle spalle.

"Pronta ad affrontare la musica?" Chiese Joy mentre salivano le scale di casa.

"Non devo affrontare la musica, devo *abbracciare* la musica", rispose Scarlet.

Joy ridacchiò. "Come vuoi tu".

Scarlet si era esercitata con la chitarra per tutta la settimana, imparando anche alcuni vecchi classici con la guida di Joy su ciò che poteva piacere a sua nonna, oltre a perfezionare alcuni suoi vecchi brani preferiti. Joy non era sicura che le Indigo Girls o Bruce Springsteen sarebbero diventati i preferiti degli anziani, ma non poteva saperlo finché non avessero provato.

Clementine era seduta insieme a Carol e Robert quando entrarono, e si alzò per salutarli, sorridendo ampiamente quando Scarlet posò la custodia della chitarra.

"Lasciate che raduni le truppe, ho detto a tutti che saresti venuta!", disse a Scarlet.

"Magari prima falle bere una tazza di tè", rispose Joy, mentre Scarlet tirava fuori la chitarra dalla custodia.

"Certo, certo", disse Clementine. "Sono solo emozionata,

dovete perdonare una vecchia signora. Non abbiamo molto per cui emozionarci da queste parti, vero?"

Scarlet fece un sorriso a Clementine. "Non si dispiaccia. A dire la verità, anch'io sono emozionata".

"Visto?" disse Clementine a Joy.

Joy alzò le braccia e andò alla ricerca di Celia. Le due andavano d'accordo.

Quando tornò, dieci minuti dopo, Scarlet era seduta su una sedia con un gruppo di circa trenta pensionati intorno a lei, strimpellava e cantava *Fast Car* di Tracey Chapman. Cantava davvero, ad alta voce, con gli occhi chiusi, in sintonia con la canzone. E aveva un suono bellissimo e straziante.

Joy non ne fu sorpresa: l'aveva sentita a casa per tutta la settimana e Scarlet le aveva persino fatto una serenata a letto. Ma il suo cuore si riempì di orgoglio nel vedere Scarlet suonare con un sentimento così genuino, a riprova di quanto fosse cambiata nelle poche settimane trascorse dall'alluvione. Dubitava che Scarlet avrebbe preso in considerazione l'idea di suonare e cantare, un mese prima, eppure eccola lì.

Anche per Joy le cose erano cambiate. Nel giro di un mese, aveva incontrato una donna che rispondeva a tutti i suoi criteri: criteri che Joy non sapeva nemmeno di avere fino all'arrivo di Scarlet. Si era scoperto che aveva sempre desiderato incontrare una donna coraggiosa, forte e che sapesse con certezza chi era. E che, a sua volta, permetteva a Joy di essere esattamente chi era. E Joy stava scoprendo ogni giorno nuove cose su chi era veramente, la maggior parte delle quali positive.

Un applauso spezzò il filo dei pensieri di Joy, che si unì a lei e fece un pollice in su a Scarlet dall'altra parte della stanza.

In risposta, Scarlet le rivolse un sorriso. "Grazie mille, siete tutti molto gentili". Fece una pausa guardando Joy. "Vorrei dedicare la prossima canzone a una persona che è entrata nella mia vita di recente e ha fatto la differenza, facendomi vedere la luce del sole. Joy, questa è per te".

Scarlet iniziò a strimpellare le corde della chitarra, con le sue dita bellissime, e Joy sorrise: non poteva farne a meno. Era abituata a sentire Scarlet cantare canzoni per lei a casa, ma in pubblico? Era davvero un'altra cosa. E poi riconobbe la canzone: *Kiss Me*, dei Sixpence None The Richer. E allora arrossì di un rosso barbabietola.

Scarlet stava cantando una canzone sui *baci* davanti alla *nonna*.

L'avrebbe uccisa più tardi.

Subito dopo pensò che le era stata appena dedicata una canzone davanti a un pubblico per la prima volta in vita sua. Per il modo in cui Joy era orgogliosa, era come se Scarlet avesse suonato allo stadio di Wembley davanti a 60.000 persone, piuttosto che nel salotto di una casa di riposo davanti a trenta pensionati.

Quando ebbe finito, Scarlet ricevette un applauso e promise di tornare entro dieci minuti. Si avvicinò a Joy con un enorme sorriso sul volto.

"Allora, mi dai un bacio?" Chiese Scarlet, fermandosi di fronte a lei e mettendole le braccia intorno alla vita mentre Joy si alzava.

"Te lo meriti, dopo avermi messa in imbarazzo davanti a mia nonna?"

"Ti è piaciuto molto", rispose Scarlet, baciando comunque Joy.

Joy le rivolse un finto cipiglio, ma ricambiò il bacio. "Forse mi è piaciuto un po'", disse con un sorriso complice. "Ti stai divertendo? Sembra di sì".

Scarlet annuì. "Molto. Mi sento come una rockstar, non riesco a immaginare cosa si provi a suonare in un *vero* concerto", disse. "Ma questo mi basta. Ho delle richieste, quindi ho pensato di fare una pausa e di guardarle sul mio telefono mentre loro prendono una tazza di tè".

"Un buon piano", rispose Joy.

Scarlet si sedette su una sedia lì vicino e tirò fuori il telefono, proprio mentre Clementine si avvicinava a loro.

"Sei stata meravigliosa", disse Clementine a Scarlet. "E mi avevi detto che non eri brava. Secondo me, non sei affatto male". Passò lo sguardo su Joy. "È una da tenere d'occhio, questa qui, lo sai".

Joy sorrise alla nonna. "Lo so."

"Non solo per il suo modo di suonare la chitarra, ma anche per aver riportato il sorriso sul volto di mia nipote. È mancato per un po', ma ora è tornato ancora più bello". Clementine abbassò la mano e carezzò la guancia di Joy. "È bellissimo vederlo, tesoro mio".

* * *

Quel giorno, a casa, Joy era seduta sul divano con l'iPad in grembo quando entrò Scarlet, con un regalo avvolto nella carta velina rossa e legato con uno spago bianco. Si avvicinò e lo posò sul divano accanto a Joy, poi si sedette di fronte a lei.

Joy abbassò lo sguardo, poi tornò verso Scarlet.

"Cos'è?"

"Aprilo e scoprirai".

"Ma non è il mio compleanno".

"Ma non mi dire", disse Scarlet. "Ti ho comprato un regalo perché mi andava".

"Ti andava?"

"Aprilo e vedrai. Sei così difficile con tutti i tuoi regali?"

Joy sogghignò, fece scivolare le gambe sul pavimento e aprì il regalo. Poi si mise a ridere. "Come lo sapevi?"

Scarlet sorrise. "È solo un'ipotesi selvaggiamente casuale. Questo, e il fatto che ogni volta che beviamo qualcosa qui dentro, per poco non distruggi il tavolino. Così ho deciso di prendere in mano la situazione. Ti piacciono?"

Joy tirò fuori i sottobicchieri dalla scatola e si alzò, mettendoli sul tavolo. "Li adoro: sottobicchieri con immagini di Wonder Woman e Catwoman. Sono perfetti". Si avvicinò e si sedette accanto a Scarlet, prima di premere le labbra sulle sue. "Sei la migliore fidanzata in assoluto", disse tirandosi indietro. "Adesso ci chiamiamo fidanzate, vero?"

"Fidanzata, compagna, amante convivente, schiava sessuale, quello che vuoi".

Joy rise. "Ti presenterò come la mia schiava sessuale, a Grasspoint, la prossima volta che qualcuno me lo chiederà".

"Probabilmente lo adorerebbero", rispose Scarlet. "Lassù non si trattengono, vero? Audrey mi ha chiesto se ho mai fatto sesso con un uomo e quando ho capito di essere lesbica per certo. Penso che Audrey possa avere qualche dubbio su se stessa".

"E io che pensavo di essere una ritardataria", rise Joy. "Quando l'ha chiesto?"

"Subito dopo che avevo finito di suonare, evidentemente ci aveva pensato su".

"Ti sta bene, visto che mi hai dedicato una canzone che

parla di baci. È logico che inizieranno a pensare a noi due che ci baciamo, o peggio".

Scarlet indietreggiò. "Ma non tutti volevano sapere della nostra vita sessuale. Robert mi ha chiesto del mio appartamento e di quando sarei rientrata. Gli ho detto che si parla di mesi più che di settimane".

Joy strofinò la schiena di Scarlet. "Hai già saputo qualcosa da quelli dell'assicurazione?"

"Questa settimana fanno i conti".

"Allora è un bene che non tu non abbia fretta, no?"

Scarlet sorrise. "Giusto". Fece una pausa. "E ti sono davvero grata per avermi permesso di restare qui. Ti darò dei soldi per le bollette e il mutuo, quindi non cercare di opporti".

"Sai che mi opporrò".

Scarlet fece cadere Joy supina sul divano. "Smettila", disse, facendole il solletico. "Tanto è inutile".

Poi puntò alla parte più sensibile: i fianchi di Joy, dove le fece il solletico fino a farla urlare e sottomettere. Scarlet era sdraiata sopra di lei, con il peso sui gomiti, e si chinò a baciarla. Questo la faceva ancora formicolare dappertutto, ogni singola volta.

"Sei fantastica, lo sai?"

Joy aveva un'aria timida. "Lo dici spesso".

"Lo dicono tutti. Fai molto per questa città e hai fatto molto per me. Sono la sua cittadina preferita, signora sindaca?"

Joy allungò una mano e strinse il sedere di Scarlet. "Hai sicuramente il mio sedere preferito in città, se questo può essere d'aiuto".

Scarlet ridacchiò. "Me lo faccio bastare". Fece una pausa, corrugando la fronte. C'erano così tante cose che avrebbe voluto dire a Joy, ma la vecchia Scarlet indugiava ancora, ed era ancora un po' a corto di lingua quando si trattava di emozioni. "Non so cosa farei senza di te".

Joy le baciò le labbra. "Non devi preoccuparti di questo: siamo bloccate insieme, che ti piaccia o no".

"Mi piace".

"Bene", rispose Joy. "Anche a me piace".

"E a te sta bene che io rimanga qui?"

Joy sgranò gli occhi. "Quante volte devo dirlo? Sei la benvenuta, se vuoi restare, quanto vuoi. Ti *voglio* qui, Scarlet. Spero che tu lo sappia".

Scarlet annuì.

"Non voglio spaventarti, ma tu hai fatto la differenza. Vivo qui da due anni, ma è solo da quando ti sei trasferita che mi sembra di essere a casa. Ci sei voluta tu per farmi ricominciare a vivere e trasformare queste quattro mura in una *casa*. Quindi non hai scelta, devi restare".

"Beh, se la metti così", rispose Scarlet.

"In effetti, ho un po' paura che tu te ne vada quando il tuo appartamento sarà pronto". Il volto di Joy si spense al pensiero.

Scarlet le baciò di nuovo le labbra. Aveva rinunciato a pensarci, perché le sembrava un'idea astratta visto che il suo appartamento era ancora il guscio di quello che era. Inoltre, quella sembrava casa sua ora, non il suo vecchio appartamento. Ma quella conversazione era per un altro giorno. "Ci vorrà ancora qualche mese, quindi per ora devi stare con me".

"Bene", rispose Joy. "E stavo pensando che dovremmo uscire insieme. Un appuntamento vero e proprio, con posate, bevande in bicchieri scintillanti, tutto quanto. E mi piacerebbe anche un appuntamento gay".

Scarlet sorrise. "Un appuntamento gay? Dobbiamo indossare boa di piume e cantare Kylie?"

Joy sgranò gli occhi. "Quello è un appuntamento per gay uomini. Intendo un appuntamento lesbico, in cui ci rasiamo la testa e ci facciamo i tatuaggi". Si lasciò sfuggire una risata. "Scherzo, intendo andare in un bar gay e poi a cena. Non sono mai uscita con una ragazza prima d'ora, quindi sarà divertente".

Scarlet sorrise. "Possiamo farlo", disse. "Sarei onorata di essere il tuo primo appuntamento gay ufficiale. Possiamo anche sbaciucchiarci in un angolo del bar, se vuoi".

"Mi piacerebbe molto", rispose Joy.

"Anche a me".

Capitolo 22

Due settimane dopo, la città era quasi tornata a funzionare, anche se ci sarebbero voluti molti mesi per recuperare alcune attività e abitazioni. La scuola si era spostata nel villaggio accanto e il Dulshaw FC avrebbe giocato le partite successive in casa degli avversari locali fino a quando le tribune non fossero state riparate.

In controtendenza, il cinema locale aveva appena riaperto le sue porte grazie al duro lavoro del personale e dei volontari, e molti cittadini erano tornati alle loro case, con l'odore di candeggina che stava svanendo. Tuttavia, per alcune proprietà, tra cui quella di Scarlet, la strada verso l'asciugatura e la risistemazione definitiva era ancora lunga.

Ma questo non era in primo piano nella mente di Joy, perché quella sera aveva un appuntamento a Manchester con Scarlet e fremeva di eccitazione. Non aveva mai frequentato la scena gay della città, l'aveva solo vista in televisione. Ora, finalmente, all'età di 38 anni, poteva esplorarla.

Un treno e un taxi le portarono al gay village, e poi Scarlet la guidò giù per alcuni gradini e in un locale con luci basse, un lungo bancone cromato e baristi con camicie nere e capelli lisci.

"Sembra un normale club", disse Joy, sedendosi su un

divano di pelle nera vicino alla parete di fondo con in mano il suo rum e coca. Aveva smesso di cercare di stare al passo con le pinte di Scarlet, ora che si conoscevano un po' meglio.

Scarlet le lanciò un'occhiata. "Cosa ti aspettavi?"

Joy alzò le spalle. "Non lo so. Mi aspettavo solo che fosse *più gay*, credo".

"Stiamo iniziando piano: questo è più un cocktail bar. Una volta era diverso, ma i tempi sono cambiati. Una decina di anni fa non saresti voluta venire".

"In realtà sarebbe stato meglio di quello che stavo facendo al tempo. Sai, essere sposata con un uomo".

Scarlet rise. "Non esserne così sicura. Avresti potuto essere gay e infelice".

"Non se avessi fatto sesso con te", disse Joy, prima di baciare Scarlet.

Joy si guardò intorno, osservando gruppi di amici e coppie, sia gay che etero, che si godevano la serata. Poi si succhiò l'interno della guancia.

Scarlet strinse gli occhi. "Cosa c'è?"

"Niente".

"Non dirmi 'niente'", disse Scarlet. "Stiamo insieme da poco, ma so già delle cose su di te. E quella faccia dice che stai pensando a qualcosa ma non sei del tutto sicura se sia giusto o meno dirlo ad alta voce".

Joy aprì la bocca per parlare, poi la chiuse. Come faceva Scarlet a saperlo? Non era la prima volta che Scarlet leggeva nei suoi pensieri nel breve tempo trascorso insieme e, onestamente, era un po' sconcertante. "Stavo solo pensando se sto bene qui. Voglio dire, sono lesbica? Cosa ci vuole per qualificarsi come lesbica? Sono stata a letto solo con tre donne. Sono andata a letto con più uomini che donne, quindi questo mi rende ancora etero? Bisessuale? È tutto un po' confuso".

Scarlet le sorrise. "Sei felice?"

Joy sorrise. "Più di quanto lo sia mai stata in vita mia". Non aveva mai pronunciato una frase più vera.

"Allora non preoccuparti. Non importa cosa sei. Io sono felice con te, tu sei felice con me. È l'unica cosa che conta, no?" Lo sguardo di Scarlet era amorevole, caldo.

Joy si rese conto che era così, prima di annuire. "Suppongo di sì. Non importa se sono lesbica, purché sia un'amante di Scarlet".

Scarlet annuì. "Per me va bene", disse. "Ma solo per fare un test: chi è la persona più bella qui dentro?" Fece una pausa. "A parte me, naturalmente".

Joy fece scorrere lo sguardo intorno al locale, prima di posarlo nuovamente su Scarlet. "Vinci tu di gran lunga", le disse. "Ma se devo proprio, o la rossa all'angolo o la bionda al bancone".

Scarlet le sorrise. "Se sei preoccupata di sapere se ti qualifichi o meno come lesbica, non credo che ci siano dubbi".

Joy sorrise ampiamente. "Suppongo di no".

Scarlet le diede un bacio prima di continuare. "Comunque, lesbica, ho delle novità".

Joy si alzò a sedere. "Anch'io. Vuoi andare prima tu?"

"Certo", rispose Scarlet, posando il suo Martini sul tavolo. "La mia notizia è *incredibile:* ho ricevuto i soldi da Dan, il ragazzo malato terminale. Sono arrivati sul mio conto corrente stamattina. Diecimila sterline per aiutarmi con l'appartamento. Riesci a crederci?"

Joy sibilò, scuotendo la testa. "Sinceramente no. È *così* generoso".

"Davvero. Ed Eamonn mi ha mandato un messaggio poco fa per dirmi che anche loro hanno ricevuto dei soldi. Dan pagherà loro la luna di miele, quindi possono prenotare fin da adesso". Scarlet scosse la testa. "Inoltre, darà 50.000 sterline al fondo per l'alluvione e aiuterà anche la libreria a rimettersi in piedi. Io pensavo che tutti fossero al servizio di se stessi, ma a quanto pare mi sbagliavo. La natura umana può essere anche molto generosa".

Joy annuì. "È vero." Mise una mano sul ginocchio di Scarlet. "E sono entusiasta per te. Se c'è qualcuno che se lo merita, sei tu. E se non lo pensi ancora, forse dovremmo prenotare un paio d'ore sul mio lettino da life coach finché non lo farai".

"Tutto ciò che comporta sdraiarsi con te, mi va bene".

Joy sorrise. "Vuoi sentire la mia notizia?"

"Purché sia buona, non voglio che una cattiva notizia ci rovini la serata".

"È ottima. Anzi, ne sarai entusiasta".

Scarlet si appoggiò al divano, senza mai staccare lo sguardo da Joy. "Avanti, allora".

"I costruttori si sono tirati fuori dall'accordo per lo stadio: hanno deciso che non possono correre il rischio di edificare su un terreno così suscettibile alle inondazioni. Quindi sembra che il Dulshaw FC vivrà".

Il volto di Scarlet si illuminò, poi prese Joy tra le braccia. "È incredibile!", disse. "Quando l'hai saputo?"

"Se ne è parlato la settimana scorsa in Consiglio e ne ho avuto notizia allora. Ma non volevo dirtelo finché non fosse tutto confermato e ufficiale". Fece una pausa. "Ma non è tutto: il Consiglio ha deciso di impedire a chiunque di costruire lì, per ora, quindi siete salvi, almeno per il prossimo futuro. Così, una volta che gli spalti saranno di nuovo in ordine, il club potrà iniziare a pianificare il suo futuro a lungo termine".

Scarlet scosse la testa, con un sorriso che le copriva i lineamenti. "Non sai che sollievo. Mi chiedevo se avrei dovuto iniziare a sostenere il Milton FC, o peggio, il Cranbridge". Rabbrividì. "Questa è la migliore notizia di sempre". Scarlet fece una pausa. "E un altro modo in cui l'alluvione è riuscita ad avere un'influenza positiva sulla mia vita. Chi l'avrebbe mai detto che un carico di acqua fangosa avrebbe portato a una tale svolta? Non l'avrei mai pensato, quando quel poliziotto ha bussato alla mia porta alle quattro del mattino".

"O quando ti sei presentata alla mia porta con un'aria così disperata".

Uno sguardo timido attraversò il volto di Scarlet e Joy strinse gli occhi.

"Cos'è quello sguardo?"

Scarlet arrossì, poi scosse la testa. "Niente".

Joy inclinò la testa. "Forza, Williams, tira fuori le palle".

Scarlet si mise a ridere. "È solo che… non te l'ho mai detto, ma la mattina dell'alluvione, *in realtà,* non ero stata mandata a casa tua. Ho solo sentito alcune persone che ne parlavano, e il pensiero di rimanere nella sala comune era troppo. Così ho pensato di fare la gnorri, di presentarmi comunque e di sperare che mi facessi entrare". Scarlet sorrise. "Alla fine è andata bene, tutto sommato".

Joy si lasciò sfuggire una risata. "Quindi tutta la nostra relazione si basa su una menzogna?"

"Sembra di sì".

Sorrise. "Chi ha detto che l'onestà è la migliore politica? Direi che questa sia una bugia con cui posso convivere". Joy fece una pausa. "Prima che tu arrivassi, io esistevo e basta, non vivevo. Nascondevo le crepe della mia vita andando in giro a fare la sindaca e ad essere la migliore imprenditrice che potessi essere. A dire la verità, avevo un po' paura di dove sarei andata a finire una volta terminato il mio incarico. Ma ora non sono più così preoccupata".

"Ne sono felice", rispose Scarlet. "Direi che siamo entrate entrambe nella vita dell'altra nel momento migliore, non credi?"

"Vero", disse Joy, facendo scorrere una mano su e giù per la coscia di Scarlet, entusiasta di poterlo fare sia in pubblico che in privato. In pubblico, ora, si sentiva un po' più audace. E quando i loro occhi si incontrarono, Joy sapeva che Scarlet aveva capito. Lo sapeva e basta. Era una cosa che aveva capito fin dall'inizio. Erano sulla stessa lunghezza d'onda, non c'era bisogno di spiegazioni.

Una donna dietro di loro rovesciò il suo bicchiere di vino e scosse Joy dal suo sogno ad occhi aperti. Lei guardò la scena prima di bere di nuovo un sorso di rum e concentrarsi su Scarlet.

"E a proposito di Eamonn e Steph, dovremmo invitarli a casa nostra. La nostra prima cena tra coppie per festeggiare con loro prima che partano per climi più soleggiati. Che ne pensi?"

Scarlet guardò Joy, con gli occhi che si riempivano di felicità. "Mi piacerebbe molto", disse. "E mi piacerebbe anche far venire Clark, per ripagare la sua ospitalità dell'altra settimana".

"Assolutamente".

Scarlet si tirò su a sedere e continuò. "E stavo anche pensando che potrei fare una raccolta fondi per l'alluvione: far venire alcune celebrità locali e regalare cose, offrire alle persone esperienze che non possono comprare. Raccogliere un po' più di soldi… che ne pensi?"

"Penso che sarebbe molto nobile e comunitario da parte tua, ma niente di meno di quello che mi aspetto da te in questi giorni. Potrei iniziare a chiamarti Scarlet-Dopo-l'Alluvione".

Scarlet aggrottò le sopracciglia. "Mi dispiace dirtelo, ma non è molto sensuale".

Joy rise. "Già non ti piacciono le mie idee? Il mio fascino sta svanendo?"

Scarlet baciò Joy sulle labbra. "Al contrario, direi che sto cadendo ogni giorno di più sotto il tuo incantesimo".

Capitolo 23

Epilogo: Sei mesi dopo

Niente ti prepara allo shock di perdere tutto ciò che possiedi, niente di niente. Scarlet aveva ancora gli incubi, si svegliava coperta di sudore, ma poi il sollievo la investiva come una brezza fresca e crollava di nuovo sul letto. Si voltava verso la sua compagna, la sua amante, il suo tutto. E poi si chiedeva: cosa aveva fatto per meritarsi Joy?

Perché, se nulla avrebbe mai preparato Scarlet allo shock di perdere tutto, nulla l'aveva preparata alla sorpresa di ciò che la sua vita era diventata. Dopo l'alluvione, si era riempita di amore, di ricchezze che andavano oltre il benessere economico, di famiglia e di amici. In realtà, tutte cose che, anche fosse arrivata un'altra alluvione, l'acqua non avrebbe toccato.

Rideva mentre intingeva il pennello nel barattolo per ritoccare l'ultima parete del soggiorno, sentendo Clark che la ammoniva per non averlo mescolato bene. Clark era stato presente ogni settimana dopo l'alluvione ed era stato di grande aiuto per arredare l'appartamento, anche nell'ultimo mese. La cucina, il bagno e la camera da letto erano stati completati e Clark aveva terminato il corridoio quella settimana, nel suo giorno libero: aveva un mazzo di chiavi dell'appartamento, visto che era stato lì così spesso.

Ripensando a tutto questo, Scarlet si rese conto di un fatto fondamentale: era stata fortunata. Fortunata ad essere stata alluvionata, fortunata ad essere stata vittima di un disastro, fortunata ad avere avuto la sua vita spazzata via, ma poi miracolosamente restituita. Cinque strade più in là, e forse sarebbe stata ancora dove si trovava l'anno precedente. Ma il destino non aveva voluto saperne e lei non lo avrebbe mai ringraziato abbastanza.

Il rumore di passi che scendevano le scale la distolsero dai suoi pensieri e alzò lo sguardo per vedere Eamonn, con in mano caffè e torte appena sfornate dal Great Bakes.

"Toc, toc", disse lui, entrando nel suo appartamento senza aspettare di essere invitato. Passava di lì tutti i giorni, quindi l'invito non era necessario. "Steph vi manda questi, con l'istruzione di invitare te e Joy a cena sabato. Siete libere?"

Scarlet annuì. "Credo di sì, ma fammi chiedere al capo. Oppure potresti chiederglielo tu stesso: dovrebbe arrivare a momenti".

"Non mi tratterrò, non voglio intralciare voi due piccioncine".

Scarlet gli lanciò un'occhiata, appoggiando il pennello sul bordo del barattolo. "Credo che dopo sei mesi siamo ormai oltre quella fase".

"Non è quello che ho visto quando sono venuto l'altro giorno". Si coprì gli occhi. "Certe cose non si possono mai dimenticare. È un bene che non sia più la sindaca, così non devo vedere la sua faccia sul giornale locale ogni settimana, a ricordarmelo".

Eamonn si riferiva a due settimane prima, quando la domenica mattina era andato a casa di Joy per prendere una scala. Joy non si era accorta che lui fosse in cucina con Scarlet ed era entrata nuda per invogliare Scarlet a tornare a letto. Scarlet non era sicura di chi fosse più imbarazzato: Eamonn, Joy o lei. Quella mattina Eamonn aveva persino dimenticato la scala, tanta era la sua fretta, ed era dovuto tornare due ore dopo a prenderla, ancora rosso in viso.

"Vi lascio questi, tanto devo tornare al lavoro. Ci vediamo domani per la partita?"

"Sì", rispose Scarlet. "Ringrazia Steph e ti mando un messaggio per l'invito a cena".

"Bene!" Eamonn gridò dalla tromba delle scale.

Cinque minuti dopo, altri passi sulle scale segnalarono l'arrivo di Joy, così Scarlet posò il pennello e tolse il coperchio dal caffè quando la sua ragazza apparve nel salone.

Joy fischiò quando vide il colore della parete. "Molto audace", disse, baciando Scarlet, prima di dare una valutazione al salone. "Non ero sicura del colore più scuro, ma credo che possa funzionare".

"Meglio, perché non mi va proprio di rifare tutto da capo".

Joy accarezzò il sedere di Scarlet. "Sarà bellissimo". Il suo sguardo cadde sui dolci sul bancone. "Un certo irlandese è tornato a farci visita?"

"Sì. E quando ha saputo che ti saresti fatta viva, è scappato di corsa".

Joy rise. "Cavolo, la mia nudità è così sconvolgente? Dovrà farsene una ragione. Si direbbe che non abbia mai visto una donna nuda prima d'ora. Sono sicura che Steph non sia molto diversa".

"Sai come sono gli uomini, dei bamboccioni", disse Scarlet. "Comunque, forse potremo parlarne la prossima settimana, quando andremo a cena da loro".

Joy rise ancora un po'. "Potremmo coalizzarci di nuovo tutte contro Eamonn. Sarà esilarante". Baciò di nuovo Scarlet. "Ma onestamente, sta andando bene, piccola. Stai facendo un ottimo lavoro".

Scarlet si guardò intorno e dovette convenire che era così. I muri avevano impiegato tre mesi per asciugarsi, poi avevano dovuto risistemare le pareti e i pavimenti, le porte e i battiscopa. Ora erano all'ultimo ostacolo: l'arredamento. Aveva una tonnellata di mobili donati, in magazzino a Grasspoint, che aspettavano di essere trasferiti la settimana successiva, e poi sarebbe stata di nuovo *casa dolce casa*. Beh, una casa per qualcuno, per lo meno: Joy e lei non avevano ancora affrontato la questione.

Joy sollevò un sacchetto di regali. "Ho comprato un regalo anche per te. Per la tua nuova casa".

"Non c'era bisogno che mi comprassi un regalo, sciocchina".

"Ormai l'ho fatto", disse Joy. "Aprilo".

Scarlet frugò nella borsa e tirò fuori una bottiglia di Glendronach, insieme a due bicchieri di cristallo. Il suo cuore quasi scoppiava d'amore.

"Ti sei ricordata".

"Ti ho promesso che te li avrei regalati, e non mi piace non mantenere le mie promesse".

"Sono bellissimi, grazie". Scarlet si chinò e baciò Joy. "Ne ho fatta di strada da quando ero seduta sul tuo divano a singhiozzare per i miei bicchieri di whisky, vero?"

Joy annuì. "È vero. E forse potremo provarli la prossima settimana, quando avremo qualcosa su cui sederci".

"Mi piacerebbe molto". Scarlet fece una pausa. "Verrai anche tu alla partita di domani?"

"Certo, non me la perderei per nulla al mondo. La prima partita di ritorno nel nuovo stadio scintillante, nessun vero tifoso se la perderebbe".

Scarlet sorrise, tirando Joy verso di sé. "E adesso sei una vera tifosa, vero? Bastano sette partite?"

Joy annuì. "Non è la durata, ma la qualità del sostegno. È come essere lesbica: ormai ci sono dentro. Inoltre, come ti ho detto, le partite sono un buon esperimento antropologico, posso osservare le tribù del calcio nel loro stato grezzo. È interessante anche dal punto di vista psicologico".

Scarlet avvolse le braccia intorno alla vita di Joy, i loro volti ora si trovavano a pochi centimetri di distanza. "Mi prometti una cosa?"

"Cosa?"

"Non dire mai niente del genere davanti a Eamonn o Matt, non mi darebbero mai tregua".

Joy rise. "Te lo prometto".

* * *

"Non posso credere che tuo fratello ti abbia regalato la sua vecchia auto – è stato così gentile. Non riuscirei mai a immaginare mio fratello che fa lo stesso". Joy era seduta sul nuovo divano di Scarlet, nel suo salotto appena ridipinto. L'appartamento si stava sistemando piano piano e avevano appena preso in consegna un letto, un divano, un armadio e un tavolo da pranzo. Avevano anche fatto una gita all'Ikea con la vecchia auto di Clark, ora di Scarlet, per comprare l'occorrente per la cucina e il bagno, e ora l'appartamento era un posto in cui Scarlet poteva tornare a vivere, ufficialmente.

E se da un lato Joy era entusiasta per il suo bene, dall'altro la cosa si tingeva di tristezza. Aveva aspettato così a lungo per trovare Scarlet, non voleva stare senza di lei adesso.

"Lo so, è davvero generoso. Sono così contenta che sia rientrato nella mia vita. Il mese prossimo arriverà anche Fred e non vedo l'ora di conoscere mia nipote. Diventerà una bambina viziata".

Joy si rilassò sul divano, saltando su e giù. "Non è poi così male, per essere di seconda mano".

"È più comodo di quello che avevo prima, questo è tutto ciò che so".

"Ottimo", disse Joy. "A proposito di famiglie che arrivano in aereo, anche i miei genitori saranno qui il mese prossimo, quindi saremo sovraccarichi di ospiti. Sei pronta a conoscerli?"

"Sì, non vedo l'ora. Tua nonna mi ha raccontato così tante storie, però, che dovrò stare attenta a non spifferarle tutte".

"È una guastafeste, quella donna".

"Una meravigliosa guastafeste", rispose Scarlet, mettendo un braccio intorno a Joy. "Ti va un whisky nei miei nuovi bicchieri per brindare all'appartamento?"

"Mi piacerebbe molto".

Scarlet prese il single malt dalla cucina, insieme ai bicchieri, fermandosi ad ammirare i suoi nuovi mobili durante il tragitto. "Sai, in realtà sono più felice con la nuova cucina che con quella vecchia. È un po' come la mia vita, no?" disse, porgendo a Joy il bicchiere.

"Sì", rispose Joy. Guardò Scarlet mentre sorseggiava il suo drink, poi lo posò sul tappeto beige nuovo di zecca. "E hai pensato a cosa fare dell'appartamento, ora che è finito? Hai intenzione di tornare a vivere qui?"

Anche Scarlet mise giù il suo drink, poi si rivolse a Joy. "Ci stavo pensando mentre lo dipingevo questa settimana. So che ne abbiamo parlato, ma non siamo arrivate a nessuna conclusione definitiva".

Joy annuì, con il cuore che le batteva forte. "Lo so". Non voleva che Scarlet se ne andasse, ma sapeva anche che doveva lasciarle prendere la decisione da sola, senza pressioni. Non era *affatto* facile, quando quello che voleva fare era buttarsi a terra e piangere per l'ingiustizia che l'appartamento di Scarlet fosse pronto per essere abitato di nuovo. No, Joy doveva mantenere la calma e la misura. Di solito era abbastanza brava in questo, ma a quanto pareva non quando si trattava di Scarlet.

"Stavo dipingendo le pareti e pensavo ai colori che avevo scelto e ai mobili che sarebbero arrivati", esordì Scarlet, lanciando un'occhiata a Joy e muovendo le labbra da una parte e dall'altra. "Ma quando ho provato a immaginarmi qui, ho avuto un vuoto: un vuoto totale. È come se questa non fosse più casa mia. Il mio posto non è qui".

Scarlet prese la mano di Joy nella sua e la baciò. "Credo che quello che sto cercando di dire è: andrebbe bene se rimanessi da te?" Fece una pausa, le guance arrossate. Poi si schiarì la gola e tornò a concentrarsi su Joy. "Perché ti amo. E perché non mi sembra giusto stare ancora qui. Il mio posto è con te, non qui".

La bocca di Joy si aprì in un sorriso quando sentì le parole uscire dalla bocca di Scarlet: una lettera d'amore solo per lei.

Erano le parole che aspettava di sentire da *tanto tempo*. Non aver spinto Scarlet a rivelare i suoi sentimenti era stato così difficile, ma ora era contenta di averlo fatto, perché sentire Scarlet dirlo di sua spontanea volontà significava molto di più.

Joy era abbastanza sicura che Scarlet la amasse: si comportava come se la amasse nella vita di tutti i giorni, ed era migliorata nell'esternare i suoi sentimenti, ma non era ancora a suo agio come Joy.

Ma *dire* che la amava? Era un passo enorme. Così, oltre a essere entusiasta, Joy si sentì anche orgogliosa.

Prese il viso di Scarlet tra le mani e le baciò le labbra, sperando di riuscire a trasmettere tutto ciò che provava in quell'unico bacio.

Scarlet la amava. E lei amava Scarlet.

Era sempre stato così semplice.

"Oh, tesoro, anche io voglio stare con te. E non voglio che tu te ne vada". Fece una pausa. "Anch'io ti amo, lo sai".

Scarlet annuì, con uno strano rumore che le sfuggì dalle labbra. "Lo speravo", gracchiò. "Avevo incrociato le dita delle mani e dei piedi".

Joy si lasciò sfuggire una risata strozzata. "Beh, sì. E non voglio che tu te ne vada".

Scarlet sorrise. "Bene", disse, espirando. "Pensavo di affittare per un po' l'appartamento, visto che al momento non credo che qualcuno voglia comprarlo. Non dopo quello che è successo".

"Ottima idea". Joy respirava a fatica: l'annuncio di Scarlet l'aveva spiazzata. "E mi ami davvero?"

Scarlet fece scorrere un pollice lungo la guancia di Joy, annuendo con la testa. "Ti amo davvero. Mi dispiace di non averlo detto prima, ma ho intenzione di ripeterlo molto spesso nel futuro. Forse mi ci vorrà un po' di tempo per abituarmi, ok? Io e l'amore non abbiamo un buon curriculum".

Joy sorrise. "Va bene". Fece una pausa. "Però sai cosa significa, vero?"

Scarlet scosse la testa. "Dimmi".

"Significa che il tuo whisky e i tuoi bicchieri da whisky dovranno venire a vivere con i miei".

Scarlet sorrise. "Non è poi così difficile. Sono sicura che potrebbero abituarsi a vivere da te".

Joy scosse la testa. "Non da me, da noi. È casa nostra, ok?"

Scarlet annuì con la testa. "Dammi qualche mese e potrei imparare a dirlo. Non ti prometto nulla, però".

"Nessuna promessa?"

"Solo che continuerò ad amarti".

"Mi piace l'idea", rispose Joy.

— FINE —

Una nota di Clare

Ho scritto questo libro dopo aver letto la storia di un uomo a seguito delle devastanti inondazioni del 2015 nel nord dell'Inghilterra. Ho deciso di usarla come premessa per la mia storia d'amore e di redenzione, ed è stato un libro emozionante da scrivere – spero che questo sia emerso dalla narrazione.

Spero che questo libro vi sia piaciuto e, se sì, mi piacerebbe che lo diceste ai vostri amici e lo condivideste sui social media. O meglio, compratene una copia per il loro compleanno! Facciamo arrivare questo libro in quante più mani possibili. Non c'è niente che mi renda più felice delle persone che leggono i miei libri.

E fatemi sapere cosa ne pensate: potete contattarmi tramite i social media o via e-mail, con i dettagli qui sotto.

Twitter: @ClareLydon
Facebook: www.facebook.com/clare.lydon
Instagram: @clarefic
Per saperne di più: www.clarelydon.co.uk
Contatto: mail@clarelydon.co.uk

E infine, grazie per aver letto!

Riconoscimenti

Innanzitutto, grazie ai miei primi lettori per i loro commenti e feedback: il vostro incoraggiamento e la vostra onestà hanno reso questo libro migliore, quindi grazie! Grazie soprattutto a Tammara Adams, Angela Peach e Petra Harridge. Grazie anche a Hilary Sangster per i suoi consigli sulla risposta di emergenza alle inondazioni.

Tanto di cappello alla mia editrice, Laura Kingsley, per essere stata una vera cheerleader e per avermi fatto notare con delicatezza cosa andava cambiato; a Izzi per aver corretto le bozze; a Rachel Lawston per essere intervenuta e aver realizzato una copertina da urlo; e ad Adrian McLaughlin per il suo impegno nella composizione e nel bere vino alla London Book Fair.

Amore e ringraziamenti a palate a mia moglie, sempre paziente, che sopporta la mia abitudine a scrivere con stile e grazia. Yvonne, sei tutto per me. Beh, tu e il Tottenham Hotspurs.

E infine, grazie a voi per aver letto. Scrivo perché devo farlo, ma è un viaggio molto più divertente condividere il mio lavoro e ricevere feedback. Amo tutti i vostri commenti, soprattutto nei giorni in cui dubito di me stessa. Siete fantastici. Grazie per avermi letta e sostenuta.

Ti è piaciuto questo libro?

Se la risposta è sì, ti va di lasciarmi una recensione su Amazon, o dove l'hai comprato? Anche se solo di una riga o due, la tua recensione potrebbe fare la differenza per un'altra persona che si sta chiedendo se dare o meno una chance a me e alla mia scrittura. Questo è il mio quarto libro che faccio tradurre in italiano. Se piacerà a tante lettrici e lettori, non sarà l'ultimo, ma le recensioni sono fondamentali affinché ciò accada.

Grazie, lettrice o lettore, sei la/il migliore!

Con affetto,
Clare

www.ingramcontent.com/pod-product-compliance
Lightning Source LLC
Chambersburg PA
CBHW061530210726
48287CB00006B/1909